我的文学原乡

汪浙成 著

塞外
笔记

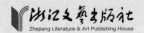
浙江文艺出版社
Zhejiang Literature & Art Publishing House

图书在版编目（CIP）数据

塞外笔记 / 汪浙成著. -- 杭州 ：浙江文艺出版社，
2024. 10. --（我的文学原乡）. -- ISBN 978-7-5339
-7753-5

Ⅰ．I267

中国国家版本馆 CIP 数据核字第 2024E0P343 号

统　　筹　虞文军　王宜清
策　　划　申屠家杰
责任编辑　余文军
责任校对　许红梅
责任印制　吴春娟
营销编辑　汪心怡
插图绘制　陈瑾洁
装帧设计　浙信文化

我的文学原乡——塞外笔记

汪浙成　著

出版发行　浙江文艺出版社
地　　址　杭州市环城北路 177 号
邮　　编　310003
电　　话　0571-85176953（总编办）
　　　　　0571-85152727（市场部）
制　　版　杭州浙信文化传播有限公司
印　　刷　浙江海虹彩色印务有限公司
开　　本　880 毫米 ×1230 毫米　1/32
字　　数　177 千
印　　张　9
插　　页　2
版　　次　2024 年 10 月第 1 版
印　　次　2024 年 10 月第 1 次印刷
书　　号　ISBN 978-7-5339-7753-5
定　　价　78.00 元

目　录

羊腿

　　打开我国行政区划地图，中间最上端那片区域，像昂首向东飞驰的骏马，这就是我国首个民族自治区——内蒙古。

　　这片相当于我国总面积九分之一还多的广袤大地，东西跨度二千四百余公里，太阳需近两小时才能从东边的大兴安岭照耀到尽西头的居延海。二十世纪改革开放之初，尽管我国第一颗东方红人造卫星从这里升空已有十多年之久，让中国成为继苏联、美国、法国、日本之后世界上第五个用自制火箭发射国产卫星的国家，却还有生活在穷乡僻壤、草原毡房、沙漠腹地、林海深处的百姓，他们没见过风驰电掣的火车和城里人早已熟视无睹的"解放"牌卡车，更不用说那闪闪放光、当地人称为"蛤蟆车"的小轿车了。忙碌在田间小路上的，依然是诞生在春秋战国时期的二轮木制车——河套农民叫"二饼子车"。滚动在天苍苍野茫茫草原上的，仍然是当年跟随成吉思汗大军用于后勤保障服务的勒勒车。辽阔荒凉的大地上，主宰着城乡交通的，是从干线上淘汰下来、跑起来喘得像患"老慢支"的老爷车，车身大，车头小，外形活像只吸饱了血的丑陋虱子。即便如此，数量还少得可怜，只能满足一般旗（行政级别相当于汉族聚居区的县）每天必不可少的通一趟班车的需求。

然而日常生活中，由于地域辽阔，处处都离不开汽车。大到运货载客，活跃城乡经济，便利交通，小至传递信息，开会办事，送往迎来，草原上的人们样样都得仰仗它！（那时人们头脑里尚未有婚丧嫁娶用车的概念，没有现在用车接新娘的风气。）如果哪天的班车没按时抵达，说好要来的上级单位的领导没有接到，该到的书信报刊未能按时收到，不但人们生活程序的运转会受到影响和冲击，就连心理上都会产生某种莫名的恐慌。这些在今天汽车多得成灾、堵车现象到处皆是的新时代的年轻人看来，似乎有点难以理解。但当时的内蒙古草原，就是汽车称霸的年月。掌握方向盘的驾驶员——人们习惯上尊称为"书记们"——也因此风光无限，甚至连单位里的领导都要对他礼让三分！

我有一阵子可钦羡汽车司机了，后悔自己没上交通学校，没当个驾驶员。哪怕身边有个当司机的亲戚也好，能给自己在生活上带来种种方便，更不要说亲自手握方向盘，脚踩油门，"嘟"的一声驶离单位，风驰电掣地狂奔在人迹稀少的草原上了。嘿，这车上不就是咱司机老子的天下啦?！

我自己也弄不清这想法是怎么萌发的，也许与那次去乌珠穆沁草原出差有关。

那是自治区党委宣传部为纪念毛主席关于上山下乡最高指示发表十周年，组织部分作家深入农村牧区，采访知识青年先进典型。那时，文艺界盛行的仍是文艺为政治服务，领导布置叫写什么就写什么。这次贾漫和我领受的任务，是赴锡林郭勒盟乌珠穆沁草原采访北京知青丁继红和瞿彩宁。

贾漫是位诗人，十七岁便从天津老家来内蒙古（当时叫绥远省，1954年撤省与内蒙古合并），三十年革命生涯，仍未磨洗掉他性格里旧日燕赵游侠的豪气，大事讲原则，生活上却有些不拘小节，说话幽默风趣。在编辑部里，他虽是我的上级，但待我这个"三门干部"（家门、校门到机关门）更像兄长对待不谙世事的小兄弟。我曾听他摇头晃脑像朗诵似地说过：

"内蒙古交通闭塞，经济发展变化不大，但近代以来行政区划变动在全国却是最大的。一会儿东边少了一块，一会儿西边缺了一片。袁世凯当政那会儿，对内蒙古实行'分而治之'，分设了热河、察哈尔、绥远三个特别区。国民政府时期又将这三个特别区升格为省。侵华日军占领期间，把内蒙古西部和察（哈尔）南、晋北撮合为伪蒙疆自治政府，又把东边几个盟划出去并到伪满洲国。忽儿这里多了，忽儿那里少了，来回变化折腾。直到新中国成立，中央决定将历史上属于内蒙古的区域划归内蒙古，撤销绥远、热河、察哈尔三省建制，又在西部地区恢复阿拉善旗和额济纳旗，遂出现了今天内蒙古行政区划的骏马版图。"

我们三天前从"骏马"的心脏呼和浩特出发。那时交通没今天这样方便——去锡林郭勒盟的交通工具有多种选择，可以坐汽车，也可以坐高铁，还可以坐飞机。那时去锡林郭勒盟的乌珠穆沁只有一种选择，从呼和浩特坐火车东行至集宁（即今乌兰察布市）换车，北上到苏尼特右旗所在地赛汗塔拉，再换乘长途汽车向东横穿锡林郭勒大草原，经苏尼特左旗、阿巴嘎旗、贝子庙，向着"骏马"的脖颈乌珠穆沁进发。一路上起早摸黑，只盼着能快点到达目的地。

可司机却不着急。

司机姓赵，大个子，性格开朗，一路上把车开得飞快，眼睛却一直注视着天上，很少留意地上的坑坑洼洼，害得我们坐在车上的旅客忽儿哗的一下倒向左边，忽儿又哗的一下倒向右边，就像草原上大风中的牧草，被刮得东倒西歪摇曳不定；要不就颠簸得像牧民熬奶茶时沸腾的水壶盖子，在座位上一蹦一蹦不停地跳动着。好在从赛汗塔拉到贝子庙的公路，是一马平川的草原天然公路，沿途既无高山又无大河，无须担心汽车坠崖或掉进河里。据说这条线路 1959 年才开通，公路沿线的电话线杆直到二十世纪六十年代才架设起来。辽阔的草原上，沿途见不到一间房、一棵树，排成一行的电线杆看去显得格外扎眼，不离不弃地陪伴着我们。随着汽车行进方向的转换，时而并行时而垂直穿过。就在这穿插之间，成排的电线杆子一会儿哗地散开，一会儿又飞速地收缩拢来重叠在一起，仿佛一路上在跟我们玩着魔术似的。

突然，赵师傅发现有只老鹰停在远处电线杆上，立刻来了精神。他把车驶离道路，照直朝那根电线杆驶去。大家这才明白，他一路上眼睛不停地扫来扫去，原来是在搜索猎物！

赵师傅把车开到一个视野开阔、与电线杆保持一段距离的位置，悄悄地熄火停下，然后从座位下面动作麻利地取出早已准备好的小口径步枪，倚在车窗口朝老鹰"啪"地打了一枪。

可惜子弹低了，没打着。但老鹰似乎觉察到空气中有异样的响动，正要展翅飞离，赵师傅手中的小口径又响了，只见老鹰在停着的电线杆顶端挣扎了一下，刚想纵身起飞，没等巨大的翅膀张开，便如一块大石头"嘭"的一声坠落在草地上。

我们那时头脑里不像现在具有保护野生动物的意识，旅客们立马发出一阵由衷的欢呼。司机的年轻助手急忙打开车门，下车去收获猎物。不一会儿，助手喜滋滋地拎回一只比羊羔还大的巨鹰，上车来像报喜似的高声大嗓地对赵师傅嚷嚷：

"哈，你这一枪真神啦！"

"是不是打在眼睛上了？"赵师傅有些不悦地问，一边收起小口径放回到座位底下。

"不偏不倚，子弹从左眼进去右眼出来。嘿，你自个儿瞧瞧吧！"

赵师傅拿过猎物，拎起带血的死鹰仔仔细细察看了一遍，大叫起来："可惜了，可惜了！"

助手不解地问："怎么啦？"

"我这是给儿子打的。他们生物老师要一只老鹰标本。老鹰身上最值钱的器官就是鹰眼，让我给打坏了，这回做不成标本了！"

汽车又回到原路上。尽管司机对自己捕获的猎物不满意，但还是赢得了车上旅客的一片赞扬声。一位牧民旅客用不成调的汉语大声地赞扬赵师傅为牧民除害，说在牧区，老鹰是羊羔的天敌。羊羔一不小心离开母羊，就让老鹰给叼走了。坐在司机身后的一个旅客还掏出那时凭行政十七级以上供应证才能买到的恒大牌卷烟递了一支过去。大家纷纷恭维他，讨好他，露骨地拍司机马屁，夸他眼疾手快枪法准，都赶上百步穿杨的老黄忠了。

但赵师傅似乎并不在乎大家这种廉价的奉承。

"还准呢？准个蛋！"他顺手接过香烟，不满地嘟哝了一句，一副痛心的表情。"唉，年纪不饶人！要在早先，这点距离，哪里还用得着打第二枪，一枪就解决问题了。我告诉你们，不是吹，那时要是前面草地上插着支燃着的香，事先说好打香头，绝不会打在香的其他部位上！"

他把烟卷叼在嘴上，拔出插在插座上的电取火器准备点烟。尽管车子颠簸得厉害，可他眼睛紧盯着前边路面，计算好颠簸的节律，就在车头弹跳起来的那一瞬间，趁势将取火器上那个烧红的电阻丝小圆孔准确无误地对接在烟头上，随即一抬头，悠然地吐出口烟。那娴熟的点烟功夫，一点也不逊于他的枪法。

车上热闹过一阵又渐渐安静下来。车窗外的景象，依旧像三天前看到的样子，除了电线杆子，一无遮拦的空旷原野上，沿路两边草场牧草稀疏，难得见到放牧的羊群。坑坑洼洼的简易公路上，偶尔能遇上一辆交会的长途班车，颠簸着迎面驶来。车尾高高扬起的烟柱，像是我们在电影上看到的美国西部的龙卷风，经过我们的车旁时，车厢内突然间昏暗下来，仿佛一头钻进大雾里，要开上好一阵子才重见天日。那时长途车上，不像今天这样安装着音响设备，可听音乐，看碟片，打发时间。草原景色纵使再有迷人的特色，三天看下来，也不免感到单调乏味，眼睛酸涩，大家在座位上又渐渐打起瞌睡来。

突然，坐在车后的一位小伙子大声叫起来："师傅师傅，快停车！"

"怎么啦？"

"俺娘要撒尿了！"

"再熬熬吧，一会儿就到吃饭的地方了，那里有厕所。"助手说。

"不中呀，俺娘有病，熬不住！"

汽车慢慢停下来，助手打开车门。一个偏瘫的老太太由年轻的儿子抱着下车去解决问题了。

赵师傅转过头来对车上的人高声宣布："大家也都放放羊羔吧！男的在左边，女的在右边。注意放羊羔别放错地方！"

睡得迷迷糊糊的旅客三三两两从座位上站起来，嘴里念念有词地复述着"男左，女右"，朝车门口走去。

坐长途车，在毫无遮挡的草原上解手，男士问题不大，女士可就有点麻烦了。不过，穿蒙古袍的蒙古族妇女好办一点，只要选好地方，把一切准备工作事先做好，然后腰肢用力一扭动，趁着蒙古袍下摆张开的当儿，不失时机地往下一蹲，袍身就如同密封罩子一般倒扣在地上，遮挡得严严实实。汉族妇女在草原上解手就没这么便当了，需要走出很远很远。要不就几个人互助合作，站成人墙，轮流解决。

"放羊羔"的乘客陆陆续续回来了。等最后上车的偏瘫老太太由儿子抱着在座位上安顿下来，助手清点过人数，赵师傅发动汽车又上路了。他一边开车一边与助手有一搭没一搭地说笑起来。

"唉！"他重重叹了口气，脸上是一副沉痛的夸张表情，话里有话地朝助手拉长腔调诉说：

"什么东西老了就都不好了，啊？"

坐在赵师傅身后的两名女知青似乎心领神会，讨好地爆发出一阵大笑——以表示自己还青春年少。

助手用异样的目光看了女知青一眼，接过司机的话茬说：

"就是嘛，啥东西到老了就都不好了。但有好的没有呢？"

赵师傅眼睛注视着前方的电线杆子，略一沉思说：

"窝瓜是老的面，对吧？姜是老的辣……"

"对对对！"助手哈哈大笑地补充说，"还有，干部是老的吃香。一说老干部是革命的宝贵财富，前阵子靠边站的一些老干部像蔫巴的豆角秧着了雨水，又都神气活现起来，官复原职……"

车上爆出一阵哄笑声，附议这师徒俩的看法。

中午时候，班车在吉仁高勒"苏木"（相当于农区的乡）打尖。司机将车直接开到路边的一家小饭店前停下来，助手向大家宣布休息一小时后再开车，便关上车门跟着赵师傅钻进饭店用餐去了。我和贾漫早晨只喝了两碗稀汤寡味的奶茶和一点炒米，早已饥肠辘辘，也跟着进去。这是周边唯一的一家国营饭馆，大门窗玻璃上满是苍蝇屎，门脸肮脏破败，但里面服务人员的面孔和爱搭不理的态度，却更有一种拒人于千里之外的感觉。

不过赵师傅和饭馆里的人混得很熟，在饭堂里跟女服务员打招呼时，还顺手在她的腰胯间摸了一把，然后一撩门帘钻进贴着"闲人莫入"的厨房里去了。女服务员扭着屁股随着也跟了进去。我们和同车旅客在外面售票窗口排队买饭时，听见厨房里爆出一阵阵戏谑的笑声。

贾漫曾来过这一带深入生活，说这里有些从南边林西上来的老乡，做得一手好莜面，有"鱼鱼""傀儡""窝窝"（均是莜面做的当地吃食）。特别是莜面窝窝，就着滚烫的羊肉汤，里面再搁上点大葱末和芫荽，真是又香又好吃。难怪内蒙古歌舞团的著名歌手哈扎布，为此曾特地创作了歌曲《莜面窝窝羊肉汤》，在自治区各地广为传唱。

我扒着卖饭窗口，对卖饭的食堂工作人员大声地说要两份莜面窝窝。

卖饭的说："只有土豆粉条烩菜和馒头。"

我指着挂在窗口旁的小黑板说："这上头不是明明写着供应莜面窝窝嘛！"

"已经卖完了。"

正在这时，透过小窗口我看见厨房里的女服务员正端着两笼刚蒸出来的热气腾腾的莜面窝窝，放在跷着二郎腿的赵师傅和助手面前。

"你回头看看！"我手指着厨房里面对卖饭的食堂工作人员气愤地嚷嚷起来，"这不是莜面窝窝是什么？！"

"我说了，莜面窝窝已经卖完了。"工作人员看都不看一眼，不动声色地说，"这是协作单位预订下的。你不要馒头烩菜就让一下，后面的那个人上来吧！"

排在身后的人立刻挤上前来，贾漫一看这架势，立马大声表态："我们要我们要！"

真是人在屋檐下，只好把头低！

吃饭过程中，我坐在凳子上气嘟嘟的，默默地低头扒拉着碗里的烩菜。贾漫冲我嘿嘿一笑，一边吃一边讲起他第一次在后山（指阴山的山后地区，盛产莜面）农村吃莜面窝窝的经历来。

"那是整风整社工作结束回城前夕，房东两口子为欢送我特地做了顿莜面窝窝羊肉汤。"贾漫突然皱了下眉头，打住话语，舌头在紧闭的嘴里搜索了一会，慢慢吐出块嚼不烂的冻土豆放在自己面前的饭碗旁边，慢条斯理地接着说，"后山莜面又细又白，蒸出来的窝窝又香又糯又筋道，伴在羊肉汤里，再搁上点香菜葱花，混合成一股特殊的诱人香味，特别在塞外寒夜盘腿坐在热炕头上，吃喝上这么一碗热腾腾的莜面窝窝羊肉汤，你不由得会发出人生最大的快乐莫过于此的感慨！"贾漫脸上浮现着一副神往的表情。

"房东大哥看我风卷残云般把一笼屉窝窝吃得一个不剩，得意地拍拍我的手背，说这是他媳妇的绝活，立马叫她进来给大哥敬酒。一直在忙进跑出的年轻媳妇听见自己男人喊她，立马从外面进来。她忙得满脸红扑扑的，两只袖子高高挽起来不及放下。敬酒时发现她手臂黑黝黝的有些脏，但臂弯处有一片地方却白得有些刺眼，在油灯下看去像是块白癜风。

"酒足饭饱，房东大哥送我回房，在院子里我拉住他的胳膊说，自己在内蒙古几十年，还从未吃过像他媳妇做的这样好吃的莜面窝窝，真的像哈扎布歌里唱的又香又好吃。房东大哥听了乐得闭不上嘴，笑得脸上像是开了花。我也高兴得有些冒昧地问他，你媳妇没得白癜风吧？喜笑颜开的房东大哥突然停止了笑，严肃地问，你是说我媳妇得了白癜风？我指指自己的胳膊弯说，我刚才发现她胳膊上有块白，不很正常，会不会是白癜风？要是想上医院看去，我在呼和浩特给你们介绍个好大夫。房东大哥听了哈哈大笑，说啊呀贾老师，我知道我女人，她从未得过什么白癜风。我说，她胳膊上一大块白斑是什么？房东大哥害臊起来，吭哧吭哧了半天，才支支吾吾地说，不瞒贾老师，我女人天生得白。可咱们后山地方连吃水都困难，农村人没洗澡习惯。她胳膊上那块白斑是她刚才给咱们搓莜面窝窝搓下的！"

我把碗里最后一块土豆吞咽下肚，站起来抹了把嘴对贾漫说："谢谢你这莜面窝窝的故事，不过我对其真实性表示怀疑！"

贾漫咧着嘴笑起来。

正在这时，助手站在食堂门口大声喊叫："开车啦，没上车的旅客快上车！"

汽车离开吉仁高勒，发现车上空出几个座位，原来有几位旅客到站下车了。

按当地交通部门规定，旅客乘坐长途车买票，不一定都到终点站，途中可以上下车。一旦车上有了空位，倘有旅客招手，司机就应停车载客。然而从赛汗塔拉到锡林浩特（贝子庙）这条线路上，一年到头都车少人多，一票难求的情况不亚于后来的春运。不过当时在草原上，这途中的票给谁不给谁的权力，就全在司机手里捏着了。倘有急事出门，想叫司机途中停下车来，还得动动脑筋想点另外的招数。

那天下午，我算是见识了草原司机行使这一票否决权的威风。

内地公路线路都是固定好的，无法随意变动。但牧区连班车的路线都是有点游牧式的。草原上的公路虽有固定路线，但由于四周都是平坦草场，遇上雨天，路面积水，坑坑洼洼，司机觉得旁边的草场更好走些，就驶离公路避开水洼绕道过去，只要大方向正确，跑上一段路程后又可回到先前的公路上来。后来的车辆码着前车辙印行驶，一遍两遍，车跑得多了就成了路。日久天长，路面便向两边膨胀开去，形成好几股匝道，如同火车调车场并排而行的一股股岔道。有的地方，大岔道里又分出若干小岔道，密密麻麻，赛如蛛网。哪里好走哪里就成了路。只是这样一来，不但原先埋设在路边的里程碑形同虚设，起不到记录里程的作用，而且还人为地碾坏了大片草场，引起当地牧民的不满。这种情形越深入草原腹地，就越明显越严重。

出了吉仁高勒不久，就远远看见一男一女两个乘客，站在沟沟岔岔的路中间向我们的汽车招手，女乘客还怀抱着婴儿。看着他们望眼欲穿的样子，我以为汽车会慢慢停下来。哪想到姓赵的司机把着方向盘，面无表情地按响两下喇叭，趾高气扬地从他们身边飞驶而过。再回头一看，只见车后扬起的冲天尘土已将他们吞噬得无影无踪。

车上竟没一人作声。大概草原上旅客对此已习以为常，见多不怪了。我因为第一次遇到，忍不住冒出一句："那女人还抱着吃奶的孩子呢！"

赵师傅装作没听见，仍一声不响继续开他的车，倒是助手用很怪异的目光瞪了我一眼。我一时没读懂眼神里的内涵，好在过了一会儿一切便昭然若揭了。

汽车默默地开了一程，前方又出现一个等车的乘客，站在路边向我们的汽车招手。与上次空手叫停不同，这个穿蒙古袍的等车乘客手上还拎着东西，远远望去，像是一条羊腿，高高地举在头上，仿佛一面鲜艳的小红旗展现在一望无垠的旷野上。

赵师傅像上午发现猎物一样立马来了情绪，喜笑颜开。他眼睛盯着前方头也不回地对助手说：

"我说呢，咱们在贝子庙佛爷跟前也没少磕头，总不能叫我答应人家的话不算话呀！"

"我也纳闷呢，今天这趟车跑得可真是寡淡！"助手附和着说。

汽车渐渐减速，在举着羊腿的牧民旅客跟前停下来，"扑哧"一声打开车门。等车的旅客人还未上车，先将羊腿递了上来，助手笑呵呵地接在手里，只听赵师傅在驾驶座上关切地问：

"前腿还是后腿？"

助手把手中羊腿高高地拎起在空中对赵师傅说：

"你自个儿瞧吧！"

赵师傅在驾驶座上抬起屁股扫了一眼说：

"是前腿呵！"随即看看车上的空座位，一个在前，一个在后，对助手说：

"前腿坐后面去！"

牧民乘客买过票，老老实实走到车后一个空着的位子上坐下来，嘴里一直不满地嘟囔着：

"这羊今天早晨还在圈里鲜龙活跳地蹦跶呢！这么新鲜的羊腿还叫我坐后面！"

皇家牧场上的较量

包斯尔的故事前几年就听说了。

那是《内蒙古日报》上有关领导班子革命化的报道。那年春节，新成立的黄旗旗委一班人，分别深入"浩特"（自然村）同牧民群众一起过春节。书记包斯尔住在老牧民朝鲁阿爸家的蒙古包里。大年初一早晨，全家人喜气洋洋吃过饺子，喝过热腾腾的奶茶，朝鲁老阿爸擦去额头上的热汗，像往常一样准备出牧时，发觉自己昨天放牧归来插在蒙古包乌尼杆上的羊鞭不见了。

"在这儿哪！"包斯尔书记拍拍拿在手里的羊鞭说，"您老人家从今天起就好好歇上几天。春节放假期间，这放羊的活，就我替您承包了！"

"你不会！"这话朝鲁阿爸没说出来。他转念一想，包斯尔老家就在山后阿拉坦毛都，他自小就跟在羊屁股后转悠，一直跟着羊群长大。这么一想，到嘴边的话又咽回去了。

"怎么，老阿爸还信不过我？！"包斯尔站在包门边呵呵笑着，浓眉下面两只蒙古人毛茸茸的眼睛，狡黠地朝老朝鲁挤弄着。

老阿爸不无赞赏地摇摇头。

"不是信不过，"他既高兴又不满地说，"是怕你们这些坐办公室的人累坏了！"

"要说累，没人比像您这样的牧羊人更累的了。"包斯尔朗声说道，"一年到头顶风冒雪地在草场上奔波忙碌，我们这些坐办公室的人也该好好向您学学。老阿爸，这几天您就放心把羊鞭交给我使唤吧，啊？！"

新上任的旗委书记春节放假期间不仅替牧民老朝鲁放羊，还清扫了他家羊圈，将棚圈拾掇得干干净净。这件事当时曾轰动全自治区，一时成为热议的话题。

此刻，这位"牧羊人"和我面对面坐在旗委招待所的房间里，不过他现在的身份是自治区抗灾办公室副主任。他在邻旗了解完旱灾情况要回呼和浩特去，听说我在黄旗，顺路过来会会朋友。

包斯尔比我大不了几岁，但白发过早地爬上双鬓，牧民一样红黑的脸膛上，镌刻着北国草原无情的风霜。说起那年春节放假替老牧民朝鲁阿爸放牧的报道，包斯尔像赶蚊虫似的挥了挥手。

"这有什么！"他不以为然地说，"过春节放几天假为的是让人们休息。我觉得最应该休息的，是那些一年到头在底层摸爬滚打的牧民和农民。我们替他们干几天活，无非是让他们能在家里轻松两天，向他们表示一点心意而已，又解决不了他们的实际问题。报社记者大惊小怪，喜欢抓住一点大肆渲染。我也没想到自己放了两天羊倒放出名了！"

问到他的工作变动，包斯尔变得谨小慎微起来。

"怎么，是不便说还是怎么？"

他沉默了一会。"事情已经过去了。朋友之间私下随便聊聊有什么？"

事情还得从前年人们热议的黄旗"草库伦"（饲草基地）建设说起。包斯尔小心翼翼地引经据典说：

"这个名词的发明，最早还缘于毛主席。他老人家有一次谈到陕北农民创建'草园子'，把地围起来，在里面种草种树，放养牲畜，其实质就是我们今天'草库伦'的雏形。当然，我们真正认识'草库伦'，还是从我们黄旗的实际出发的。"

黄旗草原又叫新宝力格草原。清朝年间，这里叫"大马群"，是宫廷马群的放牧地，范围包括现在锡林郭勒草原与河北省张北县接壤的西边那一大片牧野。这是一片广阔的原野，植被良好，牧草萋萋，低矮的丘陵之间蜿蜒着缓缓流淌的小河和碧水荡漾的"诺尔"（湖泊），把这一望无际的牧场点缀得水草丰美，生机盎然。

　　五月到来的时候，最先发青的是长在向阳小山坡上的艾格草（俗名冷蒿）、冰草和马子喜欢吃的叶片细小颜色青白的伏地虎。伏地虎出土后，只要根须一照射到阳光，分岔开来的茎梗便不再往上生长，而是贴着地皮向四下里伸展蔓延，故名。

　　滩地上则多是一丛丛像生长在湿地里的芦苇一样的芨芨草，还有开着蓝色小花的叶尔盖草、羊草和独根草（俗名沙葱）。不难想见，当年这里是一片水草丰美的绿色原野。要不那些皇帝老子们的坐骑吃不饱肚子，抓不上膘，造成马子营养不良，这就要闯大祸啦！

　　从谁也说不清的年代开始，草场逐年退化，生态环境日益恶化。夏天干旱缺雨，春秋风沙肆虐，冬天白（即雪灾）黑（即干旱）成灾，而牲畜却不断增长，成了严重的"缺草户"。畜群不得不年年去外旗甚至跨省"走奥特尔"（即走场，将畜群赶到外地草场放牧），足迹涉及三省十四个旗县。有一年白灾严重，国家从千里外呼伦贝尔草原调来饲草。一斤草的价钱，相当于一斤羊肉！

　　包斯尔说，当地百姓给黄旗草原概括了四句话：沙大雨水少，天冷冰霜早，风起黄沙飞，地多不长草。已经没有冬营地和夏营地之分了。

为了解决冬春时节缺草这个严重的问题，保证牲畜安全过冬，有的地方用石头把一部分草场围起来，不让牲畜进去吃草，让牧草好好生长，以备冬春冰雪覆盖牧场的缺草时刻用来救急。所以最先的"草库伦"，只是牧民们把草好的地块保护起来而已。

解决冬春缺草的问题后，有人开始把那些草长得不太好的地块，也用石头垒成围墙保护起来，在里面人工种草，造林，种饲料，打水井。做到草、水、林、料四结合，改造草场，建设草原。所以"草库伦"，从古已有之的封滩育草开始，发展到现在改造草场划区轮牧，既节省劳力，又能合理利用草场。

正当我们在这样摸索着发展牧业的时候，国家农林部去澳大利亚考察，发现人家早已经在搞划区轮牧、小型圈圈，这才认识到，原来这是全世界畜牧业国家牧场建设的共同方向。

但是对这个方向的认识，在我们这里，却经历了一场惊心动魄的较量！

包斯尔说，那时他在黄旗任职，当时"农业学大寨"正在全国遍地开花，掀起如火如荼的热潮。

在这种政治态势下，以包斯尔为首的旗委自然不甘落后，赶紧亮旗表态，提出：牧区学大寨，开荒一万亩。种塞外地，打江南粮。每亩单产一千斤，誓夺粮食一千万斤。做到全旗口粮自给，不吃国家亏心粮！

为此，旗委在阿拉坦毛都成立了学大寨指挥部。指挥部由包斯尔挂帅，带领工作人员深入蒙古包，挨家挨户地做思想工作，动员牧民把草场让出来开荒种地。他首先来到自家阿爸的蒙古包。阿爸思想不通，指着包前一大片草场痛心疾首地责问儿子：

"你们为什么要挑这块草场开荒？这是我们老包家祖宗三代放牧的一片热土，是我们老包家的心头肉，你是不是忘记了？"

"阿爸，我记得，没有忘！"

阿爸接着又气哄哄地问："阿拉坦毛都是我们山后最好的草场，草质好，土层厚，附近又有水，你小时候跟我在这里放过羊，难道不知道吗？"

包斯尔回答："知道，全都知道！"

"全都知道为啥还要开荒把草场毁了？"

"怎么是毁呢？"包斯尔耐心地向老人解释，"学大寨，种粮食，是个新生事物，我们牧区的人没这方面经验，所以把最好的草场拿来做试验，这样成功的把握会大些。阿爸，学大寨是毛主席的号召，我们大家都要响应。您要支持儿子工作。如果我连自己亲爹的思想工作都做不下来，还怎么去说服动员别人？还有谁会听我们的？！"

老人最后总算同意搬迁，气哄哄地赶着畜群去政府安排的新牧场放牧了。包斯尔就这样将阿拉坦毛都这片草场上的牧民一家家地动员走，然后旗委集中了二百多号人，调来拖拉机，翻耕了一万亩荒地，其中还和大寨一样搞了一千一百亩海绵地。起早贪黑，风餐露宿，二百多人在包斯尔的带领下辛辛苦苦地折腾了一年，结果平均每亩产量只有六十七点五斤，距离亩产千斤的目标过于遥远，大家的积极性受到严重挫伤。又经一冬一春的风吹、干旱，第二年亩产更是凄惨，连二十斤都不到。到了第三年，开垦的荒地全都成了白花花的明沙，既不能农，又不能牧。远远望去，宛如翡翠色的锦缎衣上一大块丑陋的补丁！

牧民们赶着畜群经过这里，都痛心地摇摇头，发出一迭声不满的"啧啧"声。包斯尔看到后，悄悄地流下了羞愧悔恨的泪水。

"这是草原的心痛，是我把牧民赖以生存的草场给白瞎了！"

他为此痛彻肺腑，几天都睡不好觉，并开始对自己这套学大寨的做法产生了怀疑。

事后，他组织一个班子，分了七个组下去搞调查，走访了七个公社五十三个生产队。所到之地，有的牧民情绪激动地质疑工作人员：从我能爬上马背开始，就给"巴音"（牧主）放羊，闻了三十年羊粪味儿，苦茶涮了一辈子肠子，没给自己赚下一头牲畜，没穿过一双靴子。咱们草原上有句话：牲畜是金子，是牧民的宝。你们把草场就这样给糟蹋了，叫我们往后上哪里放牧牲畜？有的牧民指着他们的鼻子责问：你们还要不要牧业啦？过去你们政府叫我们搞牧业是不是全错了？我们内蒙古人往后是不是不再放牧都去种地打粮了？还拍着胸脯厉声责问：我们搞牧业同样为社会主义作贡献，为什么说是吃国家的亏心粮？我不知道自己全家为集体放牧，究竟有什么罪过？以后你们再来开荒，我们就没这么好做工作了，全家老少都躺在你们的拖拉机前，有本事就从我们身上碾过去！

调查组还对全旗的自然条件、地理气候（年降雨量只有一百二十毫米）、经济结构、生产历史及现状做了全面的调查，包斯尔渐渐认识到，牧区学大寨不能照搬农区的做法开荒种粮，而是必须坚持从牧区实际出发，以牧为主多种经营的方向。

不久，自治区要在旗里召开生产现场会。旗委在准备起草会议主旨发言时，领导层意见发生严重分歧。以军代表为主的一些领导认为，学大寨就是要以粮为纲，开荒种地，多打粮食。但以包斯尔为首的另一些负责人则认为，牧区学大寨并不是弃牧为农，而是从牧区实际出发，坚持以牧为主，多种经营，全面发展。

包斯尔深有感触地对我说："牧区以牧为主这个认识，我是经过调查后从实践中得来的。既然认识到了，就要讲真话，把自己心里真实的想法讲出来，不能再像从前那样看风向跟风，违心地说假话。当然，现在有些人对此有不同看法，他们认为，下级没有权利对上级说假话，而上级却有权不对下级讲真话。你们是作家，是人类灵魂的工程师，有没有发现现实生活中人与人之间存在着这种情况？"

报告起草人是旗委办公室副主任何书望，内蒙古农牧学院毕业，又在牧区工作多年。他根据包斯尔这个牧区以牧为主的指导思想，为旗委撰写了一个会议的主题发言报告。军代表看了后，把他叫去训斥了一顿，问是谁叫这么写的！老何不敢说是包斯尔的意见，只说是自己个人的认识和体会。

　　"胡闹！"军代表没等他说完就火了，严厉地命令他，"什么乱七八糟的认识，统统去掉，把主题发言调子改过来，按照我们在会上讲的意思改！"

　　这下老何为难了，只好将这个情况如实地向包书记做了汇报。

　　"不怕！"包斯尔听后宽慰他说，"你就明告他们，这是我的意见。"

　　老何说："包书记，还是慎重些，再考虑考虑吧！"

　　"这是我们经过深入的调查、了解和反复实践后获得的正确认识，并不是一时头脑发热，已经考虑了又考虑。你就按照我的意思写，错了我负责，你别担心！"

　　"我倒不是担心自己，我是担心你。刚才军代表训我时，脸色铁青，从来没这么严厉过！"

　　包斯尔笑了，从坐着的转椅上站起来走到老何面前，拍拍他的肩头。

　　"老何啊，"包斯尔两只毛茸茸的眼睛激动地一亮一亮，语重心长地说，"你在牧区工作也不是一天两天了，相信你对事物也有自己的判断；咱们在一起工作也不是一年两年了，对我总该有一定了解。在事关广大群众切身利益的大事面前，即便舍得一身剐，我也不隐瞒自己的观点，大不了把我头上的乌纱帽给摘了。本来戴着它为的是为人民办事，要是不为人民办事戴着它有什么用？老何，我看这事，就这样吧！"

那天，旗委常委扩大会讨论现场会主题报告的指导思想时，正好寒流来袭，天气骤变，沙尘暴刮得昏天黑地。大白天旗委办公室里一片昏暗，上班的人不得不扭亮电灯。来参加常委扩大会的人也一个个全副武装，戴着帽子，捂着大口罩，围脖在脖子上勒得紧紧的，仍被风沙刮得灰眉鼠眼满嘴是沙。然而，会议室里的气氛，却比这恶劣的天气还要严峻、吓人。对立双方称得上是唇枪舌剑。一些平时态度谦和说话慢条斯理的领导人，这时都面红耳赤，争得极其激烈。军代表的态度十分强硬，调子很高，气势咄咄逼人，指责这是搞复辟倒退，并点名批评包斯尔地方民族主义思想严重。这一说，把一些蒙古族常委给镇住了。

我打断包斯尔，问："请等一下，我有个问题不明白。为什么坚持以牧为主，不搞开荒种粮，就是地方民族主义？"

包斯尔没有马上接话，却从制服兜里掏出烟来，给了我一根。他自己也抽出一根来，拿在手里把玩着，却不急于点燃，不慌不忙地在桌上一下一下地撅着，然而手指的哆嗦却暴露了内心的激动。

"开荒种地，农牧矛盾，"包斯尔字斟句酌地说，"历史上从晚清以来，一直是我们内蒙古地区一个敏感的社会问题，由此曾引发过各种矛盾冲突，甚至武装起义。"

他先简要地叙述了旧时代内蒙古西部地区鄂尔多斯高原席尼喇嘛领导的乌审旗"独贵龙"运动。由于旗扎萨克（清代蒙古族旗长）出卖大片草场给陕西榆林边商开垦，激起了广大牧民的反对，一些台吉（清代蒙古贵族封爵名）、参领和章盖等贵族官吏也不顾头上的花翎顶戴投入了斗争。愤怒的群众用棍棒套马杆痛打了垦务人员，烧毁放垦图表账册，将其逐出旗境。"独贵龙"运动从清末一直延续到民国初期，最后迫使以袁世凯为临时大总统的北洋政府下令撤销旗扎萨克察克都尔色楞的王位。

与"独贵龙"运动几乎同时的，还有东部哲里木盟陶克陶胡领导的起义，从 1906 到 1910 年先后长达五年之久，也是牧民为了保护草场，反对开荒放垦。尽管被张作霖残酷镇压下去了，但没过几年却爆发了影响更大的嘎达梅林起义。至今仍有一首歌在传唱：为了蒙古人民的土地……

"军代表是外来干部，他们不熟悉内蒙古历史上的这些情况。"包斯尔说到这里声音慢慢低下去，目光却变得异常深邃，深得似乎进入了历史的深处，"可我是本地干部，应该负责任地向他们介绍情况，说明自己的观点。尽管我知道这样讲会给自己带来什么后果，但我是个党员，在这事关群众重大利益的决策面前保持沉默，是严重的失职。如果这样，还要我这个党员做什么？！"

包斯尔讲的这一桩桩放垦与抗垦的冲突，大都发生在晚清到民国初期。我问他，为什么这个时期矛盾会凸显出来。

包斯尔吐出一口烟。

"这与当时全国的形势和蒙古民族内部的重大变化有关。"他说，"鸦片战争以后，在一系列全国性的内外战争中，蒙古铁骑已不再有当年的骁勇，既不能抵御外国侵略者的洋枪洋炮，也无法为清朝统治者平定国内所谓的各种'叛乱'。在清军将领的奏报和朝廷的谕旨中，屡屡有'蒙兵不足恃'的不满和慨叹。特别是八国联军入侵后，由于筹措庚子赔款和兵饷，清政府陷入严重的财政危机，当时受命筹措这项巨额赔款的山西巡抚胡聘之，和张之洞等人上奏皇上，说即便'竭泽而渔亦难筹此巨款'，奏请放垦内蒙古西部蒙旗土地，收益按比例分归中央（朝廷）与地方（蒙旗）。满洲贵族集团明知此举必然会遭到内蒙古各阶层的强烈反对，但此时朝廷已黔驴技穷，明知是火中取栗，也只好孤注一掷，批准放垦蒙地。于是，先前各地零星的私自招垦变成了大规模的政府行为，矛盾一下子激化了。"

包斯尔喝了口水补充说：

"从理论上讲，放垦土地，一定程度上促进了农业，但给蒙古民族造成了严重后果和巨大灾难。首先，清朝统治者以政府命令形式强行放垦，对于拥有传统土地所有权的蒙古民族来说，无疑带有明显的民族压迫和掠夺的性质。其次，这种农业的发展，是以牺牲蒙古民族传统畜牧业为代价的。放垦的地区又大都是各盟、旗水草丰美、地势平坦的沿河流域，也是经营畜牧业的优良牧场。放垦后，大多数牧民被迫赶着牲畜迁往山陵、沙地、碱滩等土壤相对贫瘠的地区，不仅牧场缩小，牧业受到损害，连蒙古民族的生存空间也随之大大缩减。新中国成立后，内蒙古地区实行了民族区域自治，是我国第一个以蒙古族为主的少数民族自治区。法律规定，草场为国家和集体所有。今天学大寨中开荒种地，性质与过去不同，目的无疑也是为了发展生产。但有一个不容忽视的事实，就是对牧场的侵挤，直接冲击了牧业，损害了牧民利益。问题的要害还不在于此。内蒙古草原发展畜牧业经济，以牧为主，这是内蒙古得天独厚的自然条件决定的。我们拥有将近一亿公顷草原，生长着三十三种富含蛋白质的优质牧草，是全国最大的天然牧场，最适合畜牧业发展。再次，又是两千多年草原文化传统决定的。蒙古族历史上不同于农耕民族，是个游牧民族，千百年来一直从事着畜牧业，对畜牧业有着深厚的感情。牲畜就是我们广大牧民的金子。所以后来我们在搞调查研究时，牧民们会情绪激动地责问我们。"

我对牧业虽一窍不通，但觉得传统的靠天养畜的牧业总还是落后的生产方式，需要改进，向前发展。

"那当然！"包斯尔说，"传统的游牧经济要逐步向现代化定居式畜牧业经济过渡。但是我们在引导广大牧民实施这个转化过程时，一定要从实际出发，遵照科学规律办事，在保护、建设和合理利用现有草场的前提下来进行。如果我们这些有点一官半职的人对草原的利用管理不当，忽视依据草原畜牧业的自身特点来管理经营草原，照搬农区那套做法，势必会造成草场的退化沙化，重蹈我前年在阿拉坦毛都的覆辙。特别是在我们黄旗草原这样土壤和水源条件差、草畜矛盾突出的地区，更应该注意这个问题。否则的话，生产即便一时上去了，也难持久，会慢慢下来，伤害到广大牧民的利益和民族感情，甚至影响社会稳定和祖国北部边疆安全，千万不能生搬硬套、头脑发热！"

包斯尔在常委扩大会上摆了大量调查所得的事实，据理力争，但赞同他意见的却越来越少，他渐渐感到势单力孤。而军代表对主题报告抨击的火力却有增无减，批判的调子越来越高。当上纲上到"替乌兰夫翻案"时，正在该旗蹲点的自治区畜牧厅厅长也"噌"地从坐着的椅子上站起来，在会议桌上猛地一拍，大喝一声："你别来这一套！"

两位与会的级别最高的领导隔着会议桌怒冲冲地对峙着。刚才还是高声大嗓声震四壁的激昂慷慨的争吵声，突然间消失，会议室里变得鸦雀无声，就如同正在哗哗响的开水壶在沸腾前刹那间沉寂下来。一场更白热化的交锋眼看就要爆发。

与会的人面面相觑，不知道该说什么。窗外黄沙漫天，狂风呼啸，刮得会议室窗外的钻天杨东倒西歪，树梢忽儿碰在一起，忽儿又赌气似的离得远远的，致使会议室里的光线骤暗骤明，一如与会人们此刻的心情。

　　既然自治区畜牧厅厅长公开站出来接招，大家心里一下子明白了，原来他是包斯尔的"后台"！

　　其实，军代表也早已意识到这位自治区蹲点干部的倾向性。现在他主动跳出来，被逮了个正着。于是抓住不放，主动进攻，向来态度稳重说话和气的军代表，指着畜牧厅厅长的鼻子脸色铁青地放出狠话：

　　"我告诉你，如果这样，这个现场会你们就别想在黄旗开了！"

　　畜牧厅厅长也毫不示弱，和军代表针锋相对：

　　"我也明确告诉你，这是内蒙古党委的决定，旗委无权更改。党章规定，下级党组织必须服从上级党组织！"

　　包斯尔讲到这里停住了，哆哆嗦嗦地伸手去拿桌上的茶杯喝水，却发现杯子里已滴水不剩，早已喝光。他站起来去拿热水瓶倒水，膝盖"嘭"的一声重重地撞在桌子腿上，疼得他"啊呀"一声，手扶着桌子龇牙咧嘴地倒吸凉气，一时直不起腰来。

　　我忙放下笔，站起来拿热水瓶替他续满水。

　　包斯尔憨厚的脸上掠过一丝歉意。

"不知怎的，事情已过去几年了，讲起来还这么激动。"

我对他点点头："我理解。"

"说到底，这是个要不要坚持实事求是原则的问题。牧业学大寨，发展牧区经济，也有一个从实际出发还是从条条框框出发的问题，这本来并不难理解。"包斯尔喝了一口水，放缓语气，接着说。

当时，列席常委扩大会的有北京来的《人民日报》牧业组组长。他对此就很理解，也有自己的倾向，但在会上却始终一言不发，只顾埋头记笔记。另一位是新华社记者，是个年轻人，就不像《人民日报》记者那么沉稳老练了。他按捺不住，几次从座位上站起来同军代表辩论。

这天的常委扩大会，从午后上班一直开到晚上十点钟才结束，整整八个小时，第一次开成个"议而不决"的常委会。从会议室出来时，天已漆黑，外面风沙扑面，寒风刺骨，但每个与会者都感到自己的脸颊火辣辣的，浑身燥热，也没一个人有肚饥的感觉。

后来，现场会还是按计划开了。自治区革委会副主任代表革委会在会上做了报告，还是包斯尔以牧为主的调子。但是，这个报告和关于会议的消息，以及内蒙古党委机关报《内蒙古日报》配发的社论送审时，当时分管宣传的自治区军代表提出必须修改。报社的同志只好遵命改了一遍又一遍，把有关以牧为主的话统统删去，最后还是莫名其妙地被打入冷宫，束之高阁。

紧接着，全国人民代表大会在北京召开。包斯尔原来新当选为全国人大代表，但当时他在旗里抓了几个在挖"内人党"时打死人的民愤极大的人，军代表得悉后，打电话给锡林郭勒盟党委领导，指示要对包斯尔进行批评教育，把已经抓起来的几个人放了。锡盟领导解释说，抓人的事黄旗事先已向盟委汇报请示过，这几个人在当地确系民愤很大，不抓不足以体现落实中央的有关政策。因为这两件事，包斯尔全国人大代表的资格也被莫名其妙地取消了。

这还没完，紧接着又下了对他的调令，调离黄旗，到自治区革委会抗灾办公室任职。

消息传出，全旗上下仿佛闹了一场政治地震，在干部群众中掀起轩然大波，引起极大的思想混乱。那位春节期间包斯尔住在他家替他放羊的贫苦牧民朝鲁老阿爸，找到《内蒙古日报》派驻锡盟记者，流着泪倾诉：

"旧社会时，我除了挨骂没人理睬，成天在草滩上转悠，只好跟牲畜说话，和草谈心。如今，旗委书记住在我家蒙古包里，替我放羊，下夜起羊圈，和我拉家常，还派你们报社记者来总结我放羊的经验。像他这样的干部究竟犯了什么错误？压在我们身上的三座大山，不是像他这样的人在共产党的领导下帮助我们给推倒砸烂的？党中央、毛主席、人民政府的温暖，不是像他这样的干部给我们送来的？当我们端起碗来喝着飘香的奶茶，摸摸自个儿的心窝问问吧；当我们睡在双层毡子铺地的蒙古包里，摸摸心窝问问自己吧，像包书记这样的人能是坏干部吗？"

旗委办公室副主任老何更是坐卧不安，昼不思食，夜不成寐。这天夜里躺在炕上翻来覆去睡不着，索性起来给《人民日报》写了个情况反映。几天过去了，寄出的情况反映犹如泥牛入海，渺无音讯。老何如坐针毡，决定假借上北京看病，去人民日报社有关部门打听打听，摸摸他们对黄旗这场斗争的态度。就在这当口，《人民日报》发了一篇有关新疆的报道，里面提出以农养牧。老何读后仿佛当头一棒，眼前一黑，心想：事已至此，不上报社去弄他个明白，也于心不甘哪！即便以后受处分甚至开除党籍入狱坐牢，也要比不明不白不知错在哪里要强呀！

当时，人民日报社尚未迁新址，还在王府井大街。老何找到上回来黄旗采访的报社牧业组组长。组长很热情地接待了他，明确告诉：新疆"以农养牧"的提法，是新疆根据自治区当地的实际情况提出来的，并非中央的精神。各地有各地的实际。老何听后，几天来那颗一直悬着的心算是落回到了原处。

老何从北京回来不久，《人民日报》、新华社又派人来黄旗搞联合调查，内蒙古日报社也派员参加了。联合调查搞了很长时间，找了很多有关的人谈话。后来调查报告在《人民日报》上登出来了，题目是《以牧为主，牲畜兴旺，生产发展》。同一版上，还有内蒙古党委写作组的《关于历史发展的总趋势》，副标题为"学习《关于重庆谈判》"。前者在上，后者在下。自治区军代表见到报纸大为恼怒，当即拿起电话责问《人民日报》："不经过自治区党委同意，为什么发表这样的调查报告？"报社回答说："这不是我们报社的稿子，请领导看看讯头，是新华社发的电讯稿。"

这一下，军代表只好说："好好，我还没看，看看再说。"

"去年，国务院农林部对内蒙古牧区'草库伦'终于公开做出明确的肯定。我们后来才听说，《人民日报》在发那篇调查报告前，曾把稿子送农林部部长过目。部长明确表态说，牧区以牧为主的方针是正确的。但同时又指示，文章发表前，要同自治区领导同志打个招呼。

"在这段时期里，下面群众的反应异常激烈。当时的军代表仍然坚持以粮为纲，落实任务。但有的地方群众暗中抵制，不种粮食，也有的生产队虽种了粮食，但在锄地时悄悄把苗给锄掉了。与此同时，有的地方对旗委后来以牧为主的方针仍有抵触，就是不搞'草库伦'建设，要种粮食。两种思想的针锋相对，并没有因为有了红头文件就偃旗息鼓了。"

太阳偏西了，房间里已有淡淡的玫瑰红暮色。包斯尔抬腕看看表，站起来喝了口水说：

"该告辞了，司机休息也该醒了，我去后面叫他。"

"明天一早再走吧！"我挽留他说，"机会难得，晚上我们来个彻夜长谈怎样？"

塞外笔记

"不行呀，得赶回去汇报，安排抗灾救灾，西边几个旗的旱情不轻呀！"

在招待所门外恋恋不舍地送他上车时，忽见远处有片"草库伦"，铁丝网围墙里阡陌纵横，牧草葳蕤，绿油油一片，层层草浪在夕阳下不息地滚动，长势喜人，丰收在望。风力提水机巨大的银色叶片在缓缓转动，仿佛是孔武有力的高大"布赫"又着腿，挥舞着雪亮的大芟刀跃跃欲试地收割牧草。

"看见没有，这是黄旗自己经过驯化培育的草木樨二号。"包斯尔指着"草库伦"内那片牧草深有感触地说，"草木樨如今是被牧民公认为既富有蛋白质产量又高的优质牧草了。但刚开始从外地引进在我们这里种植时，由于没考虑到土质的差别、气候条件的不同，长出来的牧草质量并不理想，蛋白质含量还不如我们本地品种的牧草来得高。可见就是牧草引进这样一件具体事，如果只照搬人家现成的做法，效果也不好！"

说完这话，包斯尔一头钻进车里，关上车门。司机按了下喇叭，发动汽车。

北京吉普就像脱缰的骏马沿着"草库伦"围墙外的公路狂奔起来。此时，太阳正压着西边山岗，夕照下的"草库伦"宛如铺展在黄旗干旱大地上的一张巨大的金光闪闪的绿色奖状，只是最有资格领奖的人已经走远……

「蒙古孔乙己」

内蒙古大学是自治区最著名的高等学府，创办于 1957 年，是教育部和自治区合建的全国重点高校，也是接收我国政府奖学金来华学习的留学生高校。

内蒙古大学创建初期曾得到北京大学的大力支持和帮助，当时被称为北大在内蒙古的分校。我们是 1960 年从北大分配来内蒙古工作的，当时住十八号楼，学校里的人习惯上叫"单身楼"，系单身教职员的宿舍楼。这是座三层红砖楼房，楼前栽种着一排高高的美丽钻天杨，隔马路是片开阔的果园。每年春天满园繁花，秋天各种果实挂满枝头，将单身楼与整个校园建筑群隔离开来，仿佛一个自视甚高的臭老九离群索居地坐落在东校门旁。去年，我作为老编辑应邀回内蒙古参加《草原》月刊创办七十周年纪念活动，顺便去内蒙古大学参观。原先的红砖楼早已拆除，在原有地基上改建成五层米色新楼；果园也不复存在，成了一片新建的教授楼。岁月抹去了地面上曾经存在过的实物，却抹不去我心中无形的记忆！

我在内蒙古工作了整整二十八年，其中二十四年就在这座楼里度过。我们在单身楼里成的家，养了孩子，获得全国首届优秀中篇小说奖的《土壤》，和随后获奖的中篇小说《苦夏》，也都是在这里酝酿并创作完成的。这里留下了我们人生中和创作上许多难忘的记忆。

作为高校宿舍楼，当时的单身楼应该说相当上档次了。进门是两道漆成乳黄色的防寒门，楼内窗明地净，雪白的墙，乳黄色门窗，房间里纤尘不染的红漆实木地板，光这一点就让当时不少人赞叹不已，更何况校方还为新参加工作的青年教师配备了全套实木家具——写字桌、书架、椅子、板凳、床，甚至还有洗脸架等，过日子的生活用具一应俱全。助教每两人一间，讲师则一人独享，比北大单身青年教师的住宿条件阔绰多了。特别是当严冬来临，窗外朔风呼号，雪花漫天飞舞，气温降至零下二十摄氏度以下，可房间内由于御寒设施良好，暖气充足，温暖如春。尽管当时我们和全国人民一样地吃不饱饭，整天拿白开水充饥，身体浮肿，但比起那些正在经受冻馁之苦的人们来，我们虽饿却未挨冻，应该知足了！

然而随着阶级斗争天天讲，知识分子境遇每况愈下，被排斥在同无产阶级对立的资产阶级范畴，再没人来关心我们的生活条件。可是"臭老九"们作为人，并不因政治属性的改变而改变自然属性，随着年龄的增长单身几乎全成了双身甚至三身。单身楼不仅名存实亡，而且楼内各种设施由于长期无人过问破损严重。冬天刺骨寒风呼啸着从朝北的盥洗室破玻璃窗长驱直入，冻得下水道结冰壅塞，水池子里一冬天脏水结着严严实实的冰，无法使用。夏天厕所里则臭气熏天，地上粪水横流，不得不用砖块垫起。上厕所的人每次进去方便，都战战兢兢像踩着碇步桥过河，稍不留神，立脚不稳，便踩在臭粪水里酿成悲剧！

最恐怖的还要数楼内那条居民出入的必经之路——楼道了。由于家家门口走廊上都垒起炉灶，侵占了公共空间，楼道变窄，还一天到晚弥漫着刺鼻的煤烟味。每当家家举炊做饭时刻，煮煎蒸炒，烟熏火燎。渐渐地，雪白的墙成了油腻腻的黑墙。每家还在墙上拉起绳子抢占高空，挂满了一把把一串串过冬吃的大葱大蒜和辣椒，上面落满灰尘；楼道地上则到处堆放着蜂窝煤、酸菜缸、自行车和"臭老九"们舍不得丢弃的纸板箱烂棉絮破板凳三只脚的藤椅和叫不出名堂的各种器皿物件，把原本宽敞明亮的走道挤成了一条危机四伏，氤氲着煤烟味、尿臊味、酸菜味等各种怪味的黑黝黝的魔鬼小道。稍不留神，脑袋碰到挂在墙上的大葱上，蹭你一脸灰；要不就是刚换的白衬衫被自行车车把挂住扯破，抑或膝盖碰在做饭的炉子尖角上，疼得你佝偻着腰咝咝倒吸凉气。生活教会了大家，一进楼门立马屏住呼吸，侧着身子快速通过，以尽可能地减少在楼道内的逗留时间，以免过多吸入损害肺部的有害气体！

只有特克希是个例外。

他每次出入楼道都不慌不忙，手里捧着本二十世纪三十年代出版的《牛津现代英汉双解词典》，一边走一边嘴里念念有词地背诵着词典上的单词。在当时英语被视为如同英美帝国主义一样"一天天烂下去"的语言的年月里，这位仁兄不合时宜的举止，在我们这些人看来，即便不是异类，至少也是脑子进水不很正常。不过他待人却颇有绅士风度，说话斯文，讲究礼仪，在楼道内遇到对面来人，不论大人孩子，谦卑地退让在一边，等别人过去后自己才不慌不忙地继续朝前走去。黑魆魆的楼道里，久久地回响着他特有的踢踢踏踏的脚步声，直到进了西头他自己的宿舍。

特克希在校图书馆负责外文书目编纂，据说懂俄、日、英三门外语，年纪四十大几，这在当时新成立的高校里，算是个半拉老汉了。又因高而瘦的身材，身上那袭常年不换的脏兮兮的蓝卡其制服，脚上那双尺码过大走起路来后跟发出踢踏踢踏响声的旧黑皮鞋，以及捧读英语词典不合时宜的举止，楼里那些读过鲁迅小说的邻居，背地里戏称他是"蒙古孔乙己"。

不过"蒙古孔乙己"闻名不是因为吃茴香豆，而是吃鸡蛋。

那是三年自然灾害后期，我们高校教师中有许多人患上了恐饥症。只要肚里稍有一点空落落的饥饿感，人就开始莫名地恐慌起来，坐立不安，惶惶然像丧家犬似的到处寻觅吃食，而且吃进去多少胃里都没有让人宽心的满足感！

记得后来国家开始调整政策，允许农民拥有少量自留地，掌控少量自产的像土豆、鸡蛋、食油和猪肉这样的农副产品。于是塞外的庄稼汉们在忙完地里的活计后，便身背麻袋，里面装着半麻袋土豆玉米，冻得像石板样的小半扇猪肉，手里提着装满荞麦皮的柳筐，里面却埋着一颗颗鸡蛋，另一只手拎着肮脏不堪的塑料桶，里面却盛着黄澄澄香喷喷上好的亚麻籽油，摸进城来，走家串户地兜售给我们这些刚从噩梦般的挨饿日子里挣扎过来的城里居民，或者以物换物地换回一些他们农村人短缺而又急需的衣物鞋帽等日常用品。与此同时，根据某位领导的建议，城里百货公司的糕饼柜台开始供应一点像糖果糕点之类的高价食品。社会上的这些现象，我们体制内的人都被告知是资本主义"尾巴"，买高价粮、吃高级糖是个人政治意志不坚定的表现。如果是在组织的党员、团员，还要受批评、做检讨。再说当时大家工资收入都不高，经济条件不容许，大都采取观望态度。

尽管有这种种警告和禁忌，但人们还是难以抵御"民以食为天"的生存铁律。即便像我这样参加工作不久的人，手头既无余钱，家中又无多余衣物，也要咬咬牙从不多的工资中挤出几块钱来买点高价肉，或用一两样暂时不穿的衣物鞋帽换回几斤土豆来解解嘴馋，满足一下物资匮乏年月对美食的向往。

当然这类交易不能大模大样地公开进行，只能采用半公开半隐蔽的方式，地点就选择在我们单身楼进门处的两道防寒门之间。这是因为这里具有得天独厚的区位优势：偏离学校中心区，管理相对宽松；又靠近校门，便于老乡出入；还有里外两道防寒门的遮挡，只要把门一关，老乡将带来的农产品摊放在地，买卖双方圪蹴在地上就可以讨价还价地交易起来。这里就成了里外过路人都看不见的隐秘农贸市场。

这天，妻要给学生上课，走了。我们事先已反复商量，她考虑到我前两年因饥饿患浮肿病差点死去，身体一直亏虚得厉害，现在有高价肉了，下决心要我从两人不多的工资中硬挤出几元钱来买点高价食品给我增加营养。没想我刚买得一点高价猪肉和两斤土豆要起身离去，那老乡忽然又问："我还带来点鸡蛋，要不？"

鸡蛋？我喜出望外。久违的美食呀！还是去年过年时凭副食券供应过一回，都快忘记鸡蛋是啥滋味了。

"要！"我冲口而出。

卖肉老乡从身后驼毛口袋里取出一只不大的破旧纸盒，小心翼翼地在我面前揭开，里面是满满一纸盒荞麦皮，拨去表层，露出来一个个圆滚滚的硕大鸡蛋。微微发红的蛋壳上，还留着一层似有若无的霜花似的粉状物，一看就很新鲜。

"咋卖？"我问。

"五毛一颗。"

那时我和妻每月工资各五十六元，补贴两家双亲、自己吃饭日用买书，就所剩无几了，刚才已买了猪肉、土豆，倘若再买鸡蛋，就超出我们这个月的支付能力了。可老乡纸盒里的鸡蛋，实在好得诱人，让我无法起身离开。

"你瞧瞧，多大的个儿！"老乡拿起一颗蛋来放在手掌心上向围上来的人炫耀着，"这可是我家那小子一夏天用蚯蚓蚂蚱喂活食的鸡下的蛋呀！"

我从老乡手上拿过鸡蛋，放在手心里掂量了几下，分明感受到它的重量。

"一元三颗咋样？"我开始笨拙地跟他讨价还价。

老乡二话未说，一把从我手里夺过鸡蛋，一脸鄙夷的神情气哄哄地放回到自己面前的纸盒里。

"五毛一颗！"语气斩钉截铁，一副奇货可居、要买没商量的样子。

塞外笔记

尴尬地沉默。一个斯文的声音在我身后怯生生地响起："请问，您还要吗？"

回头一看，是"蒙古孔乙己"。

"您想要，"他冲我谦和一笑，"那就您先买吧！"

我囊中羞涩，摇摇头，从人群里悻悻地退出来。

只听那老乡在问："你要多少？"

"你盒里统共多少？""孔乙己"问。

"也就是二十颗。"

"那我就全要下了！"

蹲在地上买东西的人们"唰"的一下全抬起头来看着"孔乙己"，目光里流露出几分惊讶和艳羡。"孔乙己"低着头，付过钱，拿肩膀头子顶开防寒门，一声不响地连蛋带纸盒捧着回自己宿舍去了。

傍晚下班回家，正在锅台边切土豆丝忙着做晚饭的妻兴头地告诉我："嗨，你知道吗？咱们单身楼今天出了新闻！"

"什么新闻？"

"'孔乙己'吃蛋啦！"

"嘿，我当是什么……"我漫不经心地说，"我早晨买肉时见他买蛋来着，买回蛋接着自然就是吃蛋，就如同我们买了土豆，那就吃炒土豆丝，这算得上什么新闻？！"我一边说一边放下黑背包，洗洗手，准备给妻当下手做晚饭。

"你知道吗？他把早晨买的二十颗蛋用脸盆煮熟，一个人站在锅炉房里全吃了！"

我准备去走廊外拿大葱炒土豆丝，听妻这么一说连门都忘了开："你听谁说的？"

"锅炉房烧水老汉呀！他说'孔乙己'午后一个人站在锅炉旁就把半脸盆鸡蛋全给吃了。我下班回来去锅炉房打水，还见他躲在锅炉后面狼吞虎咽，一副饿煞鬼样子，真是斯文扫地，还是个懂三国外语有文化的人呢！"

"这有什么好说的？"我说，"去年我一大早去鼓楼国营二食堂排队，好不容易抢到五碗羊骨头汤，还不是蹲在地上一口气吃得只只碗底朝天，不知被你数落过多少回！你当是我们欣赏自己这个饿死鬼的样子吗？"

妻不声响了。默默地切了一阵土豆丝，自言自语："你那次吃回来不是胃难过了好几天？我真担心'孔乙己'他撑坏肚子！"

这件事倘若发生在今天，大概能去申报吉尼斯世界纪录了。但当时刚经历过三年饥荒，人们的饭量全都大得吓人。文化人也不例外！

晚饭时，邻居老潘拿着已经翻译好的蒙古族作家敖德斯尔的小说稿来家，要我明天去单位上班时转交作者。老潘和"孔乙己"同屋，上海人，算起来我们还是小同乡，他学的是蒙古语，在蒙语系从事翻译教学，擅长书面翻译，译笔流畅，优雅传神。我所在的自治区作家协会里一些用蒙文写作的蒙古族作家经常请他将自己的蒙文作品译成汉文。他爱人由于老母亲身体不好需要照顾，无法调来内蒙古，夫妻俩长期分居两地。说完正事，聊起楼里传得沸沸扬扬的他同屋"孔乙己"吃蛋的新闻。

老潘笑着说："我刚听到时也有点不大相信。老特他平时吃东西可仔细了。每次感冒吃药，先要把整颗药丸搓成小小的一颗一颗，足有三四十颗，在桌上排成整整齐齐一长溜，然后倒上杯水，坐在桌前吃一颗，喝一口水，从头到尾一颗颗挨着吃下去，从不乱了次序。一颗药丸总得吃上半个钟头！"

我和妻也相视笑起来。

"要是老特像吃药丸的吃法，这二十颗鸡蛋恐怕到现在都还没吃完呢！"

"这有什么奇怪！"妻不以为然地说，"一个是苦药，一个则是美食，我只是担心他把胃给撑坏了！你问过他胃难受不？"

老潘憋不住又哈哈笑起来。

"问过。他凑在我耳边小声告诉：'不瞒你说，如果还有蛋的话，再吃五个也无妨！'"

妻说："他参加工作早，工资高，经济条件比你我好。"

"哪里呀！"老潘说，"要说工资也不高，他除了吃，其他方面可节约了。他盖的那床被子，里面的棉絮又硬又旧，结得一饼饼的，还舍不得换床新的。抽的烟从未超过两毛钱一盒的，这且不说，每次一点着烟，立刻将火柴'呼'的一声吹灭，把用过的火柴杆收起来重新放回到火柴盒里，舍不得扔掉一根。"

"这干吗呀？"我和妻都不解地问。

老潘笑着解释："他说我国森林资源匮乏，节约木材要从小事做起，不定哪天生炉子没劈柴了，还能用上！"

妻忍不住叫起来："这要积攒到几时啊！"

"就是点烟也够麻烦的了！"我在一旁也高声附和，"把已经用过的和没用过的火柴杆混在一起，要点烟找根没用过的出来多费事哦！"

"还有让人更莫名其妙的，"老潘耸耸肩说，"为了延长电灯泡的使用寿命，他每天晚上睡觉拉灭电灯后，都要双手捧住灯泡捂上一阵。说是灯泡来回晃动，灯丝容易烧断！"

蛋的事情热闹过后，不久又发生了鸡的风波。

事情的起因是我们三楼有户人家，爱人得了当时的流行病——乙肝，身体一直不好，用旧靴子跟老乡换了只母鸡给她滋补身体。不料宰杀时发现那鸡身子底下窝着颗硕大的蛋，拿在手里还热乎乎的，知道是刚下的。

这意外的收获使体弱的女主人突然改变了主意，说这是只生蛋鸡，等肚里这窝蛋下完再杀也不迟，既吃了鸡肉，还能额外吃上一窝蛋！

当家的男主人于是找来只带盖的柳条筐，筐底絮上一层烂棉花，垫上稻草，充作鸡窝，让鸡在里面舒舒服服下蛋。每天主人出门上班时，把鸡筐顺便端到楼外，让鸡去果园里找活食吃。晚上下班回来，再将鸡筐端进楼来，放在楼梯下面的锅炉房门外。

　　如是数日，那鸡倒挺知恩图报，天天产下枚蛋，作为主人对自己死缓宽大处理的报答。没想等到肚里这窝蛋全部下完，这家人再也舍不得杀它了。用今天的话说，他们考虑到可持续发展问题，觉得以蛋补身比吃肉补身在时间上更为持久，两口子于是决定将它豢养起来。碰巧那位老乡家里急需件毛衣，又拿了只小公鸡来以物换物，他们便索性给鸡来个喜结良缘。鸡在这单身楼里也和人一样，单身成了双身。

　　每天早晨，当主人将鸡筐端到楼外掀去盖子，这对"新人"便欢天喜地地相继跃出柳筐，跳到地上，各自忽扇几下翅膀，一头钻过篱笆，仿佛进到伊甸园里度起自由自在的蜜月来。有时果园里玩腻了，双双肩并肩地踱进楼来，在每家门前的炉边地上，觅得做饭时洒落的米粒和菜屑，便高高兴兴享用起来。一家一家寻摸过去，把美食吃了，却把粪便留在人家举炊的地方。等到天黑，自己跳进筐里等主人将自己送回楼内安度良宵。小日子过得相当滋润自在。

　　可宿舍楼里新矛盾随即就出现了。两位鸡主人只管喜滋滋地收获鸡生下的蛋，却从未想到它们吃到哪里拉到哪里遍地遗屎不讲卫生的坏习惯。黑咕隆咚的楼道，多年来无人清扫，鸡屎拉在楼道里看不清，进出的人难免踩上。

最初，大家碍于邻居间情面，嘴上没说，可肚里早已嘀咕上了。一日，特克希下班回到宿舍，发觉早晨刚打扫干净的房间里有异味，寻来找去，原来是自己脚上这双走路踢踢踏踏的旧黑皮鞋底上沾着一大坨像糨糊似的烂溏鸡屎，踩得房间红漆地板上到处都是。臭源终于找到了。特克希外表穿扮上给人的印象不是很在乎，但却是个洁癖，最在乎也最无法容忍的就是这类事情，气得他立马采取行动，打开门窗，流通空气，将房间地板清扫一遍，再用墩布仔细拖过，擦干净自己这双唯一的皮鞋。即使这样，晚上睡觉鼻子里仍能闻到似有若无的鸡屎味！

第二天起床，他越想越气，可生性又胆小懦弱，于是找来粉笔，将楼道地上凡有鸡屎的地方，用白粉笔醒目地一一圈出。黑不溜秋的楼道地面，俨然成了一篇可圈可点的讨鸡檄文，然后又在地上用白粉笔愤然写下八个碗口大字：

出入诸君，留心脚下！

孰料养鸡主人经过，竟熟视无睹，还从鼻孔里发出一声冷笑。

"无事生非！"依然我行我素。

一天中午，特克希下班回宿舍，发现自家门口地上似乎在冉冉冒气。楼道内黑黢黢采光不好，眼睛又深度近视看不清，他弯下腰来，经过审视辨认，才看清楚原来是一大坨刚拉下的鸡屎，顶端还有些微微发白的糊状物，险些和上回一样一脚踩上。回头一看，那两个促狭鬼正不慌不忙地朝楼门口慢慢踱去，一边还漫不经心地拉长声音咕咕叫着，仿佛在故意调侃他：你还敢提意见，这回老子就干脆拉在你家门口，看你能把咱们怎么样？！

特克希气坏了，真想把真正的罪魁祸首拉下楼来看看他们家的鸡干下的好事，可又没这刺刀见红的胆魄，只好仰仗笔墨，编了首打油诗贴在进门处的楼门上：

养鸡养鸡，鸡屎遍地。一家得蛋，众人闻屎。

奉劝鸡家，公德为重。若要养鸡，养在家里！

小字报贴出后，全楼议论纷纷，引起一阵热议。偏偏鸡家出入楼道，对此视而不见，置若罔闻。

这样几天以后，鸡屎风波引出了一场人鸡大战。

其时学校图书馆为配合教学逐渐走上正轨，想尽快清理出一批馆藏外文书籍供教学科研之用，领导要特克希先赶制出一份日语图书目录。他已连着加班加点开了几次夜车，很是紧张。本来特克希睡眠就不太好，总要到凌晨方能蒙眬睡去，但很快又醒了，再也无法入睡，致使他白天脑袋昏昏沉沉打不起精神，于是上校医室开了点安眠药来。

这天，他开夜车开到深夜，睡前服过药，在床上辗转反侧，折腾到快天亮才迷迷糊糊睡去。正在这时，对着他房门口的楼梯下忽然响起一声"喔唷唷"小公鸡不成调的司晨声，听去极其怪诞刺耳，甚至有点恐怖，像是不知名的怪物在门口哀嚎，一下子将他好不容易酝酿成的那点睡意驱赶得无影无踪。

特克希从床上一跃而起，怒从心底起，恶向胆边生，扭开房门，冲到楼梯底下，只听那罪魁祸首在鸡筐里正得意地咯咯叫着，直着脖子准备发出第二次报晓声，他转身一把抓过放在门后的扫地大笤帚，怀着满腔仇恨朝那鸡筐狠砸下去。

那筐里的鸡本是忠于司晨职守，压根没想到自己已闯下大祸，只听得头顶天崩地裂一声巨响，头上筐盖"嘭"的一声弹跳起来滚落在地，惊得那两只鸡拍着翅膀夺筐而出，一路上没命地惊叫着，向着一楼楼道向东那头逃窜过去。

特克希这时已怒发冲冠，不顾一切地紧追过去。一边撵，一边打，把多日来郁结在心头的一腔恶气统统撒在这两个无辜的可怜虫身上。一时间，只听得楼道里乒哩乒啷响彻杂物撞倒滚落在地的破裂声、丧魂失魄的鸡叫声、踢踢踏踏的奔跑声，惊醒了梦乡中的邻居们，连住在楼道尽东头的我们也瞌睡懵懂地打开房门探出头来，只见"孔乙己"在灯光昏暗的楼道里，挥舞着扫地的长柄笤帚，对两只鸡紧追不舍大打出手。他看去已气得脸色铁青，身上那件满是窟窿眼的老头元宝汗衫已遮掩不住他瘦骨伶仃的前胸，露在肥大短裤下面的两条细得麻秆似的长腿不停地来回跳跃跑动，一路扫荡过去，气喘吁吁地把那两只鸡撵得魂飞魄散，从炉灶上飞跳到煤堆上、咸菜缸上、自行车上，搅得整条楼道到处灰土飞扬，弥漫着呛人的尘埃。

事后，鸡主人放出风来，说那只生蛋鸡受了此番惊吓，再也不下蛋了，只好宰杀了事，害得他们过好日子的如意算盘成为泡影。特克希为此事后来在"文革"中付出了沉重代价。

"文革"开始前的 1964 年，单位抽调我去河套农村参加自治区第一期"四清"，也就是社会主义教育运动。等我回来，正是"文革""破四旧""横扫一切牛鬼蛇神"的时候，我背着行囊进内蒙古大学东校门，立即感受到运动如火如荼的气氛。校园内外围墙上刷满大标语；楼前白杨树之间拉起铁丝，上面挂满大字报，仿佛一堵望不到头的大字报墙，有不少人在神情严肃地阅读。大字报开头都用红字赫然写着"最高指示"。这是我平生头回读到的书写体例，一时没领悟过来，顿时有恍如隔世之感！

正是中午开饭时间，校广播台高音喇叭里在火气十足地批判校领导包庇牛鬼蛇神的"滔天罪行"。单身楼门上先前特克希曾

"蒙古孔乙己"

贴关于养鸡小字报那块地方贴着一张标题吓人的大字报，开头的"最高指示"引用的是："凡是反动的东西，你不打，它就不倒，就像扫地一样，扫帚不到，灰尘照例不会自己跑掉。"标题是《坚决把苏修、蒙修特务，民族分裂主义分子特克希揪出来示众！》，下分三个小标题：一是反动封建贵族的孝子贤孙，说特克希祖先原系生活在库伦（即今蒙古国乌兰巴托）喀尔喀部的贝子（贵族爵位），充当着沙皇俄国侵略我国的马前卒。二是混进革命队伍的苏修、蒙修特务。三是大蒙奸德穆楚克栋鲁普的忠实走狗。落款为"一群革命群众"。

正认真读着，身后突然响起一阵气势汹汹的哨声，回头一看，吹哨的原来是个戴红袖章的本校学生。哨音刚一停落，楼门哐当一声顿时洞开，从里面争先恐后拥出一群衣衫褴褛的人，头上好端端的头发被剃得奇形怪状：有的在正中央从前到后推了一刀，露着条白皙的头皮，整个脑袋看去似乎正中央有条可怕的裂缝；有的横一刀，竖一刀，仿佛在头顶上交叉贴着两根封条；有的这里推一块，那里去一撮，满目疮痍，活像个癞痢头；最惨不忍睹的是其中有位戴眼镜的女士，我不认识，长得很斯文，但头上长发已被剃去一半，脑袋一半白一半黑，脖颈上挂着串破鞋，被搞得人不像人鬼不像鬼！

这些人从台阶下来迅速地在楼前树下站成一列横队。每人胸前大牌子上写着各种各样的反动头衔，让人想不到的是那上面竟

塞外笔记

052

然有我闻所未闻的"打倒老牌民族分裂主义分子、伪内蒙古人民共和国外交部长某某某"，"打倒伪蒙疆政府政务院长黑高参某某某某"，等等。这么说，这里曾有人想让内蒙古像外蒙古一样脱离祖国独立出去成立什么共和国？看来在民族问题上，曾经有过激烈复杂的斗争！

没等我看完这一块块大牌子，那戴红袖章的学生已站在队前开始清点人数。

"特克希！"他厉声高喊，"特克希——！"

随着话音，只见特克希从楼内慌慌张张跑出来，一边高声应答着："到——！"不料一脚踏空，从台阶上一个跟跄重重地摔了下来倒在地上，拿在手里的铜锣"丁零当啷"在地上滚出老远去。只见他慌忙从地上爬起，一瘸一拐跑去捡回铜锣，又快速站到排头位置上。

两年没见"孔乙己"了。他斑白的长发四周全被推光，只有头顶从前到后留着一片，很像今天街上流行的马鬃头。他嘴角已经摔破，血正从伤口流下来，也顾不得擦。正在这时，特克希抬起头来，目光正好和我相遇，浮肿的眼睛在厚厚的镜片后流露着欲哭无泪的无奈和羞辱。

我不由一阵觳觫，觉得自己不该这样打量一个落难的人，慌忙移开目光。只见那学生红卫兵一脸怒气在责问他：

"为什么迟到？"

"报，报告，昨天抬石头不小心把脚崴了，走不快！"

"脚崴了就有理由迟到了？"红卫兵提高了声音。

"孔乙己"在排头双脚并拢立正站着，低声讷讷："请，请革命小将息怒。迟到无理，迟到有罪，保证下次决不重犯！"

"知道脚崴了走不快，就该提前出来。"红卫兵余怒未消，"把你们这些牛鬼蛇神召集在一起干什么？因为你们犯有各种各样反对我们伟大领袖毛主席的罪行，你们该向他老人家请罪。迟不迟到，这是个态度问题。今后谁都不许迟到，听见没有？"

"听见！"站成一排的被揪人员齐声回答。

"现在开始请罪！"学生红卫兵大声宣布。

于是这些人个个并腿肃立，打起精神，朗声背诵：

"伟大领袖毛主席教导我们说：凡是反动的东西，你不打，它就不倒。就像扫地一样，扫帚不到，灰尘照例不会自己跑掉！"

做完仪式，"灰尘们"排着队上食堂去用餐。特克希走在队伍最前头，他瘸着腿，走起来马鬃头一耸一耸地抖动着，一边走一边还"当当当"敲着锣，"灰尘们"合着步伐跟在他身后齐声高喊：

"我是黑帮，我是牛鬼蛇神。我有罪，向毛主席请罪！"

回到家里与妻久别重逢，心里要说的话很多。但不知为什么，刚才那场面在我脑海里一直挥之不去。我没想到自己居住多年的这座筒子楼里还真是藏龙卧虎，隐藏着这么多高级别的阶级敌人，有些还是闻所未闻的伪"内蒙古人民共和国临时政府"外交部长，伪政务院长黑高参、苏修、蒙修双料大特务，等等。而我竟毫无觉察！这些人难道真如伟大领袖所指出的是睡在我们身边的"赫鲁晓夫式人物"？我们头脑里的阶级斗争观念真的是过于淡薄了！

不料妻也有同感：

"是不是这几年我们对阶级斗争真的认识太不足了？这些日子，红卫兵们白天黑夜揪黑帮，揪特务，揪隐藏的坏人，揪得大家心里发毛，草木皆兵，觉得自己身边没一个能相信的好人了！"

我问："特克希大字报上的'一群革命群众'，知道是谁吗？"

"听老潘说，可能是三楼那家养鸡人家。他和特克希过去都在察（哈尔）盟待过，知道历史。人不可貌相，'孔乙己'原来是个苏修、蒙修双料特务。这对你我真是一次活生生的阶级教育！"

最初的急风暴雨式斗争过去后，小将们内部打开了内战，不但顾不上那些关在"牛棚"里天天请罪的被揪人员，还严重地影响着自治区各族人民正常的生产和生活秩序，闹得那时的中央不得不下令对内蒙古实行全面军管，将自治区干部全部遣送到河北唐山办学习班。我们文艺界则下放内蒙古生产建设兵团。军令如山，尽管女儿出生还不到一百天，也只好背起行李去了兵团。前段时期劳动改造，后段时期由军管组领导搞单位的斗批改。

这一走离家又是两年多，等到我从生产建设兵团抽调到自治区文化局工作回家来时，女儿已会走路了，大学也在忙着复课闹革命，再也看不到满院大标语大字报和排队请罪的令人心惊肉跳的景象。第二天在楼道里遇见特克希，又像先前一样手里捧着本英汉词典边走边背，冷不丁见我，脸上顿时掠过一丝惊喜和尴尬，但很快便释然了，然后让在一边对我点了点头，算是邻居间多年不见打了个招呼。

吃饭时讲起特克希的事来，妻撇撇嘴，一脸的不以为然。

"还不又像以前一样！"她说，"大轰大嗡地搞了一阵，大家彼此丑化了一通，最后一落实，都是些道听途说无限上纲的事。既伤害别人，也伤害自己！"

我说："当时他双料特务的问题，听着怪吓人的。"

"具体我也不清楚，估计差不多也没事了。"

转眼快过年了，老潘要回上海探亲，妻想请他带两斤毛线给自己在上海的父母。那天，我们从朋友处走后门买了两斤毛线送到老潘宿舍，特克希上图书馆加班不在，我们见他那张床空着便坐了下来。不料老潘像是吓着似的高声大叫：

"别别别！"

我们两人像弹簧似的立马跳将起来。

"怎么啦？"

老潘笑着解释："老特有洁癖，不喜欢别人坐他的床、动他的东西。你们还是坐到我的床上来。"说着连忙用手扯扯床单，抚平整被我们坐出来的皱褶。

我噘起嘴指指"孔乙己"那张空床问："他的事情现在搞清楚了吧？"

老潘说："又外调了三回。我看纯粹是借着外调名义去游山逛水。调来调去，无非是从前那点事儿，跟苏修、蒙修特务扯不上，没有事实根据。"

"会不会是因为上次养鸡的事，把人家给得罪下了？"

"不能说没一点关系。"老潘微微颔首，"但这只是事情的一面，另一方面，特克希的社会关系咱们以前不知道，确实也比较复杂。"

特克希祖上确如大字报上所说，是生活在库伦的喀尔喀蒙古贵族，参与桑斋多尔济郡王在乾隆御旨严禁中俄贸易后和沙俄的暗中往来通商。乾隆获知后将有关官吏抓到北京软禁起来。释放后，特克希祖上就没再回外蒙古，流落在了北京。他们家族最值得夸耀的一件事，是曾为中俄外交往来作出过贡献。据蒙古历史记载，我国明朝万历年间，沙皇俄国通过和托辉特部首领硕垒乌巴什（即俄国历史文献中的阿拉腾汗），首次向我国派出外交使团上北京晋谒明神宗万历皇帝朱翊钧。特克希祖上受硕垒乌巴什派遣充当向导，领着一彪人马陪同俄国使团由和托辉特部入境，历尽艰辛，纵穿蒙古高原，经归化城（即今呼和浩特）、张家口等地抵达北京。虽未获万历皇帝接见，却带回了他致俄国沙皇的信函。这是历史上中俄两国元首间最早的一次互通信函。蒙古民族由于其地理区位因素，在中俄关系史上曾起过特殊的重要作用。

特别是在十七世纪清康熙年间，我国版图扩展至西伯利亚和远东北部，与沙皇俄国接壤的边界成为世界上最长的陆地边界，两国间往来也日益频繁。这期间，清政府处理中俄边境事务几乎全仰仗于生活在库伦的蒙古汗王，甚至中俄间外交函件、护照、重要界约的文本，代表中方的蒙文，一直被作为与满文一样的正式官方语言使用。

特克希自小就生活在这样一个特殊的家庭环境中，家人大多能讲一口流利的俄语，耳濡目染，他很小时就学会了说俄语。父亲在茶余饭后也常对儿子讲家族的殊荣，激励他继承祖业，建功立业。可惜他生来缺乏这方面的天赋和兴趣。家族的殊荣非但没给他带来半点好处，他反而惹了一身膻。

抗战结束前夕，苏联和蒙古人民共和国联军兵分四路进入我国内蒙古，击溃了盘踞在这里的日本关东军。依附于日本的伪蒙疆联合自治政府也随即土崩瓦解，树倒猢狲散。为首的德王（德穆楚克栋鲁普）和李守信逃往北平。当时，特克希正在德王府供职，是德王的小儿子的家庭教师，随同大批伪政权中下层官员和许多蒙古族青年知识分子军人，为躲避战火暂时栖身苏尼特右旗德王府附近的陶高图庙。那时，无论八路军还是国民党光复军均未到来，这里一度成了真空地带。何去何从，成为关系着这些蒙古人前途和命运的重大问题。

一天，特克希的朋友德力格尔朝克图等人抓获两个日本特务，要押往苏蒙联军驻苏尼特旗司令部，来找特克希请他充当俄语翻译。特克希协助朋友将两个日本特务押至联军司令部，得到了驻军负责人罗布桑和伊万诺夫大尉的褒奖。交割完手续离开时，苏军伊万诺夫大尉感兴趣地问起他这一口流利的俄语是在哪里学的。特克希于是讲了自己的家族情况。这位苏军大尉听后朝他跷起大拇指，像老朋友似的拍拍他胳膊肘，对他产生了好感。不久，德力格尔朝克图为首的蒙古青年革命党和部分前伪蒙疆联合自治政府官员在苏蒙联军的认可和支持下，组建起所谓的"内蒙古人民委员会"，决定在苏尼特右旗召开大会，要求内外蒙古合并，企图脱离祖国。这期间，据特克希本人交代，他在德力格尔朝克图和伊万诺夫大尉之间充当过几次信使。信也不封口，内容大都是感谢苏联红军和蒙古人民共和国出兵解放内蒙古，要求"内外蒙合并"，希望苏蒙两国政府在政治、军事、经济等方面给予支持。罗布桑和伊万诺夫大尉还代表联军司令部到会祝贺。后来，由于蒙古人民共和国有关方面明确表态，内外蒙古不能合并，大会议事内容便集中商讨内蒙古的独立问题，并选举产生了所谓的"内蒙古人民共和国临时政府"委员，接着又在全体政府委员会上选举产生了临时政府各部正副部长。住在我们楼里的某某某某，就在这次会上被选为所谓的"内蒙古人民共和国临时政府"外交部长。

当负责察盟工作的中共晋察冀中央局了解到这个情况后，立即派出强大的工作团从当时的绥蒙政府驻地商都县出发，星夜急驰苏尼特右旗德王府展开工作，通过召开座谈会和个别恳谈，并向"临时政府"各方面人士宣传我党解决内蒙古民族问题的主张，严正指出"内外蒙合并"和内蒙古独立均是不切实际的错误主张，"临时政府"主席补英达赉是我们八路军通缉的战犯，"临时政府"领导成员必须改组。没想到中共的这个主张遭到联军司令部伊万诺夫大尉的强烈反对，双方由此引发激烈争论。最后在中共代表的坚持下，苏军指挥官才表示不予干预。与此同时，苏蒙两国政府也派来了代表与中共晋察冀中央局负责人会商，同意中国共产党提出的方针。

经过这样反复细致的政治思想工作，"临时政府"内大部分青年知识分子和部分上层人士终于放弃"内蒙古独立"的错误主张，转而拥护中国共产党对内蒙古工作的方针。像特克希这样的许多蒙古族青年知识分子后来都积极参加到中共领导的各项工作中来，成长为党领导的内蒙古自治联合会的骨干。

特克希怎么也没想到，这段经历后来就让他有了所谓的苏修、蒙修双料特务的"嫌疑"。还有人说，这个伊万诺夫后来任苏联驻华使馆武官，曾与特克希有联系。但经多方了解调查，苏联驻华使馆武官中从来就没有伊万诺夫这么个人，说特克希与他有联系一说，完全没有事实根据。

所谓的"内蒙古人民共和国临时政府"从宣告成立到解体，前后不到九十天时间，但不曾想到这件事竟成了特克希一辈子都说不清的历史问题。时隔十年，单位开展肃反，审查干部历史，领导找谈话，要特克希本着忠诚老实的态度，将这段历史情况详详细细写个材料。他照领导说的做了，写了个详细材料交上去后，领导也没再说什么，他以为事情就这样过去了。不料，后来几乎每次运动，他都要为此挨批判写交代材料，自己也记不清已写过多少次。每次材料交上去后便石沉大海，领导在口头上曾多次对特克希说没事了，勉励他不要背包袱，大胆工作，但运动一来却又有事了。究竟是什么问题，没人能说得清，既没说他是苏修、蒙修特务，也没说不是，怀疑如影随形始终紧随着他。就这样一次又一次，一年复一年，他非但不敢大胆工作，连最初参加工作时的那点热情也在一次次受批判写交代材料的审查过程中销蚀殆尽，成了个谨小慎微唯唯诺诺的窝囊老头！

特克希床头墙上挂着一帧他年轻时的照片。照片上的他显得神采飞扬，风流偶傥，黑色的呢大衣外围着洁白的丝巾，将他诗人般乌黑的长发衬托得极有韵致，覆盖在他那张轮廓清秀的脸颊上，明亮的目光忧郁地注视着前方的茫茫雪原。

我问老潘："这是年轻时的老特吗？挺有气质的。这是在哪儿照的？"

"这不是咱们西苏旗草原嘛！"老潘走过来指着照片上远处一片黑黝黝的地方说，"这不就是德王府嘛！"

"看来老特至今还留恋着当年照片里那段日子。"

"我不止一次提醒过他这照片该拿下来，别挂了！"老潘说，"可他总是笑呵呵地说，'谢谢你的好心，不过我现在是死猪不怕滚水烫了！再说我和德王就这么点事，多张照片少张照片也无所谓了！'"

"大字报上不是有人说他是德王的忠实走狗嘛！"

"对德王他倒真谈不上忠实，但对德王女儿巴图敖逊的感情，可不是一两句话说得清的。"老潘坐回到自己椅子上不慌不忙地继续介绍，"这照片上他围着的白丝巾，就是巴图敖逊送的。这种感情大概只有你们搞文学的人能理解了！"

据老潘介绍，德王本名德穆楚克栋鲁普，在日本发动侵华战争初期，他刚登上政治舞台，完全以蒙古民族救世主自居。每次去北京，都要会见一些在那里学习的内蒙古学生，发表蛊惑人心的演讲。特克希听后也受影响。后来他去日本留学回来，投靠德王，在伪蒙疆联合自治政府兴蒙委员会下面的蒙古文化研究会任职。不久，德王聘他到苏尼特右旗德王府教习他儿子日语和俄语。

当抗战后期日本军国主义败象日渐显露时，伪蒙疆自治政权内部开始人心浮动，又听到从张家口（伪蒙疆联合自治政府首府所在地）传来领导人之间钩心斗角的种种丑闻，特克希对德王越来越失望，开始意识到自己追随他是追随错了，决定去职另谋出路。

这天，他正在前院东厢房内给德王的小儿子教授日语，忽听外面纷纷扰扰一片喧嚷：

"小姐回来了，小姐从张家口回来了！"

"啊，姐姐回来了！"坐在椅子上听课的德王小儿子"噌"的一下站起来，不顾老师正在授课，把课本往桌上一丢，忙不迭地冲出门去，将课本带落在地也顾不得捡起。

特克希怔怔地望了一阵掉在地上的日语课本，弯腰捡起，放回到桌上，心里感到百无聊赖。不一会，只听得院子里一片嘻嘻哈哈的热闹说笑声，他走到雕花的窗前朝外张望，只见一位风姿绰约的少女手拉着他的学生正从门口照壁旁绕进院来。尽管她风尘仆仆，脸上却容光焕发，跟簇拥在身旁的王府女眷们优雅地说笑着。特克希猜想，这一定就是德王的女儿巴图敖逊小姐了。

巴图敖逊在女眷们的簇拥下穿过前院，一脚踏上正厅旁边通往后院的砖砌券门台阶，发现镂花门框两旁的油漆已经剥落，再抬头一看，砖雕装饰的屋檐上春雪正在融化，水流滴滴答答地落在阶前花坛上，发出扑嗒扑嗒的声响。

小姐不由得伸出白皙的纤手，恋恋不舍地抚摸着油漆斑驳的门框，站在台阶上谛听起来。这时，早春的阳光从蓝得发亮的草原晴空朗照下来，将她娉婷的体态、天鹅般白皙的长颈，和裸露在蒙古袍下摆那穿着新马靴的浑圆小腿，像印刷似的清晰地映现在洁白的雪地上，仿佛一帧印在白纸上的妙龄少女的美丽剪影！

年轻教师透过镂花的玻璃窗看着看着，怦然心动，一如电光石火从心底迸发出爱的召唤：哦，这眼前人多么像自己朝思暮想的梦中情人！

他痴痴地凝视着凝视着，借着雪地返照，突然发现了什么！哦，是小姐眼眶里有什么东西在闪闪烁烁？

再一审视，原来她在偷偷垂泪！

青年教师慌忙移开目光，觉得自己不该这样偷窥一个青年女子的秘密。就在这时，身后响起一个熟悉的声音：

"老师，老师，给你！"

特克希转过身来，见是自己的学生正伸着双手，恭恭敬敬递过来一个精美礼盒。

"你这是干什么？"他不解地问。

"围巾呀！"学生回答，"是姐姐叫我给你的！"

"你姐姐给我的？！"特克希内心一阵狂喜，"我，我和你姐姐不认识，怎么好要你姐姐这样漂亮的礼物！"

学生说："刚才姐姐夸我了，说她这次回来听我日语说得这么好，进步很大，问是跟谁学的，我说是你。她说叫老师费心了，这可是位难得的好老师，叫我拿来谢谢你！"

"你姐姐过奖了，也太客气了！"年轻教师高兴得都有点晕晕乎乎，爱抚地摸着学生的小脑袋说，"我这是却之不恭，受之有愧，只好恭敬不如从命了！谢谢你，也替我谢谢你姐姐！"

"姐姐说可惜没多少日子能跟老师学了。"

"为什么？"老师问。

"我们很快要搬家了！"说完小家伙兴奋地一转身，蹦蹦跳跳地又跑出去找他姐姐了。

特克希在书房里双手捧握着巴图敖逊小姐的珍贵馈赠，左看看，右瞧瞧，端详了半天才小心翼翼拆去外包装，原来是条洁白的真丝围巾，丝质柔软，色泽鲜亮，制作精细，十分喜爱，围在自己脖颈上来回比试很久，又走到玻璃窗前照来照去照了半天，等到自我欣赏够了，才想到该出去谢谢送礼的人，发现花厅前已空无一人。

特克希围着白丝巾来到外面，站在小姐刚才站着的台阶上，凝视着脚下这片雪地，看着看着，恍惚间觉得雪地上仍有小姐的倩影在晃动，内心一阵冲动，看周围无人便单腿跪在雪地上，低下头去深情地吻着这片无瑕的白雪，一遍遍絮絮耳语着：

"谢谢您，巴图敖逊，谢谢您这珍贵的礼物！"

这是特克希初次邂逅巴图敖逊，还没来得及正面看上一眼，更没机会面对面说上一句话，这女子就像神一般存在于他的心中了！

不过转念一想，心里又隐隐涌动一阵阵莫名的忧虑，为什么小姐这次阔别回到故园旧居，丝毫未表现出应有的欣喜，相反，面对雕栏玉砌竟独自暗暗垂泪？想来必有难言的隐痛，被他无意间发现了。尽管他对此一无所知，但联系近来风闻德王准备逃跑的种种传言，还有他学生刚才不经意间透露的他们就要搬家离开的话，他猜想，莫非小姐的伤心垂泪与此有关？！倘若真是这样，她要跟随自己父亲一起出逃，那后果就十分严重了！

年轻教师狂喜的心情一下子变得沉重起来。他清楚地意识到，那是一条自我毁灭的路！特克希觉得自己有义不容辞的责任劝阻小姐。尽管德王是她父亲，但他是蒙古民族的罪人，她不应将自己的命运和这样的人联结在一起。在这事关巴图敖逊前途和命运的关键时刻，他必须向她陈明利害，不能眼睁睁看着这美丽的青春就这样白白毁灭！他心疼，舍不得，一定要把这美好保存下来，他要救她，为她赴汤蹈火，哪怕这是哈姆雷特式的事关生存或是毁灭，也在所不惜！

特克希的心陡地热切起来，翻江倒海似的涌起要去完成一项英勇豪举的强烈冲动！

问题是如何去向小姐陈述呢？当面进言，陈明利害，似乎有些冒昧唐突？那么鸿雁传书呢？叫自己学生帮忙，正好刚才收到礼物还未致谢。特克希急匆匆回到书房，在书桌前坐下，抽出信纸，提笔写起来。先对小姐的馈赠和厚爱表示没齿难忘的由衷感激，然后转入正题，分析形势，陈明利害，规劝小姐秉持大义，断不可将自己的青春和命运与追随即将覆灭的日本军国主义的父亲捆绑在一起，否则后果不堪设想，万望三思再三思。写完读了一遍，觉得表达得还不够到位，有点辞不达意，一把撕了重写。连着数遍，均不满意，最后觉得还是设法找机会面陈为妥。此信纯表感谢，留置桌上，请学生转交。

如是等了数日，他天天修饰整洁，围着小姐惠赠的白丝巾，身穿黑呢大衣，站在书房窗前张望。终于有一日，见他学生拉着他姐姐和一群女眷从花廊那头朝这边走来。他觉得天赐的良机来了，忙出了书房候在花厅一边。人还未到，心却"怦怦怦"狂跳不已，喉头也开始发紧，激动得有些透不过气来。等巴图敖逊和女眷们来到跟前，他只闻到一阵浓烈的异香直涌鼻腔，脑海顿时一片空白，满腹的话语竟想不起从何说起，慌得只是朝小姐不停地鞠躬，惹得女人们掩嘴窃笑起来。

沉默有顷，巴图敖逊面带笑容，说："老师多礼了！我弟弟让您费心了，我替弟弟谢谢老师！"说着把她弟弟从身后拉到特克希面前，"还不快谢谢自己的老师！"小家伙心不在焉地朝特克希草草鞠了一躬，拽着巴图敖逊的手嚷嚷着要去前院看金鱼。

天赐的良机就这样一无所获地过去了。没想到就在这天夜里，德王家人悄无声息地离开了王府。特克希是第二天才听说他们去了北平。紧接着传来八路军解放张家口的消息，伪蒙疆自治政权土崩瓦解，德王几经周折去了蒙古国，随后将包括巴图敖逊在内的全部家眷陆续接去蒙古国首都乌兰巴托。

一连几天，特克希在房间里揪着自己的头发发狠地捶打脑袋，伤心欲绝，又独自跑到草原上对着长空发狂地痛哭哀嚎，痛骂是自己害了小姐，没能将她从毁灭路上拉回来，对巴图敖逊的这段暗恋也就此永远地埋葬了。

"难怪他要一直留着这帧照片！"我说，"'孔乙己'后来还爱过别的女人吗？"

"守身如玉！"老潘脸上浮现着钦佩的神情。"就在上个周末，我受教研室一位蒙古族同事之托，他表妹'文革'前对'孔乙己'便情有独钟，如今听说他的历史问题有了结论，依旧孤身一人，想跟他结秦晋之好，要我探探口风。那天傍晚，我特地到新城南街买了只烧鸡，开了瓶老婆探亲带来没舍得喝的山西杏花村汾酒，两人在房间里边喝边聊，对他讲了介绍对象的事。他听后，向我坦诚地陈述了自己对巴图敖逊的这段暗恋。虽说事隔多年，但老特说起来依旧泪流满面，身子抖得像发疟疾似的，握着我的手一再表示歉意，说他从未对人说过，以后也决不会说，他不想让这成为别人茶余饭后的笑料。他对我说，人的感情是纯洁的、神圣的。爱一个人，就该这样爱法！"

驯马手恩和

一个不善待替他出力的牲畜的人会对人好吗？

——一位驯马手的话

明天就要离开伊克昭盟（今鄂尔多斯市）了。

这次自治区党委宣传部组织我们部分作家，分头深入全区各
条战线，采访改革大潮中最初涌现出来的一批领军人物。我的任

务是采访"全国五一劳动奖章"获得者、东胜（伊克昭盟政府所在地）中药二厂厂长张明瑞。经过一个多星期在药厂的生活、采访、座谈，和主人公的彻夜促膝谈心，明瑞创业的新理念和艰难历程深深感动了我，觉得自己已走近了他，可以回去写写这位鄂尔多斯沙原上的起飞者了。文章后来发表在1986年第5期的《报告文学》上，这是后话。

正在房间收拾行装时，我的一位相熟的年轻文友钢卓力克来盟招待所看望。听我说后，二话没说，朝我伸来一只熊掌般的大手。

"什么意思？"我不解地问。

"把车票给我去退了！"

"为什么？"

"老师第一次来咱们鄂尔多斯，"钢卓力克解释说，"我想留老师多住两天，去我家乡乌审旗作客。"

钢卓力克在盟文联搞创作，是位很有潜质的青年诗人。他文人武相，魁梧得像个孔武有力的摔跤手。他叔叔是我在内蒙古大学的亲密邻居。我们第一次在他叔叔家见面时，钢卓力克便高声大嗓地自我介绍起来：

"我是个诗人，诗人！但从未发表过一首诗。"他见我一下子愣在那里了，过了一分钟才意识到自己的语病，连忙补充说，"用汉文，用汉文！"

如今他汉语说得比以前溜多了。

"老师，"他说，"你不是想写驯马手吗？我阿爸说，眼下是他们大队牧民打马鬃骟马的季节。我们旗的乌审马是蒙古马中的良骏。以前，紧邻我们的革命根据地'三边'（即陕北的定边、靖边和安边）地区的骑兵部队的很多战马就是乌审马。它吃苦耐劳，一天能走小二百里地，冲锋时，别的马子一条直线往前冲，容易被敌人瞄准打伤。乌审马跑起来却弯来拐去，敌人不易瞄准，所以很受战士们喜爱。老师这次下来，正是个机会，去感受感受！"

我在内蒙古工作多年，对这最能凸显蒙古族人民剽悍和勇敢的驯马打马鬃很是神往，也曾在蒙古族著名作家玛拉沁夫和敖德斯尔作品中多次领略过他们的精彩描述，并且还为蒙古族舞蹈家朝鲁创作的舞蹈《驯马手》配写过诗，听他讲过作品从生活到艺术的构思。舞蹈《驯马手》后来在自治区文艺会演中得到热烈好评并获了奖，我的诗也同时在《内蒙古日报》上发表。但我从未零距离接触过驯马手和打马鬃骟马。现在有这机会，自然想去感受，但又想把张明瑞这位改革者的事迹趁热打铁写出来。

钢卓力克见我犹豫不决，进一步向我宣扬他的家乡，说那里有个叫恩和的优秀驯马手，在旗交警中队工作，是他姨父，新近又被选为旗马协会会长。他驯出来的马子有着非凡的认路本领。你把马鞭子插在地上，然后骑着它去远在千里外的呼伦贝尔大草原转上一大圈回来，它仍能准确无误地回到原地找到你插在地上的那根马鞭子！

"是有点神！"我情不自禁地点头说。

"老师肯定还知道毛主席当年骑的那白马，"钢卓力克说，"就是胡宗南进犯陕北，党中央主动撤离延安转战陕北时毛主席一直骑着的那大白马。有张经典老照片不知老师见过没有？"

我记起从前参观北京军事博物馆，看到过一张毛主席骑在白马上的照片，背景是黄土高原的沟沟壑壑，身边跟随着一群背着武器和干粮袋子的战士。

钢卓力克一拍大腿："就是这照片！"

"它怎么啦？"

"照片上毛主席骑的那大白马，就是咱们的乌审马，是我们乌审旗人民送给毛主席的，姨父当年还驯过它！"

我忙说："这可不能随便说。这事确实吗？"

"正式出版的党史资料里没记载，但我们那里老人们都这么说。"钢卓力克说，"乌审旗是内蒙古南大门，紧邻陕北革命根据地'三边'地区。毛主席撤出延安到消灭进犯的国民党，离开陕北去河北西柏坡，一直骑着这白马转战在黄土高原，指挥全国解放战争。这大白马为我们新中国的建立立过功的。今天延安革命纪念馆里还陈列着这大白马的塑像。"

这可真是头回听说的新鲜事！

我问钢卓力克："那咱们这回去能见上你姨父吗？"

"包在我身上！"钢卓力克拍拍胸脯，"如今改革开放了，牧业生产上的一些传统正在慢慢恢复。我们大队每年过打马鬃节骟马摔马驯马，都要请'依莫纳齐'（阉畜技术员）和来帮忙的马倌们吃'阿木苏'饭（一种过节吃的小米饭食，里面放牛肉红枣和骟马骟下来的马的睾丸）。姨父虽是旗公安局干部，但因为马协会的工作，也要把他一起请过来！"

钢卓力克的家乡白音乌拉草原，是一片水草丰美的草场。经过整整一冬的休整，草场上牧草吐翠，鲜花绽放，处处百鸟啼啭，一年里最妩媚的季节款款来临。

没想地处毛乌素沙漠腹地的乌审旗，有着一块像锡林郭勒这样美丽的草原。钢卓力克说，在两千年前的西汉时期，这一带却是太史公司马迁在《史记》里为其鸣不平的李陵将军全军覆没的地方。唐诗《陇西行》里说"可怜无定河边骨，犹是春闺梦里人"，这无定河就在我家乡乌审旗。

经钢卓力克这一指点，我才注意到这里地形地貌原来酷似陕北黄土高原。一马平川的塬上是白音乌拉草原和毛乌素沙漠，无定河在我们脚下的深沟里。钢卓力克把我领到崖畔边沿，指着脚下的沟壑，才看到无定河的一泓清澈的河水在潺潺流淌。

"无定河，我们当地蒙古语叫萨拉乌苏，是黄河的一级支流。

无定河畔并非只有春闺梦里人，据考古学家考证，这里还曾生活过比北京猿人早若干万年的河套人，在从事着人类童年时期的最初拓荒。"钢卓力克侃侃而谈，"我国从秦汉以来，首都长安成了全国政治、经济和文化中心。我们现在所在的鄂尔多斯高原地处长安和蒙古高原之间，又恰好是北纬四十度的重要地理带。不论朝廷向北用兵，还是北方游牧民族南进中原农耕地区，鄂尔多斯均是必经之地。这里成了北方游牧民族和中原农耕民族在政治、经济和文化上互相碰撞和交融的重要地区。"

原来这是一片历史悠久、内涵丰富、古老而又神奇的土地！

这天风和日丽，草场上一排排彩旗在齐刷刷迎风招展。临时拉线架设的广播喇叭正播放着德德玛的《美丽的草原我的家》，热闹得像在举办那达慕。今天，这里集中了全大队的所有马群，进行一年一度的打马鬃骟马。这是牧业生产上的一个重要环节，需要集中强壮劳力共同来完成的活计。除了本大队马倌，还邀请了附近大队相熟的马倌过来帮忙。

我们到来时，草场上已人喊马嘶一片欢腾。奔驰的马群像彩云般在绿草地上急速地来回涌动，马倌们骑着贴杆马，风驰电掣地追赶着狂奔的马群，手中的套马杆像长矛在不停舞动，套马索有如无人侦察机跟踪着业已锁定的目标，在马群上空呼呼地翻着跟斗朝目标飞落过去。

这是马的节日。草场上万马奔腾，吆喝声、欢呼声、呐喊声、说笑声此起彼伏。人们为马而来，为马而忙，为马而歌，为马而乐，激情飞扬。我们在临时搭建的大队部大蒙古包前看到一群年轻马倌个个神采奕奕，在热烈地切磋着套马技艺和骑术。今天也是他们作为牧马人最能展示自己本领和才艺的时刻。钢卓力克相熟的一位盟报记者，正拿着相机在抓拍镜头。两位兽医站派来的"依莫纳齐"带着助手在旁边小帐篷里围着火撑子正在消毒骟马器械。帐篷前的草地上，几个牧民在挖地垒灶埋锅，像是负责后勤保障的在准备伙食。

钢卓力克解释说，牧业上打马鬃节大都在每年春末夏初进行。从前打马鬃作为节日，有一定程式：先是喇嘛诵经，致颂词，将剪下的第一剪鬃供奉"吉雅其"（牲畜保护神）。事毕，主人家还要请众人吃一顿"阿木苏"饭，以酬谢所有参加劳动的人。条件许可的地方，还举行赛马、射箭和摔跤三样小型那达慕。这是游牧民族一项传统的带有游艺和娱乐性质的劳动盛事。

尽管"文革"后一切都已简化，但打马鬃摔马仍让人们感到震撼。因为打鬃的马子被套马索套住并被摔倒在地，方可剪鬃。这场人畜之间赤手空拳的较量，虽不同于古时斗兽场上奴隶与猛兽你死我活的生死格斗——马是牧民豢养的家畜，不同于猛兽要攻击人——然而对抗也相当剧烈，既有斗勇，又有斗智，甚至彼此间还有微妙的感情交流，并非单纯以力取胜。

就在钢卓力克这样说着的时候，不远处有马子被套住，正在狂怒地腾空跳跃，振鬣长鸣。一个身材高大的马倌飞奔上去，眼疾手快，一把揪住马的两只耳朵，套马手撤去套马索，摔马人死死按住马头任其呼哧呼哧地发怒挣扎。忽儿马进人退，忽儿马退人进，进进退退地相持上一会后，小伙子腾出只手沿着马脸一侧小心翼翼摸将下去抓住马的下巴。然后两手上下把控着马的脑袋，开始来回摇晃，摇着摇着，突然发力将马头一挫，这高大的蒙古马便随着脖颈的扭转，像堵墙似的"轰隆"一声倒在了摔马手脚下。

"上啊！"两个守候在一旁的彪形大汉迅雷不及掩耳地扑将上去，把马子死死压在自己身下，其中一个还从马的两条后腿间顺手拽过一绺马尾，飞快地缠绕在一条后腿上。至此，性子再烈的马也踢腾不了，只好任人摆布了。

"噢咻，打鬃的快上呀！"

"看呀！是咱们队的黑小子敖斯尔套的马子！"

"嗨，其其格，你还磨蹭什么？快一起过去！"

随着喊声，围聚在炉边说笑的女人群里，飞出两个花蝴蝶般扎着花头巾穿鲜艳蒙古袍的姑娘，手里拎着收集马鬃的袋子飞一般跑过去，用膝盖顶住倒在地上的马脖颈，从袋里拿出剪刀麻利地咔嚓咔嚓剪起马鬃来。

"汪老师，今天这场合也是年轻人表达爱意的机会！"钢卓力克指指那个正在打鬃的叫其其格的姑娘说，"今天她的心上人敖斯尔赢得了众人好评，你注意看，他们一定会有所表示！"

"看来钢卓力克是个过来人！"我说。

钢卓力克不无得意地大声表白："差不多吧！"

"钢卓力克又吹牛啦！"人群里一个牧民大嫂站起来大声揭发，"你那时追我妹妹都没辙了，怎么央求我来着？！"

旁边几个打鬃的妇女都嘎嘎地笑起来。

正在这时，远处忽然传来惊恐万状的叫喊声：

"不好了，有人套镫了！"

"快，快救人！"

随着这惊心动魄的叫喊声，只见一头高大的枣骝马拖着套马杆发疯似的朝这边狂奔过来。套马杆主人虽已从马上掉下来被拖翻在地，却依旧死死抓着不松手，一任自己的身躯像艘快艇在草地上弹跳着被马拖拽向前。

几个小伙子不顾一切地跑上去拦截，没抓住地上的套马杆扑了个空。就在此时，斜刺里飞出个骑红鬃马的骑手，箭一般朝枣骝马追赶上去，不一会便追成并排，只见那骑手从马上纵身跃起，像只大鸟似的朝身旁的枣骝马飞扑过去，双手死死抓住它的鬃毛，然后一个鹞子翻身跨在了马背上。

枣骝马发出一声咴咴长啸，狂怒地直立起来，腾起两只前蹄，想一下子甩掉背上那讨厌的家伙。但骑手似乎早有准备，整个身子仿佛像根柔软的蚂蟥紧贴在马身上，任其发狂转圈，来回蹬踢蹦跳，却始终无法摆脱掉。趁这工夫，那几个人一齐冲上去拽起拖在地上的套马杆，抽紧套马索，终于制服了那狂暴的生格子马。

我们跟随人们一齐拥上前去，骑手"腾"的一声从马背上跳落在地，原来是个年纪不轻的半截老汉！

钢卓力克兴奋地扬手一指："汪老师，那就是我姨父恩和啊！"

这时，倒地的小伙子已站了起来，恩和上前去摸摸他的胳膊，拍拍后背。小伙子嘻嘻笑着，脸上显着毫不在乎的样子，可身上那件崭新的蒙古袍已蹭得稀巴烂，殷红的血从几处蹭破的伤口一点点渗出来。

"快上赤脚医生那儿看看去！"恩和察看过小伙子身上几处伤口后说，"那顺，你这小子真叫悬！这么喊你还不撒手。前年咱们旗一个北京知青套镫，人们发现时只剩下条腿还套在马镫上，别的全叫风吹得啥都找不见了！"

"我没事，大叔！"那顺吐吐舌头，那神情分明让人觉得在众人面前掉下马来有点不好意思。说话工夫，钢卓力克为我向恩和姨父做了介绍。我握着他的手说："这一路来钢卓力克已讲了您许多故事。刚才看您马上救人，还以为是个小伙子呢！"

"那是下辈子的事了！"

恩和两鬓染霜，走路一瘸一拐，但他宽阔的胸膛、坚毅的嘴唇和红褐色的脸膛彰显着草原骑手的勇毅和机智。

这时人渐渐围上来，恩和与乡亲们打着招呼。我们边说边朝前走去，我忽然记起恩和刚才救人时骑的红鬃马：

"恩和姨父，您的马呢？"

"丢不了的！"说完，他双手拢住嘴巴，对空"噢咿啊咿"叫了几声，不一会那红鬃马嗯嗯嗯地跑着，径直来到他身边，伸长鼻子不停地嗅着他的手掌。恩和嘴里发出啧啧啧的赞叹声，一边向大家解说：

"它这是在问我：'有什么事吗？'"

大家瞪大眼睛好奇地看着他。

"行了行了！"他转过身去亲热地拍拍红鬃马的脖颈，"没什么事，就是有点不放心想看看你。现在你自个儿玩去吧，啊！"

红鬃马似乎能听懂他的话，转身时顺势拿尾巴"啪"地扫打了恩和一下，顽皮地噔噔噔跑开了。

恩和像望着自己逐渐走远的孩子，含情脉脉地注视着红鬃马，直到它消失在马群里，才收回目光对大家说：

"这马子现在像我一样老了，年轻时全国赛马还拿过走马冠军，一天能走二百多里地，尾巴微微翘着，屁股不耸动，人在马上稳稳当当，像是把你抱在怀里一样，可舒坦了。要是它噔噔噔小跑起来，你合着它的步法，轻轻地一颠一颠，那感觉就像你小时候躺在额吉（母亲）身边的摇篮里！"说起马来，恩和姨父的话匣子像洪水冲出闸门，滔滔不绝。

经过打马鬃的地方，看到刚才套住的那枣骝马还在跟摔马小伙子较着劲，他站下来观察了一阵，上去指点。

"这马的性子有点烈，你得比它更厉害，用牙咬它这地方。"他伸手指着马的耳朵尖，"就咬这儿，咬得它疼得扛不住了，再往下压它的头，它就顺着你往前走了，不就有机会使绊子了？！"

小伙子照着他的法子，低下头去狠劲咬马耳朵尖。那马果真不再跟他捣蛋，顺着他的意思乖乖地朝前走去。没走几步，小伙子手上发力，脚下使个绊子，那马便"呼隆"一声倒在了草地上。两个助手立刻扑将过去压住马身，拿皮条将马的三条腿捆住。两个牧民妇女便拎着驼毛袋子上来剪鬃。

我问恩和姨父："打马鬃这么费劲，不打不行吗？"

"天气转眼就要热起来，要是不打鬃，马子不上膘。这在咱们牧区是项时间性很强的活计！"

"所有马都打？"

"儿马（即公马）不打。"

"为什么呢？"

我发现周围的人都用怪异的目光看着我，显然是在讥诮我这问题的幼稚和无知，甚至连那两个一直在低头剪鬃的牧民妇女都抬起头来，暧昧地瞟了我一眼，然后低下头去窃笑起来。

恩和审视了我一眼，大概觉着我确实不明就里，就耐心地解释起来。

"儿马子在群里是一家之主，对内起着带领马群调解纠纷维持秩序的作用，对外承担着安全警戒保护族群的职责。它跑起来脖颈上长长的鬃毛随着脚步一抖一抖地飘动着，样子十分威猛。据说它发怒时鬃毛里会噼里啪啦放小火花，黑夜里狼群见了都不敢近前，起到保护马群的作用。"

"姨父，那是不是一种静电现象哦？"钢卓力克插话。

"这个我没亲眼见过，不好乱说。我是听别的牧马人说的。"恩和说，"一群马里就一头儿马。它就是群里的皇帝老子，那些骒马是它后宫里的妃子什么的。要是儿马子把长鬃剪了，骒马就不认它这个万岁爷，不让它上身了，马群的发展岂不成大问题了？这比我废了条腿要严重多了！"

周围的人忍不住爆出一阵哄笑。

"当然，马鬃还有经济实用价值。国家建设需要它，咱们牧民应当为国家作贡献，也好增加队里的收入。"

说笑间，钢卓力克阿爸、大队支书额尔敦领着兽医站的依莫纳齐和助手过来了。依莫纳齐见躺在地上的枣骝马已打过鬃，从兽医箱里取出骟马工具，用酒精一一消过毒，用小手术刀在马肚子靠近后腰的地方小心翼翼地划开个口子，挤出两颗粉红色的马的睾丸，用木夹子夹住，拿过助手递来的在炉子上烧得通红的刀具，娴熟地在木夹上飞快一蹭，只见躺在地上的枣骝马浑身一阵痉挛，然后在创伤处撒上些许事先准备好的粉末，顺手捡起那两颗滚落在地上的马的睾丸丢进带来的小铁桶内。

"行了，都放开吧！"依莫纳齐吩咐那几个压马的小伙子。

当众人一经解去捆住马脚的皮索，躺着的枣骝马一骨碌站了起来，抖搂一下身上的泥土草屑，便噔噔噔跑着找自己的马群去了。

依莫纳齐对额尔敦说："那边有人在叫，我们就先过去了。"说完带上工具箱和助手上别处骟马去了。

恩和一直在专注地观察着枣骝马的跑动，这时转过头来对大家说："骟得不赖呀！过去我们这里有的人骟马手势过重，马子放开趴在地上一时半会起不来，厉害的就死过去了。现在有了依莫纳齐，讲究科学，这种情况就很少发生了。这方面额尔敦比我了解，最有发言权了。"

额尔敦说："以前我们这里有的人骟出来的马性子烈，跑得快；有的人骟的马温吞水，不慌不忙，慢吞吞的。骟马这活看起来就这几样家伙，可里面讲究多了。汪老师，恩和肚子里马的故事可多了，三天三夜也讲不完。我看你们就到大队部大蒙古包里坐着慢慢聊，恩和他腿脚不好，不能久站。我让他们送点奶茶过来。我还有点事就不过来了。钢卓力克，你要做好汪老师的服务工作！"

大队部的大蒙古包地上铺着白毛毡，包门正对着草场，活动的热闹景象尽收眼底。

落座不一会，那顺就提着一大茶壶热气腾腾的奶茶和一摞碗进来了。钢卓力克忙起身从他手上接过碗来，问那顺："身上的伤厉害吗？"一边说一边把碗分放在每人面前。

"不咋！"那顺一边说一边忙着给各人碗里倒奶茶，"那边人手忙不开，我反正坐在那边也没事，就帮着把奶茶送过来，也想听大叔讲马的故事。"

恩和关心地问那顺："让赤脚医生看了？"

"看了！"那顺笑嘻嘻回答，"就是擦破点皮，上了点药。您放心好了。"

奶茶的醇香在蒙古包里弥漫开来。入乡随俗，按照蒙古族礼节，喝过第一碗奶茶后便随意喝起来，一边听恩和姨父讲驯马的事。

"都说我们蒙古人是马背上的民族，"恩和慢条斯理地说，"马与我们息息相关，放牧，交通，运输，狩猎，娱乐，打仗，哪一样离得开马？马是五畜之首，是我们蒙古人家里不会说话的成员。特别是成吉思汗创建蒙古马组成的强大骑兵军团，建立横跨亚欧大陆的强悍帝国以来，马在历史上可以说是国家兴衰的见证者和参与者，承载着我们民族文化和情感的积淀。如今随着社会的进步，机械化的发展，马的作用渐渐变小了，今后会越来越小。但即便如此，马在蒙古人心目中依旧是一种文化的象征。汪老师，你文化比我们高，我有没有说了过头的话？"

我连忙说："您是专家，我是来学习的，听了很受启发！"

恩和端起奶茶喝了一大口，环视了一遍大家继续说：

"由于马的重要性，人类很早就开始了对马的驯养，有的国家还有专门管理马政的机构。这是因为马进入我们的生活，要在人类社会发挥作用，一定得经过人的驯养。要是不这样，马群里的生格子马能让我们骑、听我们使唤？性子野得都不让人靠近。刚才你不是看见刚套住时乱蹦乱跳那狂暴的样子，把咱们年轻的马倌那顺都拽下来了？"

那顺插话："那是我技术差，今后自己要加倍努力！"

"恩和姨父，驯马是不是很难？"我问。

"说难也难，说好驯也好驯。有人认为，驯马不就是先把它拿下，制服它，然后它就乖乖听你调遣了！"恩和一脸不屑地撇撇嘴，"我最反感把驯马看作是一种征服，一种暴力行为！你怎么征服拿下它？骂它，鞭子抽它，打它，行吗？不行！有件事我一辈子忘不了。我跟阿爸学驯马那会儿，年少气盛，脾气火爆，马子一跟我玩上掉屁股，就拿鞭子狠狠抽它，教训它。有天早起，头天夜里跟媳妇拌了几句嘴，心里不痛快，驯马时就拿马子撒气，谁知它记仇了，天黑回圈时报复我。那时我们家穷，没马圈，是借用大庙上的。门是铁门，上面有根钢管做的固定横梁。平时我驯完回来骑着它进圈门，马子会自动慢下来，让我留心进门的准备。可这天快进圈门时，这家伙非但没像平时一样慢下来，反而突然加速，跑着朝圈门里冲。正在圈里铡草的阿爸见了，吓得冲我大喊：'嘿，小心脑袋！'等我反应过来，脑袋快撞到那根钢管上，猫腰已来不及，慌忙双手抓住钢管，身子吊在门梁上，马子'嗖'的一下从我胯下蹿进大门，被阿爸一把勒住缰绳。"

"这太危险了！"听的人都不约而同叫出声来。

"可不嘛！"恩和端起碗喝了口奶茶，"当时我从吊着的门梁上跳落到地上，气得七窍冒烟，捡起鞭子，冲上去狠狠给了它一鞭。阿爸一把夺下鞭子，怒冲冲地朝我嚷起来：'嘿，别忘了你还是个蒙古人，能这样对待马子吗？'我阿爸对我们几个兄弟姐妹，平时说话轻声细语都不像个男人，可这回他声音大得像炸雷似的骂起我来。'牲口不会说话，难道你就能拿它撒气？！我不是告诉过你，马子跟人一样，知道谁对它好，谁疼它，谁对它凶，谁欺侮它，惹急了还会报复你。刚才的事，你小子要好好思谋思谋。要不然，往后有你苦吃了！'打那以后，我驯马时不再对马子撒气、无缘无故骂它打它。"

"这是不是说人和马的关系要摆正？"

"是这样。"恩和说，"可总有人认为人是万物之主，一切都要听我的。记得佛经上说过，众生平等，这是有道理的。我就是把马子当作不会说话的自家人，有时看到它累得大汗淋漓，心疼得舍不得骑它，宁可自己下来陪着它慢慢溜达着走，让它缓缓气歇上一阵。"

我问："恩和姨父，听说您当年还驯过毛主席骑的大白马，您那时就知道毛主席了？是不是很光荣？有什么特别的感觉？能给我们说说吗？"

恩和放下手里的茶碗抹了抹嘴巴，郑重其事地说："那时自己稀里糊涂，要是知道是给毛主席驯马，说不定就不敢驯了！"说着自己先笑起来。

那是抗战胜利不久，一天，额尔敦牵着头大白马来家，要恩和给好好驯驯，也没说是谁的。那马子在乌审马里不能说是最高大的，但全身毛色雪白，没一根杂毛，像白银似的闪闪发亮，高昂着头，前胸突出，四条腿铁打般结实有力，像我们喇嘛庙大殿前的四根立柱，特别是它眼睛里那蒙古马特有的温和又带着一点霸气的眼神，让人觉着又熟悉又亲切。

恩和忍不住赞叹起来："真是好马呀！"

额尔敦说："那你就帮着给好好驯驯！"

恩和说："我哪来工夫呀？你妹子上回让章京家的狗平白无故咬伤，至今没好利索，在家躺着。小乌云一直离不开人，得我照应……"

额尔敦警觉地扫视了一眼院子四周，把恩和拉到一边神情严肃地告诉:"老弟,这次还非你出马不可!这是老巴叫咱们帮忙。"老巴叫巴图楚鲁,当时是咱们旗里地下党的负责人。他有一次听南边(暗指陕北三边地委)的人说,咱们八路军的大首长在陕北的交通工具主要还是马子。巴图楚鲁听后心想,八路军是咱们受苦人的队伍,打鬼子最坚决,大首长是领兵带将的人。再看古代那些英雄豪杰,哪一个不是马背论英雄,没好马怎么行?就想挑匹最好的乌审马送给大首长,也表示我们受苦的蒙古人对八路军的敬意和感激!

额尔敦话没全挑明,但恩和已经明白了。他觉得这事自己是该出力。可他在家养伤的女人怎么安排呢?额尔敦说,他和家里已商量好了,让她姐姐先过恩和家来照看,捎带着把小乌云也一起照管上。恩和就安心地驯大白马。

乌审马被人们称道的是它的走马,到今天在全国排名仍处领先地位。走马的快走训练因此也成为驯马的一个重要科目。但快走并非就是人们通常想象的四只脚快速捯动,而是有特殊的步法要求,同一侧的前后腿需同时起落,协调迈步,与另一侧的前后腿来回倒换。

考虑到大白马会是大首长的坐骑,恩和对驯马的各个科目要求格外严格,训练量也适当有所增加。每天快走练习两次,早一次,晚一次,每次两小时,距离逐渐增加,最后达到一天二百里地。

大白马因此体能消耗很大。这样练了一段时间，渐渐消瘦下来，毛色也逐渐灰暗无光，后来身上竟长起癞子来。恩和急了，正式训练刚开始，大白马倒病上了。他向阿爸讨教。甘珠尔扎布告诉一个土方，艾格草熬成汤抹在马身上，再擦抹上黄油。

恩和于是每天起早贪黑地拔下一大筐艾格草熬成汤，夜里抹在大白马身上，再擦上黄油。一个月后，癞子渐渐消退，长出一层新毛来，油光铮亮。为了保证大白马的营养，让它吃好喝好，恩和认真地做好"草膘、料力、水精神"养马"三原则"：对饲草饲料做到清洁卫生，喂前将草料都用筛子筛过，拣去小土块、杂草棍等脏东西，不让大白马吃带土的草。喂食的马槽，先前三天清扫一次，现在一天一清，做到马槽内清洁卫生，不留土屑。冬天马圈里天冷透风，恩和清洗喂食槽双手常常冻得生疼麻木，却一直默默地坚持着。他还重视马的饮水，知道这是养好马的重要一环。马子口重口轻有不同。有的马口重，饮水很快，喝饱就不想喝了。大白马口轻，喝水特别慢，时间比别的马子长，恩和耐心地等在一旁，等它饮足喝够，才牵着慢慢溜达回马圈。

三个月悉心照料下来，大白马长得膘肥体壮，比先前更加有劲壮实，精力充沛，而且恩和还发现，他夜里起来到马厩喂料，先前大白马总是若无其事只顾自己吃草，要不就低着脑袋打盹，神情冷漠，仿佛没他这个人似的。现如今，只要门外响起恩和的脚步声，大白马在马厩里就欣喜地咴咴叫着招呼他，两只明亮有神的眼睛由于兴奋在马圈幽暗的灯光下熠熠发光，像是在喃喃抱怨："老伙计，你怎么才来呀？我等你这么久了！"一面伸出柔软温热的舌头，亲热地一遍遍舔着恩和冻得满是开裂的手，仿佛在心疼地亲吻着。

白天驯马过程中，恩和还发现，大白马先前那种带着一点桀骜不驯的野性眼神也再看不到了。每次走到跟前它就伸过头来，亲热地在他身上蹭来蹭去，像是在说："我已准备好了，你就快下指令吧！"

有经验的驯马手知道，现在自己已完全取得了马子的信任，它愿意听从你的指令，这是驯马手们所企盼的驯马黄金时机。

恩和抓住这宝贵时机，将驯马的科目，快走，奔跑，疾驰，纵跳，穿越，有条不紊地带着大白马一项项训练下来，每一项大白马都很配合，完成得很出色，每个动作都做得轻松自如。看得出这真是难得的好马，恩和十分满意。但不知为什么，就是涉水这个项目，大白马完成不了，每次骑着它到了河边，哪怕是很小很浅的水，它都站住不敢往前，低下头去拿鼻子嗅嗅水，打几个响鼻，回过头来望着恩和，眼睛里流露出求助的神情，就是不敢下到水里。

这怎么行呢！恩和想，八路军大首长是领兵打仗的人，什么意外情况都可能发生。要是他骑着大白马带领部队正追击敌人，前面出现条河，或者半路遇上瓢泼大雨暴发山洪什么的，因为大白马不敢涉水，让敌人跑了，岂不误了大事？！

若在先前，恩和的炮筒子脾气早就发作了。按说马子一般都识水性，会凫水，这大白马其他方面都表现出色，怎么对这么点水就怕成这样？究竟怎么回事儿？他实在有点来气，是不是这段时间自己对它太宠了？得给它点厉害尝尝？他操起鞭子抽了它一鞭，大白马疼得身上哆嗦了一下，但依然一动不动站在河边怔怔地望着他，眼神既无助，又委屈，还有几分责问。恩和忽然想起阿爸的话，意识到自己的老毛病又犯了！

那么究竟是什么缘故呢？他抬起头来，河对面沙原上秋风萧瑟，一片凋零，只有沙蓬在地上随风滚动，省悟到大白马的生活环境鄂尔多斯是一片干旱高原，境内没什么河流，马子平时水就经见得少，更不用说涉水过河了。这样设身处地替大白马一想，恩和觉得自己的脑袋忽然清醒起来，气竟也慢慢消了。

他愧疚地拍拍身边大白马的脖颈说："对不起，伙计！我刚才错怪了你，我向你检讨！"然后又亲切地摸摸它的脸，像是爱抚又像是鼓励，默默脱去自己脚上的靴子，结扎在马鞍上，还将蒙古袍下摆掖在腰带里，慢慢地下到水里戏耍上一阵，掬起一捧水来泼在大白马身上，牵着它一点一点地下到水里，过了河，又踅回来。就这样走了一遍又一遍。每蹚过一次河，就喂它几颗黑豆，以资鼓励。就这样，反复地来回走着，先是在浅水小沟，后来换在水流大一点的河里，甚至故意挑下雨天刚发过山洪的急流滚滚的沟壑，最后去到无定河里。这样来回驯上一段时间，大白马终于不再怕水了，牵着它过河时，它还在水里玩耍嬉闹，甩动沾水的尾巴，把恩和身上的蒙古袍甩得湿漉漉的。

"嘿，你看看吧，我如今再也不怕过河了！"

大白马高兴得像个孩子似的在向人夸耀。

恩和深有感触地告诉大家："这回驯大白马的过程中，我对驯马终于有了进一步的体会。驯马不是单纯的征服，它是人和马之间感情的交流，是一个生命对另一个生命的影响和激励！"

恩和记得，训练大白马最后一个科目跨越沟坎时，已是鄂尔多斯的冬天，也是驯马难度最大的季节。这科目本来就有点风险，一般驯马中是没有的。但恩和处处想着大首长的安全，遇上再难走的路，他的坐骑也不能有闪失，就加了这项内容。

第一次试跳是跨越两三米宽的一段崖间深沟。经过一段快速奔跑，快到断崖边上时放松缰绳轻轻往上一提，大白马心领神会，毫不惧怕地高高跃起，两只前蹄并在一起越过断崖，稳稳落在对面的崖畔。几天下来，都顺顺当当的，谁知最后一天快结束时，不知是因为人困马乏还是土石稀松，当大白马向前一纵，跃过沟坎，两只前蹄落地时滑了一下，身子朝前冲去，骑在马上的恩和赶紧伸手抓马鬃，但已来不及了，身子跟着朝前扑出去，翻落在崖畔，当即就摔昏了。

四野茫茫，天慢慢黑将下来，傍晚时竟飘起雪花。刺骨的寒风裹挟着纷纷扬扬的雪片，落在恩和身上，染白了他的须发。阒无人迹的混沌天地间，白雪覆盖的崖畔，大白马却一步不离，忠诚地守护在他身边，寒风呼啸着吹得它尾巴毛狂乱地来回舞动。它抬起头来不时向着苍茫雪野发出哎哎长啸，仿佛在呼喊快来救人，声音听起来凄厉揪心又十万火急。它叫上一阵，低下头来看看躺在脚边的驯马人，见仍无丝毫动静，又仰起头来向四面八方发出一次次的求救呼叫。

也不知过了多久，躺在地上的恩和渐渐醒来，感到脑袋昏沉沉的，脸上麻酥酥发痒，身上有点冷。睁眼一看，发现自己躺在崖畔，夜色中有大片大片雪花飘落下来，脊椎也感到火辣辣的钻心疼痛。等到脑海里开始接续上暂时中断的意识，才记起自己刚才是从马上摔到了地上。

他抬手抹去脸上融化的冰雪，想挣扎着坐起来，脊椎骨陡然一阵钻心剧痛，赶紧又躺回原地。守候在一旁的大白马黑暗中看他在辗转反侧，连忙低下头来，用热烘烘的鼻子轻轻地蹭蹭驯马人的脸颊，还伸出舌头一遍遍舔着他的手，像个知道自己犯了过错的小子拉着人的手在诉说："嘿，老哥，真对不起，我这可不是故意的！"

恩和伸手感激地抚摸着大白马的脑袋。那牲口似乎心有灵犀，两只眼睛在黑夜里像燃烧似的闪着光，抬头朝四周张望了一遍，依然是茫茫黑夜，风雪越来越大，突然低下头来撕咬恩和蒙古袍的肩头，想用力把他拉起来。恩和挣扎着想配合它一下，脊椎却疼得用不上劲，试了两次都未成功。正在这时，忽听"咕咚"一声，大白马在他身边跪倒下来，身子紧挨着他。恩和立马心领神会，忍着剧痛慢慢翻过身来，一点点朝它的背脊爬去。那马子真是通人性，忍着疼，任凭他将自己的鬃毛拽来抓去，始终不动一动。等到恩和的大半个躯体趴在它背上，它似乎还不放心，回过头来用鼻头轻轻地碰碰恩和的脸颊，像是在提醒他："老伙计，注意安全，我可要站起来了！"才慢慢侧转躯体，一点一点地站起来。就这样，在风雪呼啸的塞外冬夜，将摔伤的驯马手从旷野驮回到家中。

额尔敦得知后立马赶来看望，仔仔细细察看过恩和身上的伤，觉得无甚大碍，但需养上一段时间，驯马暂时是不行了。两人一合计，认为该驯的科目大白马都已通过，表现优良，索性把马牵走送三北地委，好早日为八路军大首长服务，就将大白马牵走了。

新中国成立后，内蒙古歌舞团舞蹈家朝鲁等来乌审旗白音乌拉草原采风，了解到恩和的驯马事迹，深受感动，专门采访了他，还跟恩和学了一段时间的驯马，回去创作了舞蹈《驯马手》。

"天哪！"我忽然大叫起来，没想到朝鲁的舞蹈《驯马手》原来表现的就是恩和姨父！

我于是向大家讲了自己因为舞蹈《驯马手》与朝鲁的交

往和友谊。

那顺高兴地单腿跪在毡子上说:"这可真是应了咱们蒙古谚语,两座山走不到一起,两个人却能碰在一搭。"

钢卓力克更是兴奋不已:"汪老师,你看看,这次白音乌拉来对了吧?!"

但万万没想到,"文革"挖"内蒙古人民革命党"时,内蒙古革委会领导在公开讲话中将内蒙古歌舞团、文联定性为"内人党黑基地总部"。舞蹈家朝鲁被打成"内人党"重要成员,来白音乌拉采风被怀疑在从事反党叛国活动,恩和因舞蹈《驯马手》与朝鲁的正常往来和联系,被怀疑为在从事"内人党"反革命勾当,把他关在旗专案组举办的学习班里大搞逼供信车轮战,几天几夜不让他睡觉,站在桌上交代时摔下来小腿骨折,如今落下残疾,再也不能驯马了。

我问恩和姨父:"照片上毛主席骑的那大白马,究竟是不是你驯的?如果是,这马就像你说的,不仅见证而且参与了我们新中国的建立!"

恩和说:"后来中央发文对内蒙古'文革'期间的'内人党'问题彻底予以平反,我落实政策回旗公安局。一次单位组织去延安参观革命纪念馆,看到毛主席骑白马那张照片,我反复端详照片上那白马和它的眼神,越看越觉得就是我驯过的那马子,特别是讲解人员讲到大白马在陕北佳县遇山洪那次惊险经历,可以肯定就是它。讲解员说，那是 1947 年 8 月 16 日，那天毛主席冒雨来到佳县境内，骑着白马蹚水过一条河，正走到河中央，上游突发山洪，浑浊的急流夹带着两边土石，从山上哗啦啦冲刷下来。跟随在主席身边的人，心全都一下子提到喉咙口，生怕大白马受惊发生意外，但再倒退回河岸边去已来不及了。大家都为毛主席的安全捏着把汗。谁知大白马面对浊流翻滚的湍急山洪，毫不惊慌，驮着毛主席在水中稳稳当当地一步步朝前走去，上岸将毛主席驮到安全的地方。随行人员都欣喜若狂地拥上去勒住马缰，主席下马后坐在一块石头上歇息。其他的人都跑过去亲热地抚摸大白马结实的脖颈，一迭声地称赞它是'神马'！"

恩和说，从延安回到旗里，特地向老书记巴图楚鲁和额尔敦讲了这事，问老书记当年三边地委的人是否把白马送给了毛主席。老书记嘀嘀笑了一阵说，白马确实是他亲手交给了三边地委。至于照片上毛主席骑着的白马是否就是咱们的白马，他没听人说过，就不能随便说了。"恩和同志，当年我们多少老同志提着脑袋跟随毛主席干革命，谁还在乎这些？！"

说完故事，恩和仿佛像尊佛像似的默默地端坐在大白毡上，帐篷内寂然无声。大家这才发觉大蒙古包外白日里人喊马嘶的欢腾声早已沉寂下去。暮色苍茫的草场上飘来一缕"阿木苏"饭诱人的芳香，有人在喊：

"开饭了，大家吃'阿木苏'饭咯！"

乌兰牧骑队长的婚礼

　　天冷得滴水成冰。从车上吐口唾沫到地上，就冻成了滴溜溜滚动的冰蛋蛋。可婚仪的喜庆气氛，比熊熊燃烧的草原荒火还要热烈。

　　在边境公社结束工作，我们搭乘供销社的大车回东乌珠穆沁旗所在地乌里雅斯太（白桦树）。路上，同行的《内蒙古日报》驻锡林郭勒盟记者荣俊成告诉我，他的朋友东乌旗"乌兰牧骑"（蒙古语原意为"红色的嫩芽"，意为红色文化工作队）队长宁布今天和额仁戈壁的放牛模范娜布琪结婚，在女方家举行婚礼。我听后一时兴起，和荣俊成说好要赶去见识一下古老的乌珠穆沁婚礼。

车上的当地人听我说了后，都嘻嘻哈哈笑话我。因为按照乌珠穆沁风俗，参加婚礼的人都是事先受到邀请的，而我是自己凑上去的，这就显得有点不好意思了。

"当然事先有邀请了！"荣俊成理直气壮大声申明，"宁布和娜布琪的喜事，我虽不是媒人，但你们知道吗？我功不可没呀！"

原来这几年来，东乌旗乌兰牧骑在队长宁布的带领下，经常深入基层，为草原牧民送歌献舞，牧民群众亲切地称他们是"玛乃（我们的）乌兰牧骑"。有一次，他们在宁布老家额仁戈壁演出，任务完成后正要转移去别的大队，听说放牛模范娜布琪因为大队刚引进的荷兰种牛患皮肤病需要照料，忙得无法分身来观看乌兰牧骑新学演的《红色娘子军》片段，伤心地哭了。宁布听说后，当即决定送戏上门，为放牛模范一个人演出一场。

乌兰牧骑到的当天，队员们一如往常，发扬又演出又服务的乌兰牧骑传统作风，小伙子们主动帮娜布琪清扫了牛圈卧盘；一专多能的女歌手金花还为娜布琪的阿爸达瓦大叔理了发；洪常青扮演者宁布队长还帮娜布琪熬煮酸奶，涂抹在种牛身上杀菌去痒，还在他们羊棚里盘了一只刚学会的新式喂料槽。新式喂料槽外形如同一只倒扣的田螺，喂食时草料从尾部尖端的口子倒下去，散落在里面圆锥形的芯子上，自动分散成若干股，沿着一条条通道滑落到底下环形喂食槽里。每只羊羔都能吃到，彼此不争食抢食，既能保证吃饱吃好，又避免浪费草料。娜布琪全家老少看了都夸说宁布心灵手巧，感动万分。回到旗里不久，宁布收到娜布琪写来的感谢信，姑娘在信的末尾高兴地告诉他，经过二十多个日日夜夜的悉心照料，现在种牛终于恢复健康，羊羔也一只只吃得膘肥体壮！

就这样一来二往，爱情的火苗在两个年轻人心中慢慢燃烧起来。荣俊成为此写了篇通讯报道登在《锡林郭勒报》上。这次婚礼，新郎新娘联名写信给他，邀请荣俊成务必上家里来喝喜酒。

听完他们的故事，我越发想看看这对新人的婚礼了。

我和荣俊成在途中下了车，到娜布琪家还需走一小段路。荣俊成是土默特蒙古人，内蒙古大学汉语系毕业，算是我的学生，又是我的同行。我俩在茫茫雪原上，踏着厚厚的积雪，一路上听他介绍蒙古民族婚丧嫁娶的习俗。

蒙古族的婚姻习俗，从前存在过"收继婚"，即长兄病故，弟弟可娶嫂子为妻；还有"入赘婚"，就是男方到女方落户；"早婚"，女子十四岁就出嫁；等等。但最主要的还是"聘婚制"，即男方请媒人先到女家提亲，在征得女方家长同意后，送聘礼定亲。蒙古族的聘礼一般以牲畜为主，具体数量由于社会地位、经济条件和生活习俗的不同，差别很大。清朝乾隆年间，《理藩院则例》中曾有明文规定，"蒙古庶民结婚聘礼，马五、牛五、羊五十，逾数多给者入官"。新中国成立后，提倡不收聘礼，觉得有点买卖婚姻的嫌疑，但实际上变相的聘礼，暗地里仍然存在着。

在积雪的草原上赶路，如同在沙漠上行走，不一会儿就累得呼哧呼哧喘气，浑身冒汗，热得难受。我举手将皮帽往上一推，摘下帽来凉凉汗，一阵寒风，只觉得整个脑袋疼得仿佛无数针尖在扎刺似的。

"快把帽子戴好，汪老师！可不能这样！"荣俊成惊叫起来。"小心劈（当地土话，意即受凉）着！"

我赶紧将皮帽重新戴好继续赶路。

往日宁静的浩特，今天热闹非凡。远远就听到阵阵歌声，看到一群群穿着鲜艳服装的男男女女，从一个大蒙古包里出出进进。包外雪堆上，林林总总插着形形色色的套马杆，标志着来了许多宾客。女人们抱着孩子，转圈围在包外，有的扒开包顶与"哈那"（用来支撑蒙古包周围的栅栏）墙相连接的那条缝隙，兴致勃勃地朝里张望着。尽管经过"文化大革命""破四旧"，可这里照旧重男轻女，妇女没被邀请进包，只好站在外面的冷风中分享婚庆的热闹和喜悦。

蒙古包里烟雾弥漫，酒气冲鼻，人多得已无立足之地。当荣俊成拉着我在进门处探头探脑时，一个身穿崭新紫色蒙古袍的中年牧民立刻从里面迎了出来，摊开双手隆重地邀请。荣俊成随即向我介绍，这是新娘娜布琪的阿爸达瓦大叔。我立刻向他全家表示热烈祝贺。婚仪主持人这时也连忙从里面挤出来帮着招呼，为我们在宾客拥挤的蒙古包里艰难地挤出一席之地来，请荣俊成和我盘腿坐下。

这里是女方的家，蒙古包里的宾客都是被邀请来喝喜酒的女方的至亲好友。包中央虽燃着大牛粪炉，但热力只够温暖周围数尺空间。西北方向的三张炕桌上，狼藉着烟头酒碗和装在一只大铜盘里切开的手扒肉。在这种人多的喜庆场合，蒙古人喝酒是不分彼此的，想喝的人都是自己走上前去，站在放酒的炕桌前，随意端起满着的酒碗来喝，抓手扒肉来吃，显得十分豪放。

我们刚盘腿坐下，一位穿着民族盛装的年轻姑娘用茶盘端着两碗酒上来，达瓦大叔按照接待贵客的礼数，从盘子上拿起酒碗向我们敬酒。荣俊成和我忙起身接酒。蒙古包里立即唱起了热情欢快的敬酒歌：

酿在坛子里的是温热的马奶酒呀，
给那亲朋好友斟上的是浓郁芳香的酒呀！

装在坛子里的是烈性醇香的纯酒呀，

给大家斟上的是最热情友好的酒呀！

　　按照蒙古族礼节，我用无名指在酒碗里蘸了酒，向上一弹，示意敬天；往下一弹，示意敬地；再在自己额头上轻轻抹了一下，然后一饮而尽。没想酒的辛辣像火一样，从喉头慢慢地燃遍全身。我不曾料到马奶酒会这么强劲浓烈。

　　荣俊成在耳边轻声解释，按照乌珠穆沁传统礼俗，这招待客人的马奶酒，是女方父母为办喜事几年前就准备下的。它要经过六蒸六酿，反复烧煮蒸滤，到第六酿才成为上品"熏舒尔"，然后装坛埋入堆放羊粪的地下，到女儿出嫁那天才挖出来招待亲友，酒味醇厚香浓，度数比北京二锅头还高。这个习俗，很像我家乡浙江绍兴嫁女儿时用来招待客人的"女儿红"酒，可以说是"草原女儿红"。

　　包里的宾客从昨天傍晚开始，已经兴高采烈地喝了整整一夜的"草原女儿红"。这会儿人人酒兴正酣，用不同的声调唱着酒歌。一张张本来就黝黑红紫的脸膛，在"草原女儿红"的作用下，泛着红润的光亮，在等待男方迎亲队伍的到来。

　　小荣毕业后在锡林郭勒盟工作多年，对当地蒙古民族的生活和传统习俗相当熟悉，创作了不少作品。他写的剧本，已由锡盟歌舞团搬上舞台，来呼和浩特参加自治区的文艺会演，受到观众的好评。他告诉我，按照传统的乌珠穆沁婚礼规矩，同样的婚仪此时此刻男方家里也在如火如荼地进行。男方过来的迎亲队伍，主角当然是新郎，按规矩，应穿色彩华丽、镶紫色宽边的缎袍，骑白马，配饰银鞍子银马嚼银笼头。陪新郎的男伴，在服饰上也有要求。不过现在有的小伙子，不像妇女爱穿传统的民族服装。他们为了显示自己的时尚开放，更愿意穿剪裁简洁、款式新颖的蒙古袍，花边等修饰性的花样也不那么严格讲究。脚上穿的也很少是传统的蒙古靴，而愿意蹬轻巧美观、亮晶晶的黑马靴。迎亲队伍的人数一般为单数。等拜过天地日月回男方家时，女方伴送新娘的队伍也必须是单数。单数相加就成为双数，意味着吉祥圆满。

小荣正这样说着时，包门忽地大开，进来个人风风火火地通报，迎亲的人马快到了。婚仪主持人对身边娜布琪的阿爸说，快告诉送盘子的人，出去迎亲！

"我这就告诉去！"达瓦大叔说着便起身朝门外急急忙忙走去。

荣俊成说，摔盘子是乌珠穆沁婚礼上一个特定的程序，即在新郎迎亲队伍快要到达时，须有一位精干的年轻姑娘代表女方前去迎接。此人骑术要精，捧木制红漆盘子，盘里放置奶豆腐若干，代表新娘分送给前来迎亲的每位骑士，每人一块。分到最后一个人时，女方代表需立即拨转马头朝原路飞奔回来。迎亲的小伙子们这时会立即拍马追赶，快到新娘住的蒙古包时，务必将红漆盘子抢到手，并一下子摔碎在地，否则就意味着不吉利。所以这位女方代表一定要为人机敏，万一小伙子撵不上自己或者出现其他不测情况，要设法让新郎方面的人撵上自己，以便顺利地完成婚仪上这一象征吉祥的程式。

而新娘家里，这时干妈已经为新娘梳妆完毕，分好"媳妇辫子"。按照传统规矩，乌珠穆沁蒙古族女子未婚前，姑娘都梳一条长辫。到了出嫁那天，由干妈为她改梳成为两条，俗称"分头"。有的地方梳媳妇辫子时还需夹进新郎的一些头发，旧时还需请喇嘛来家诵经，用加红糖的河水轻轻地洒在新娘身上和她住的蒙古包里，俗称"洒圣水"。"文革"后，这一套全都被简化或革除了。打扮妥当的新娘此刻躲在自己的蒙古包里，甜蜜地等待着企盼已久的幸福时刻。

突然，包外掀起一阵骚动，只听有人在高声叫喊：

"马队过来啦！马队过来啦！！"

大家坐在包里，开始感到大地在微微震颤，马蹄声犹如春雷从远处隐隐传来。婚仪主持人起身招呼大家：

"各位长辈贵宾，亲友们，让我们大家出去迎接娶亲队伍吧，婚礼仪式在大队部办公室门前举行！"

大蒙古包里顿时乱了。来宾纷纷站起来一边穿戴一边乱哄哄地排着队朝包门口走去。等小荣和我弯腰低头钻出蒙古包，浩特里阳光灿烂，人头攒动，一支五颜六色的马队像道闪电从眼前呼啸而过，腾起大团纷纷扬扬的雪雾。接着只听得浩特空地中央激起一阵山呼海啸般的欢呼，夹杂着阵阵掌声和叫好声。

当我们跟着宾客们来到大队部办公室门前时，这里已布置成婚礼会场，屋檐下拉起大红的结婚横幅，正面挂着毛主席像。一个精干强壮的魁梧骑手在马上举着双手嗷嗷欢呼，手里拿着一个已碎成大半拉的红漆盘子，正激情飞扬地转着圈向大家展示自己"摔盘子"的精彩与成功！

听旁边的人在小声嘀咕，这摔盘小伙是宁布的同学，自治区马术队队员，特地来参加自己好友的婚礼，专职承担抢盘重任。来前，他一直担心自己完不成朋友的重托，与迎亲队伍的小伙子们分析，凭骑术抢过红漆盘子来应该说是轻而易举的。他就是担心地上有雪，红漆盘子摔下去不容易碎。大伙出主意，叫他把打马球的球杆带上，摔盘时不管是否碎裂，跟着给它一杆子，再结实的盘子也经不起马球锤的这记重击！

快到新娘住的蒙古包前时，这位马球队高手两腿一夹，纵马向前一蹿，从新娘代表手中一下子夺过红漆盘子摔在地上，紧跟着抢起球杆像打马球似的狠命一击，红漆盘子应声碎成两半，紧接着他在马上一个漂亮的鹞子翻身，弯下身子从雪地上拾起碎盘，纵马向在场宾客激动地报喜：摔盘成功！

当婚仪现场激动的欢乐情绪好不容易平息下去，主持人站在毛主席像前用半导体喇叭高声喊叫：

"长辈们，贵宾们，乡亲们！请安静！宁布和娜布琪的结婚仪式现在开始！首先，请新郎上场！"

新郎宁布在一群威风凛凛的男伴簇拥下，骑着高大的配镶银鞍具的白马，出现在众人面前。听到主持人的宣布后，动作敏捷地率先跳下来，等候在一旁。他仪表英俊，乌黑的眉，高高的鼻梁，两边嘴角有着一对富有表情的酒窝，穿一身镶宽边的鲜亮紫缎面蒙古袍，腰系鲜红绸腰带，脚蹬黑亮新马靴，佩弓带箭，显得英气勃发而又健壮帅气。

荣俊成小声介绍，当地的一般青年男女搞对象，机会就没像宁布那样便利了。他们大多是在大庭广众之中，譬如边境雷达站来放映电影的机会，见到自己属意的姑娘，就朝她偷偷地丢个小纸条什么的，上面写上一句"你是小狗吗""你是小猫吗"这一类玩笑话。姑娘拿到后，通常会将纸条在自己的女伴中间传阅一番，惹得姑娘们开心地哈哈一笑。女方如果对对方也心有好感，会用同样的方式回敬过去。小伙子于是心里便有了几分感觉，用今天的话说就是所谓"来电了"。

现在看来，这手法未免有点低级可笑，类似今天男女同学之间互相示好。可那时，草原上的年轻牧民就这么单纯本色。

等到试探阶段结束后，第二步才正儿八经地书信传情，方式之多，任何专家都难以说清了。最常见的是男女双方在放牧时秘密幽会，像大家知道的"敖包相会"。待关系确定下来后，才向双方父母公开秘密，谈婚论嫁，商定具体的事项，送聘礼定亲。

正说着，一群穿着五颜六色民族盛装的姑娘，簇拥着新娘娜布琪和她父母从蒙古包里缓步出来。新娘穿一身红色镶边的蒙古袍，脸颊绯红；毛茸茸的眼睫毛上挂着一滴尚未擦净的泪，在一闪一亮，像是刚刚哭过；在包外雪光的映照下，整个脸蛋仿佛一个带着露珠的熟透的红苹果。

先前一直等在场上的宁布，见新娘娜布琪在离自己几步远的地方面对面站下来，和她闪电般交换了一个会心的微笑，眉目间传递着两情相悦的爱意，然后很快转过脸去像没事人一般跟身边的伴郎没话找话地说笑起来。

主持人见新郎新娘已在毛主席像前面对面站定，拿起半导体喇叭声音激动地宣告："婚礼第一项，以箭传情。"说完退至一旁仿佛在朗诵似地说："擅长骑射的蒙古民族崇尚威武，就连在人生的婚礼上，也不同于别的兄弟民族，新郎用射箭来对新娘传递爱的信息……"

"汪老师，咱们往前走走！"荣俊成拉着我朝前挤去，一边提醒说，"这是我们乌珠穆沁婚礼最有特色的地方，今天机会难得，你定要好好看看！"

等我们挤到前面，新郎宁布手上已拿着一张乌兰牧骑演出用的道具弓，从佩带在自己身上的箭囊里抽出一支箭来搭在弦上，然后半侧着身子娴熟地摆出弯弓射箭的架势。婚礼上的人都屏声静气地注视着，只见新郎神色庄重，面朝东方，轻轻一扣，"嗖"的一声放出一箭射向东方上空。静悄悄的人群里响起哗哗掌声，人们齐声叫好。

宁布又如是向西、南、北三个方向各射一箭。

主持人声音："这象征着新郎新娘对以后生活放牧、生儿育女的地方的开拓。现在，新郎箭囊中只剩最后一支箭了。这是留给两位新人自己的箭。倘若射箭失败，箭杆反弹回自己身上，意味着婚后是个怕老婆的角色，事事都得听娜布琪的；如果射中新娘，意味着婚后女的会顺从男方，对新郎宁布百依百顺。何去何从，现在请新郎选择，开始射箭……"

宾客们个个睁大眼睛，兴味十足地注视着宁布从箭囊里抽出仅有的那支箭，若有所思地搭在弦上，慢慢拉弓发力。可谁也没料到，当新郎细眯着眼，将弓拉得像个圆月时，我发现宁布整张脸竟然都融化在幸福的笑靥中，他一定是看到站在自己几步远的心爱的人，心里沸腾起从未有过的柔情……

宾客们开始发出一阵嘤嘤嗡嗡的骚动。旁边男伴中有人沉不住气在小声催促：

"大哥，快放箭呀！"

"快放呀！我们等着看新郎新娘拜天地日月哪！"

主持人也焦急起来："请大家注意，现在我们的新郎大概有点难办了。究竟是东风压倒西风，还是西风压倒东风？"

人群中爆发出一阵友善的哄笑声。

宁布也忍不住"噗嗤"一声笑了，垂下握着的弓箭。

"我向新娘投降还不行吗？我舍不得射她！"宁布向主持人坦诚承认，"为什么往后在自己家里非要搞得不是西风压倒东风就是东风压倒西风呢？我把这最后一支箭留下送给新娘做个纪念，以后我们在家里遇到事情两人共同商量，互爱互让。这多好呀！"说着大步流星走到娜布琪面前，单腿跪地，双手捧箭举过头顶奉献给新娘。

"嗬嗨，毕竟是玛乃乌兰牧骑队长，遇事想问题不同一般人见识！"主持人头脑活络，见机行事，立刻来个顺水推舟，"好，让我们大家祝福新郎新娘，今后互爱互让，幸福美满！"

话音刚落，迎亲队的小伙子们一声欢呼，拥着新郎朝毛主席像走去。主持人的半导体喇叭急火火叫起来：

"嘿嘿嘿，小伙子们，你们这是干什么呀？"

小伙子们齐声回答："不是该拜天地日月了？！"

"羞！羞！羞！"一群女伴立即从新娘身后站出来挡在小伙子们前面，异口同声地笑着嚷嚷说，"你们新郎急得连礼数都不顾了？歌还没对就想拜天地，你们是不是害怕了？"

"对歌就对歌，怕你们不成？"一个小伙子当即挺身而出，亮开嗓门哇哇唱起来：

插翅展飞的双翼神马呀

虽然跑得快如飞，

魂牵梦萦的美丽姑娘啊

何时才能来到你身边？

　　女伴们似乎早有准备，人群中立刻走出一位如花似玉的年轻姑娘，大大方方地应声接唱：

想要见上一面也不难，

见面礼物得带够：

山头上的水要半桶，井里的干土要半斤，

三棱子鸡蛋要一个，天上星星摘一颗！

　　"啊呀妈呀，这可把我难住了！"男歌手大声喊叫起来。围观的宾客们"哄"的一声发出一阵会心的笑声。紧接着，男方队伍里又站出个小伙子来迎战：

天虽然远银河还能瞭见，

骆驼虽然高大鼻拘能够拴住。

海棠花虽然娇艳美丽，

还得靠天上雨水来浇灌。

那边刚一唱罢，这边立刻有姑娘应声而起：

高山顶上怎能积得住雨水，
头脑简单的人怎能学得会本领；
磨盘和驼毛驮不在一搭搭，
聪明人和蠢汉说不到一起！

与其乘骑颠跛的马儿，
倒不如走路步行吧；
与其和不守信用的人生活，
倒不如独自一人过日子！

两个回合较量下来，女方歌手伶牙俐齿，对歌对得男方连连败下阵来。主持人在半导体喇叭里也唱着提醒：

今天咱们不是赛歌会，
婚礼上对歌别转移大方向！

"行！那咱们就唱婚礼上的事。"男伴中第三位歌手站出来说，接着便唱道：

塞外笔记

金子的好坏嘀，

金子的匠人会知道。

新郎哥哥的好心地嘀，

日久天长新娘会知道。

新娘的女伴们一听，交头接耳地飞快商量了一阵，推出第三位歌手来接口唱道：

高悬在天上的太阳，

是那苍穹的明灯；

纯洁美丽的姑娘，

是那四邻的明灯！

新郎阵营中最后一位歌手，好像是乌兰牧骑演员，亮开嘹亮的歌喉欢声喜气唱道：

金色的吉格珠亥鸟，

双双飞上蓝天欢唱；

新郎新娘的美满婚姻，

像乌顿巴尔花一样鲜艳芳香！

新娘这边歌手终于将对歌氛围推向高潮：

快把洁白的羊桡骨献上来吧，
把最美好的祝福献给他们。
祝福新郎新娘百年好合，
幸福生活像羊桡骨般坚硬结实！

歌声中，女伴们一边唱一边拥着新娘娜布琪，把她推到毛主席像前和新郎面对面站好。主持人在半导体喇叭里声音激动地高喊：

"现在，新郎新娘拜天地日月，请献上羊桡骨！"

人群中有人手捧一盘，上覆红绸布，置一根洁白的羊桡骨，送到新郎新娘面前。荣俊成凑在我耳边小声解释：在我们蒙古人的概念里，羊桡骨是一根神圣的骨头，蒙古语叫"宝格德其米根"。过去每家牧民蒙古包顶棚支架上都插着一根羊桡骨，护佑这家人逢凶化吉，安康吉祥。在传统的蒙古族婚礼上，新人手持羊桡骨拜天地，象征着日后他们的新家永远平安，他俩百年好合！

这时，宁布和娜布琪从盘里拿起羊桡骨，两人双双手捧这一圣物，极为庄重地面朝东西南北不同方向，拜过天地日月，然后又双双向毛主席像鞠躬行礼，最后向娜布琪父母尊长行见面礼，婚礼遂告结束。主持人最后大声宣告：

"现在，新郎新娘赛马开始！"

欢声笑语热热闹闹的婚礼现场，突然响起一阵哭声。原来按照婚礼次序，拜过天地后新郎就要带走新娘去男方家了，新娘哭别父母。娜布琪脸上挂着两行泪水，在一群花团锦簇的姑娘的簇拥下，一边号啕大哭，一边慢慢地蹬上配银鞍具的枣红马。就在这一刹那，她仿佛不是个牧人，上马的动作显得那么费劲吃力，最后还是在女伴的帮助下，脚尖才探着马镫跨上马背，一直跟在她身后的额吉，脸上同样是热泪纵横，声嘶力竭地大叫了一声"娜布琪！"张开双臂不顾一切地扑向已经上马的女儿。骑在马上的娜布琪像只倒空的面口袋应声倒在额吉怀里。母女俩紧紧相拥着，哭成了泪人儿，一边彼此吻不够似的吻了又吻。目睹着人世间这离别场面，我忽然感到一阵鼻酸，心想大概因为古时内蒙古地域辽阔，路途遥远，交通不便，女儿远嫁后母女俩要再相见，困难得怕是我们今天的人难以想象。也正因如此，流传下来的怀念母亲的蒙古族民歌总是那么催人泪下，深深地感动着我们！

这时，围在四周的女伴们唱起了大家耳熟能详的蒙古族《婚宴歌》：

> 早晨的朝露不能到中午，赛拉喂冬采
> 童年的幸福哟无法永留住，赛拉喂冬采

鲜美的珍果不会天天有，赛拉喂冬采

生身的父母哟无法永久在一起，赛拉喂冬采

鹰鹫的雏儿命运在崖头上，赛拉喂冬采

可爱的女儿哟她的命运在他乡，赛拉喂冬采

饲养大的枣骝马命运在路途上，赛拉喂冬采

抚养大的女儿哟她的命运在异乡，赛拉喂冬采

金色的酒杯斟满了酒敬给长辈们，赛拉喂冬采

银色的酒杯斟满了酒敬给亲友们，赛拉喂冬采

拉起胡琴快奏起来哟把笛子吹响，赛拉喂冬采

亲朋好友们快红红火火畅饮闹起来！赛拉喂冬采

……

　　娘家这批女伴组成的花团锦簇的女骑士呼啦一下，纷纷跨上骏马，簇拥着新娘娜布琪向东面雪坡一溜烟飞驰而去。新郎紧随着也拍马驰去。新娘阿爸达瓦大叔将男伴们留在先前的大蒙古包里，又痛饮一番，一巡酒，一支歌。几杯酒后，小伙子们纷纷起身告辞，说是新娘家的马队走了已有一会儿了，如果赛马她们领先，他们这些棒小伙就要负责遛马了。

　　他们在包外雪堆上纷纷拔出插着的套马杆。尽管有的人刚才

塞外笔记

出来时还有些步履踉跄，似乎有点醉意，但只要一抓着马缰绳，上马的动作却依旧利索敏捷。跨上坐骑，两腿一夹，奔腾的马队呼啸着向着新郎新娘追去，一路上踢起大团大团冰雪。

据说，按照乌珠穆沁婚礼，赛马时新娘如若追上新郎，她会在超过的那一瞬间附在新郎耳边，柔声地说上一句：

"今天就让我赶上你一回吧！"

送走新娘意味着婚礼结束了。大蒙古包里还留下最亲近的几个亲友和我们外来的客人，气氛冷落了许多。达瓦大叔情绪尽管有些落寞，但还是带头端起酒碗，仰脖一饮而尽。

"嘿，咱们怎么停下了？继续喝酒唱歌，我想起了支歌！"说着他和老友兽医巴布道尔吉，一个下巴蓄着一撮山羊胡子的小老头，放开沙哑的喉咙唱了起来。

穿上皮得勒（大皮袄），
跨上科力马……

大概曲调陌生，唱了几句达瓦大叔发现没人跟着一起唱，便停下来，从坐着的地方单腿跪起对大家大声嚷嚷：

"咦，年轻人，你们怎么不一起唱呀！"

山羊胡子小老头说："年轻人唱的是新歌，咱们不会；咱们会唱的老歌，他们不会。还是咱俩唱吧！"

于是，他俩又忘情地嗷嗷唱起来：

> 穿上皮得勒，
>
> 跨上科力马……

唱着唱着，觉着有些不对劲，又停下来。突然一拍大腿，喊了声"有了"。于是，带头用汉语唱起了《东方红》。尽管发声咬字都很不准确，但唱得极其努力认真，大家于是都一起和上去齐声唱起来。这是唯一一支蒙古包里所有人都会唱的歌。

唱完《东方红》，主人又单腿跪地，摊开双手，对我做了个邀请姿势："汪老师——！"

入乡随俗。我知道这种场合恭敬不如从命，便用蒙古语唱起一支东蒙民歌。由于紧张，唱完开头一句下面便忘词了。但是主人及时地支援了我，他和巴布道尔吉一起紧接着唱了下去：

> 大道上扬起了烟尘，
>
> 多么像波涛在翻滚。
>
> 那是我们勇敢的套马手，
>
> 骑着科力马在飞奔！

达瓦大叔拍手打掌，高兴得手舞足蹈，大声嚷嚷："太好了太好了，大家尽情地唱吧。不管是蒙的汉的，我们是一家人。我们的心连在一起。今天我太高兴了，我们吃了、喝了、唱了，说的全都是心里话。我，我太高兴啦……"

巴布道尔吉笑着逗自己的老朋友："喂，达瓦，我问你，呼——这是蒙的还是汉的？"

达瓦把手一挥。"中国这么大，民族这么多，谁知道你说的是哪个民族的话？就拿汉语说吧，有北方的、南方的，东人的、西人的，多了去了。叫大伙说说，能一样吗？"

"哈哈，老伙计，你还没醉呀！"老兽医张大嘴，开心地哈哈笑起来，发现他张着的嘴里黑洞洞的，只剩下两颗露着的门牙。

达瓦大叔站起来，步履踉跄地朝包门外走去。荣俊成连忙上去搀扶，被他一把推开，说：

"小荣，我不用扶，我没醉，我自个儿能走。我不但能走，我还能跑，不信我跑给你们看！"

说着，达瓦大叔真的就在杯盘狼藉的大蒙古包里，独自一人当着大家一圈圈地表演起跑步来。

小木匠传奇

小木匠姓王，名字忘了，河北邯郸人。

改革开放初期，百业待兴，各种行业的百作师傅，诸如木匠、泥瓦匠、油漆匠、鞋匠、裁缝、弹棉花的、生豆芽的、做豆腐的、炒花生的等，从全国各地如同洪水般涌来内蒙古，在呼和浩特寒风凛冽的街头巷尾，用他们自己的勤劳和坚韧开店设铺摆地摊，经营起五花八门的行业来。这让我想起《蒙古秘史》中提到的成吉思汗崛起当年，蒙古军团从全国各地收罗来成千上万技艺精湛的各族工匠，大规模地集中在漠北的情形。他们不仅在军事上使成吉思汗大军拥有当时世界上最先进的攻城略地的武器装备，还在经济层面对日后蒙古帝国给予了强大的支撑。当然，成吉思汗重视技术，保护匠人，主要目的是为了他的军事扩张。而改革开放起步阶段涌入内蒙古的这股洪水似的技术流，不仅活跃了当地经济，便利了交通闭塞的塞外居民的生活，同时也为这些人自身日后的发达蓄积了发展所需要的第一桶金——奠定了资本原始积累的基础。木匠小王，就是这浩浩荡荡技术流中的一朵让人难忘的浪花奇葩！

事情缘起于一次去朋友家中的串门。

那是个周末之夜。那时在塞外草原，夜晚的城市大街没有现在的流光溢彩，灯火通明，过周末也没有地方和条件去追求点情调和文化生活。普通百姓所能有的周末活动，无非就是在忙碌了一周后，趁着周末空闲去拜访一下朋友，聊天放松。

记得那次，我和小钰去与内蒙古大学一墙之隔的大学友人老北家串门。那个时候，寻常百姓家里没电话，不像现在去前可电话预约，朋友间彼此看望大都是想去就去，突袭式的。我们进门时，老北夫妇俩正满头大汗在忙着拾掇一只崭新的大立柜。

那年月，大家都比较清贫，家家户户除了睡觉的床和书桌，几乎家徒四壁。就连我的老师，时任自治区最高学府——内蒙古大学汉语系副主任兼古典文学教研室主任萧雷南教授这样的高知家里，也只有学校给配备的一只简陋的五斗柜和一对沙发。一般知识分子家庭莫说拥有大立柜，许多人在现实生活中连见都没见过真实大立柜的样子，除非在反映往昔有钱人家生活的电影里。现在看到朋辈家的屋地中央赫然矗立着一只式样时新的三开门大立柜，在灯光下熠熠闪光，散发着一阵阵浓烈的油漆味，我和小钰讶异得顿时都睁大了眼睛。

"嗬，真是漂亮啊！"小钰由衷地赞叹起来，一边伸出手去轻轻地抚摸着，"这立柜你们是……"

"哦，这是我们前些日子请木匠师傅给打的。"女主人小卢解释说。

那年月，我周围的熟人中，只有遇上结婚成家这样的人生大事，才舍得下决心动用千辛万苦积攒起来的那点钱，添置一两件必不可少的过日子家当，财力许可的人家，外加一对木箱。现在，居家过日子的目标一下子变得如此宏大，像从前有钱人家似的置办起派头十足的三开门大立柜来。这在朋友们眼中，称得上是个豪举。

小钰绕着大立柜转了一圈又一圈，嘴里一连发出啧啧啧的赞叹声，钦羡不已。

"你们条件比我们好，也请木匠给打上一只吧！"女主人在一旁怂恿说，"我是每年被换季搞得头疼死了。热天时，冬天用的盖窝毛衣棉裤换下来没个放处，就东藏西塞，塞得自己都记不住放的地方了。到了天气转凉，这东一件西一件的又要找出来，有时记不准确，东翻西找，找得我火冒三丈！我跟老北要求了多少回，要再不解决，我这个管理员可要罢工不管这些破棉絮烂棉袄了。现在有了大立柜放东西，找起来就方便多了！"

女主人这番居家过日子的经验之谈，引起小钰和我的强烈共鸣。

我们家里直到二十世纪七十年代末还只有一只上大学时从老家带出来的老式皮箱，而且两只锁襻已全都扯断。这就是我们两个工作了二十年的知识分子的家拥有的唯一的私有财产。过冬用的御寒物品，诸如毛衣、棉裤、皮帽、手套、大头棉鞋和棉絮等，统统塞在从学校门口小铺买来的纸烟箱、灯泡箱和装洗衣粉的纸箱里。每当换季翻找衣物，将落满尘土的纸箱从床底下拖出来，把里面的衣物什么的全都倒在床上。有时因为记忆有误，打开一只，发现里面没有所要的，再打开一只，不得不将所有纸箱一只只都拖将出来，全部打开寻找翻检，弄得床单上满是灰土，家里像建筑工地似的到处尘土飞扬。找得小钰头发炸开，火气十足。我和女儿这时龟缩在尘土纷飞的房间角落里不敢吱声，望着满地纸箱，整个家乱得像是刚经历一场战争的废墟。难怪事后女儿常常要笑话妈妈："我们家不怕天不怕地，就怕妈妈找东西！"

现在听女主人叹完寻找换季衣物这番苦经，小钰拍手打掌欢叫起来：

"哎呀！你可说到我心里去了。作为家庭主妇，咱俩有共同的感受！"

"那你们也打上一个嘛！"老北也在一旁帮腔怂恿。

"怎么样，汪成？"小钰转过脸来征询我的意见，"咱们是不是也可以考虑一下？"

"好是好。"我完全理解小钰的心思，"就是木料没法解决。"

"木料倒是用不多！"老北宽慰我们，"我家也没有木料，无非就是这两年攒下来的单位里分的劈柴和废旧木料。给我们打立柜的小王，不像别的外地来的木匠。他知道我们都是些没本事的臭老九，搞不到木料，尽量用旧料代替。实在不行，就拼拼接接，不嫌麻烦。我们这里做过的几家对他的印象都很好！"

"这两年汪成单位分的劈柴和废旧木料倒还存着！"小钰说，"就是不知道能做不能，完全是一堆只能生火的垃圾嘛，看了会叫人笑话！"

"要是决定做的话，"老北说，"我的意见是叫小王哪天上你们家看看料去再说！"

三天后的一个晚上，我俩下班回来正在家里忙着做晚饭，忽听有人在走廊上高声大嗓叫喊："温老师，温老师！"开门一看，是个农村穿扮的小伙子，说是卢老师叫他来温老师家看木料。我问他："师傅贵姓？"

对方很有礼貌答道："免贵姓王。叫我小王好了。"看我们正在屋里烟熏火燎地忙着做饭，便知趣地笑着说："我上外面走走，头回进大学的门，先参观参观，一会儿再过来。"

"我们吃饭还早！"正在锅台边忙碌的小钰说，"汪成，你带小王师傅先去对面屋里看看木料，人家木匠师傅时间宝贵！"

我们当时住的单身楼，二十年住下来，单身们大都成了双身或多身。一间十几平米的房间容不下祖孙三代，学校在进楼处斜对着的地方又分了半间给我们，原先住着我母亲，里面还盘了个炉子做饭。我和小钰带着女儿住对面。一室多用，卧室书房兼会客。又因为我写作熬夜，影响女儿睡眠上学，将学校借给的两只书架并在一起放在屋地中央，像堵墙似的将房间一分为二。夜晚我就钻在书架后面看书写作，书架前面靠窗的地方放张双人床，就占去差不多半个房间了。倘若客人来访，大家只好在床沿上坐成一排。床下的空间派上了大用场，成了我家的储藏室，堆着我们那些宝贝纸箱、鞋子，还有单位里分的一捆捆舍不得烧火的劈柴和废旧木料。一间半房，一间在走廊尽东头，半间在楼中间进门处，隔着十多户人家。

我领着小王来到东头那间卧室，弓下腰去正要探身钻到床下取木料，小王一把拉住了我。

"汪老师，还是让我来吧！"不由分说便钻到满是尘土的床下，撅着屁股吭哧吭哧地拖拽出一捆又一捆落满灰尘的劈柴和废旧木料。

"这完全是一堆建筑垃圾嘛，怎么能打柜子呢？"我自己看着都越来越不好意思了，"小王，我看别费事了，你快起来吧！"

小王蹲在地上没理会我，低着脑袋一包包解开捆着木料的绳索，抓起一根根满是灰土长短不一的废旧木头，翻转来折过去细细地察看着。

"不行吧？"我问。

小王沉吟了一会，说："行倒是行。"然后根据立柜所需的柱料横档等构件，将木料一一分类，嘴里念念有词地核算了一遍。

我看小王的表情似乎有门，忙问：

"够吗？"

"你们的立柜打算做多高？"

我说："我不知道立柜应该多高。"

小王耐心地解释说："像卢老师他们一般都是一米八，不算下面四个脚。你和温老师个子高，一米八的立柜里挂大衣就不够高了，至少也得一米九。"

"那材料够吗？"我生怕木料不够。

"木料倒是差不多。"小王细声慢气地说，"我算来算去就是柜子顶上还缺根横档的料。这个倒是不难解决，可以在做的人家之间互相调济一下。要不我跟现在做的这家商量商量，他们横档有得多，你们拿柱料跟他们换一下。"

正说着，小钰过来问木料看得怎么样了。我将情况跟她说了一遍。小钰听了满心喜欢，着急地问小王什么时候可以过来做。

"至少还得三天！"小王说。

"那就抓紧时间吧，最好能快点动手！"小钰是个急性子，凡事说干就干。

我说："还是再等等吧！"

"还要等什么呢？"

"学校老师们家里都还没打大立柜，咱们第一家有立柜，还是不要在这上头争当第一吧？！"

"哎哟，汪老师！"小王突然很不理解地叫了起来，"现在啥时候了？咱们一不去抢，二不搞投机倒把，不就是用废旧木料打只立柜，还怕人家说啦？！"

"我赞成小王的意见！"小钰大声地表扬小王，"说来说去，还是不在其位，不谋其政，对管家婆的苦衷体会不深！不要说现在木料已经够，即便不够咱们想办法创造条件也要打起来。因为我们需要，也有可能，又不犯法。有这三条，我看什么顾虑也用不着！"

又过了三天，小王带着锯子刨子斧头全套木工家什上门来了。

按照当地规矩，对待上门揽活的木匠师傅，主人家要承担其吃住。为此，在伙食上主人通常会尽可能照顾好，每顿炒两个菜，喝点小酒，买两包烟什么的，以祈盼能保证活计质量。没想小王一来就事先声明自己吃素，禁酒，也不抽烟。吃饭客随主便，我们吃什么他吃什么。不过干活出汗多，茶是要喝一点的。

这让一直头痛做饭的小钰大大松了口气。更没想到的是，小王声称自己不同于别的出来揽活的木匠，白天黑夜玩命地干。他吃过晚饭便休息不干活了。这又让我们松了口气。因为我们住的是单身楼，一个房间就是一户人家。倘若夜间干木工活，刨声锯声敲打声，肯定要影响隔壁人家。现在小王这么一说，这个隐忧自然就不存在了。

但没想到，后来恰恰是木匠师傅的这个让我们松了口气的安排弄得小钰哭笑不得！

我们家的所谓废旧木料，不仅体积短小，而且木质杂乱，有松木、杉木、桦木、榆木、楸木，还有水曲柳。小王挑来拣去，煞费心机地凑齐三开门立柜正面和两扇门所需的立柱和档料，就在做饭的屋里摆开架势开始加工了。我则按照他的要求，放下手里的一切工作，跑进奔出，四处托人购买水曲柳三合板，以及其他诸如各种型号的铁钉、合页、砂纸、明胶等木工需要的各种物资，马不停蹄地准备齐全；小钰在做饭上也不敢怠慢，尽管小王不吃荤腥，但在素食烹饪上尽可能地精细，来回变换花样。两人齐心合力，以保证我家首项浩大的基建工程胜利竣工。

小王年纪不大，初中毕业，就和大多数农村孩子一样，草草地结束了人生中最可珍贵的学习阶段，父母将他托付给叔叔学习木匠。小王心灵手巧，肯动脑筋，几年工夫就开始独立操作揽活挣钱了。他干活精细，速度很快。两天时间，把立柜的主要用料都已刨出来了。然后是乒乒乓乓地做卯眼榫头，第四天头上，立柜架子起来了。我们全家人为此都很兴奋，也具体见识了小王木工技术的精良和高超。

几天相处下来，发现小王性格随和，待人接物很重礼节。每次吃饭时，总忘不了要赞扬几句温老师炒的菜入味好吃，这使向来不擅长烹饪的小钰多少减轻些作为一个家庭主妇的心理负担。他还特别能和我们的女儿打成一片。每天汪泉放学回家，总要到小王干活的房间里转来转去地看看立柜的进度。这时，沉默了一天的小王（因为小钰和我都要上班）一边拿刨子嗖嗖地刨着木料，一边有一搭没一搭地对眼前的小学生讲一些与他自己实际年龄不相符的人生经验，诸如"百善孝为先""出必告，返必面；父母呼，应勿缓；父母命，行勿懒"，还有什么孔融让梨、陆绩藏橘的故事，以及什么"谨慎应酬无懊悔，耐烦做事好商量""在家三辈老，出门三辈小""进了食堂，个子高不了""出门劝人三件事，戒酒除花莫赌钱""让几分时原无害，吃些亏处也无妨"等人生体验。

"当然，我这指的是一些具体小事，"小王有时自以为小学生理解不了，会耐心地对我们女儿解释几句，"比方说你骑车上街，人家不小心自行车蹭了你一下，人和车都不碍事，千万不要发火动气，吵得双方脸红筋胀的都不痛快。少说两句让几分人，大家不就都过去了？当然遇上大事原则问题，那可一分也不能含糊相让。比方同是杀人，大将杀人千百万，授功封爵；小老百姓杀了一个人，就得偿命杀头。为什么？一个是大事，一个是小事，性质不一样呀！"

拿今天的眼光看，这些教诲大都来自《弟子规》《三字经》。我有时在一旁听着听着，脑海里会突然闪过这样的疑问：这场说是触及每人灵魂的"文化大革命"，是否真的触及了生活在我国广袤大地上所有中国人的灵魂？像眼前小王这样的农村青年，灵魂深处基本上还是原封不动地保存着祖祖辈辈传下来的那套人生哲学，看不到"文革"对他灵魂有过什么"触及"！

小王不仅这样说，也这样实践着。他几乎与所有出来揽活的手艺人都不同。人家木匠师傅干起活来一个个都是拼命三郎，天天家里灯火通明，挑灯夜战，一天干活时间在十六小时以上。他倒好，与吃皇粮的上班族同步，每天的作息安排早八晚五，干活时间严格掌握在八小时，绝不多干。每天晚饭前，将刨花狼藉、锯末满地的屋子打扫得干干净净，然后洗手歇息。晚饭后跟着我一起在内蒙古大学校园内、人工湖畔、操场上散步放松。回来后，我沏上杯茶，一头钻进自己房里的书架后面开始挑灯夜战；小王则重新换过白天泡淡了的茶叶，手捧茶杯，关在自己做生活的屋里静静地看起书来，互不干扰，也不知他每天夜里几点睡觉。

那个时候，酷爱阅读的年轻人真是凤毛麟角，小钰和我看到小王这一爱好很是喜欢。当然，小王看的书并不是自己的，而是从我们书架上随手取阅的。在我的印象中，能享受这种特权的，除了自己家里成员外，小王是获得温小钰允准的第一人。

那天晚上，我和小王从湖边散步回来，看到小钰在做饭的屋里正对着一堆猪骨头发愁。那个年月，尽管内蒙古是边疆少数民族地区，但肉油糖蛋等副食与全国一样都是凭票供应，数量少得可怜。记得猪肉票是每人每月两张，每张半斤。那时家里最怕来客人，来次客人改善生活买上点肉，全家人一个月就没得肉吃了，让多少主妇望锅兴叹，愁白头发。时在内蒙古大学任体育老师的杨式耕先生（即日本友人小林阳吉）雅好文学，与我家过从甚密，看到后甚为同情，设法从他母亲工作的食品公司买来几斤骨头送与我们。他说自己无力买到肉，只是骨头，送给两位老师和小泉熬点汤。骨头上还有点肉，汤里有油可煮菜。说完还蹲在水泥地上用砸煤块的锤子帮着将大的骨头一一砸开，可以改善生活三五天。这对我们来说，真是雪中送炭！那天他因为有事，骨头送来后没工夫帮着砸开，就去忙别的事了。

"嘿，两位老师在一旁待着，这很好办嘛！"小王听说后，随手抓起两张旧报纸铺在地上，然后操起自己的木工斧头，蹲在地上很快将几根大的胴骨乒乒乓乓地砸开了。

"怎么样，温老师，"他笑着问小钰，"要不要拿到盥洗室（因为是集体宿舍，家里没有卫生设备）洗洗去？"

"谢谢了，砸开就好办了！"

小钰一边说一边连忙找出只大蒸锅，将所有骨头收拾到锅里，准备起身端到盥洗室洗去，被小王一把抢过。

"让我来吧，反正手上都是油了！"说着，端起蒸锅嘻嘻哈哈地笑着朝走廊那头的盥洗室跑去了。

等到他回来时，小钰已经将地上收拾干净，重新将房间里的煤饼炉捅开，坐上大蒸锅开始熬骨头汤。

"小王，我没想到，"她说，"你除了木匠活，干其他家务事也这么内行麻利！"

"农村人嘛，在家里啥活都干，以后有什么要我做的尽管吩咐！"小王一边擦手一边说。停了一会，小伙子说话忽然变得有点结巴，期期艾艾地问小钰：

"温老师，你们能不能借本书给我看看？"

正站在炉边忙着的小钰感到有点意外，转过头来问："你白天干了一天活，晚上不歇歇呀？"

"太早了，睡不着！"

那年月，"读书无用论"流毒尚未肃清。知识界包括大学生在内，对读书尚且心存疑虑，社会上就更可想而知了。现在，一个来城里打工的农村人，主动提出想要书看，这实在是太稀罕了！

"你想看什么书呢？"

"有中医的书吗？"

"我和汪老师两人都是学文学的。医学方面的书可没有，只有一本新出版的《农村医疗手册》，大概不对你胃口。"

"有《西游记》吗？"

"现在就要看吗？"

小王不好意思地点点头。

"那你上对面房间自己去取吧，汪老师在那边，你问问他《西游记》在书架上什么地方。"

"我不敢，还是麻烦温老师给我拿一下吧。"

小钰感到有点奇怪了："有什么不敢的？"

"因为你们书架上贴着条儿：敝帚自爱，恕不外借。"小王说时声音里尽量显得温婉，眼睛注视着温老师脸上神情的变化。"我在这里几家有知识的人家里干过活，尽管家里要甚没甚，可书架上那些书却看得像是什么宝贝似的，要是上去在上面随便乱翻，会不高兴的。就像到了养狗的人家，不能随便吓唬狗一样。狗和书都是主人所爱，尊重主人所爱，就是对主人的尊重！你说是不是？"

小钰听后开心地大笑起来。

"你这个比喻真是太生动了！所以叫我们是臭老九嘛，因为臭毛病就是多。不过冲你对书的这种态度，可以是个例外。以后想看书架上哪本书，随便拿好了！"

小王就这样经过小钰特许，像我们家庭成员一样，可以从书架上取阅任何一本自己想看的书。

随着与小王渐渐地熟悉起来，谈话也慢慢深入，饭后与小王一起散步时，能听到他口中农村里许多意想不到的精彩故事。有一天，他跟我讲起农村小伙子找对象难的情形。

"在咱们河北老家，"他说，"一些外出揽活的小伙子，现在找对象还是比较容易的。他们在一般农村人的心目中，被认为是一些有本事有能耐的人，姑娘们愿意嫁给他们；其次是一些勤勤恳恳老老实实待在村里干活的人。最让人瞧不起的是那些出去了一趟却两手空空、什么也没挣回来的人，被认为是最没出息、最丢人的。于是，村里就闹了个谁也想不到的笑话。有个小伙子，平时在村里并不咋的。可出去打工不久，就给家里父母寄回一百元钱来。（那时，一百元不是个小数目。我们十六级的副县长每月也才能挣这么多工资。）不过村里人看在眼里，嘴上可没说什么。过了一个月，又寄回一百元来。这样过上一年半载，按月一百一百地寄回来，村里的人就渐渐有些议论了，觉得小伙子在外打工变得有出息了，能挣钱了，家里保不定也有些积蓄了。不久，就有热心的人主动上门来提亲说媒了。两年工夫，小伙子从外面回来风风光光结了婚。但新婚不久，嫁过来的姑娘发现自己上当受骗了。原来小伙子家穷得要啥没啥，聘礼婚事的钱全是借的，债台高筑。就连每月寄的一百元钱，还是老人为儿子向亲戚借来的。每当小伙子从外面寄来，家里的人又悄悄地寄还给他，到了下个月这一百元又寄回来，就这样寄来寄去地玩把戏。小两口为此大吵了一架，新媳妇逃回娘家哭诉去了。然而农村人还能怎样呢？吵也吵过，哭也哭过，闹也闹过。前半夜想想自个儿，后半夜想想别人家，总不能像城里人那样动不动就打离婚。生米煮成熟饭，女方自认倒霉，只好别别扭扭地过下去。"

听完了他家乡的纪实，我说："这故事生动说明了现阶段金钱的重要性。可你却把赚钱的大好时光浪费在散步看书上，不觉得可惜吗？"

"大概没有人会嫌钱多，但我觉得并非有钱就有了一切。"小王意味深长地眯眯一笑，"我小时身体不好。我爹说，往后我想靠在大田干活养活自己，有点艰难，就叫我跟叔叔学了木匠。我学木匠是正儿八经拜师的，叔叔对我要求很严，说我手艺越好往后养活自个儿就越容易。可不就是这样。人生在世，干活赚钱是为了活着，可活着并非只为了赚钱。汪老师你说是吗？特别是出来闯了几年，看到外面的人都比咱们农村人活得自在，得乐时且乐。要不，为了几个钱，白天黑夜地干，不就跟在农村时一个样了？！"

与小王聊天中，知道他读过孙犁的《白洋淀纪事》，印象很深。当然由于受懂得一点中医的父亲的影响，他最喜欢的还是中医。有一天看了《西游记》，他散步时郑重其事地告诉我：

"汪老师，我敢肯定吴承恩是懂中医的。"

我突然站下来不走了，感到有点小小的讶异。

"你这样说有什么根据吗？"

"书里说孙悟空住在灵台。你知道灵台在哪里吗？"

我只记得鲁迅有"灵台无计"的诗，却说不出灵台具体在哪里。

"灵台就是人的心，这是中医的说法。《西游记》里有许多中医用语。吴承恩是从中医角度来写《西游记》的。抓住这一点，书里许多不好懂的地方都好理解了。"

我不懂中医。说吴承恩从中医角度写《西游记》，是平生第一次听到。不敢苟同，但也不好轻易否定。

小王见我愣在那里，没有反对，就按着他的思路继续发表他对医学与文学的高见。

"中医对我们认识人和世界很有帮助。"他侃侃而谈，"可惜鲁迅先生学的是西医，如果是中医，对写作的帮助就更了不得了！"

记得后来，我重新翻阅《西游记》，发现确实有不少中医术语，说明小王是动过一番脑筋的。他就这样在我们家里白天做木工打立柜从事体力劳动，夜里从事从中医角度研究《西游记》的脑力劳动。一只立柜竟整整用了十个工，比人家打个立柜多出三分之一工时。小钰私下对我诉苦："啊呀，要再拖下去，我这后勤可有些吃不消了！"

邻居们进来参观后，都交口称赞小王干活细致，质量高，样式时新。只是小王自己对这个作品并不满意。他说由于材料限制，立柜正面几根木料材质不同，担心油漆上去后出来的颜色不统一，影响立柜美观，建议我们立柜外表用塑料贴面包装起来，既可免去油漆，又省时，又好看。

我和小钰立刻表示赞同："那好呀！"

可塑料贴面就像我听小王说吴承恩是从中医角度写《西游记》一样，是第一次听说，不知道塑料贴面为何物，更不知道叫谁来做这活。小王挺身而出："我来试试吧！"

那当然是求之不得了。从材料采购到具体操作，我们又一股脑儿推给小王了。事后，才体会到这活极其细致麻烦，先要将塑料贴面根据所贴部位的长短大小，一一切割好。小王又怕浪费我们的材料，本着节约原则不敢多买，裁割时极其小心谨慎。然后再用胶水粘贴在立柜外表。怕胶水强度不够，粘贴上去后还需要用沙袋压上几天，才能结实牢固。为此，小王这个任劳任怨的木匠师傅挑起箩头，到附近建筑工地呼哧呼哧地挑了几担沙子来。

小钰找出条旧床单，剪开做了几只袋子装沙，还令我贡献出两条旧长裤，剪下裤腿又缝了几只小沙袋，压在翻倒在地的那三扇立柜门的横档上。

那几天，家里一间半房子，地上是翻倒的大立柜，上面堆压着样子怪异的沙袋。还有卸下来的立柜大门，上面同样压满沙袋。房间里脏乱拥挤。莫说女儿抱怨没有做作业的地方，我和小钰也只好相视苦笑，连人进人出插脚的地方都没有了！

两天后，胶水完全干透，小王撤去所有沙袋，将立柜直立起来，重新用合页固定好柜门，再将配来的镜子安装上。说也奇怪，经过塑料贴面一包装，确实像小王说的具有一般立柜所没有的效果——漂亮豪华，富有现代感。小钰和我站在立柜面前对着镜子一打量，忽然神奇地发觉整个立柜像是注入了精气神，显得神采奕奕，焕发出一派富丽堂皇的华光，让我们这间陈旧灰暗的陋室骤然间蓬荜生辉！

小钰和我笑容可掬地傻站在立柜前，久久不肯离去。这段日子的付出和辛劳，顷刻间无影无踪。我们像做梦一样，这个组成快有二十年历史的知识分子家庭，终于拥有了一件属于自己的像样的家具，心里突然涌上一阵说不出的感觉，既欢欣又有点辛酸苦涩！

更想不到的是，我家这首件线条流畅富有现代感的家具，并非用的什么优质木料，而只是一堆原本当引火柴用的废旧材料。

塞外笔记

136

记得立柜最后做盖顶时，再也找不出合适的材料。小王问我们，立柜顶上放不放帆布箱什么的重物。小钰说要压纸箱什么的。小王只得在盖顶中间加根横梁，将原本一整块的盖板分成两块，然后一半用十一根板条，另一半用十二根板条拼接而成，再用胶水黏合，真是又费力又费时。大立柜最后一道工序，是在未贴塑料贴面的两侧刷了两遍清漆。就这样，小王终于将一堆腐朽化为了神奇！

又是个周末，那天下午立柜大功告成的消息辗转相告，不胫而走，轰动了大学校园。来家参观的熟人老师和陌生老师络绎不绝，一批接着一批。他们也像我们在老北家第一次看到这时新家具一样，一个个眼里放射出欣喜钦羡的光，伸出手来小心翼翼地抚摸着立柜的塑料贴面，仿佛在摸着什么贵重的物品，热烈地邀请小王师傅也去自己家化腐朽为神奇一番！

小王一开始还只是随口答应记在心里，后来邀请他打立柜的大学老师和工作人员逐渐多起来，他只好从工具箱里翻找出小本本，用铅笔记在上面。最后，邀请小王去做立柜的人家，接龙似的一家挨一家，多得排到了两个月以后！

整整一个下午，小王一直站在新落成的大柜子旁边，就像现今车市上的车模站在一款正在隆重推出的新车旁边，笑眯眯的脸上显着一片幸福的红晕，眼睛里洋溢着喜悦的神情。他不曾料到，自己的这个作品会受到大学老师们如此热烈的欢迎，获得如此巨大的成功，得意得都有点陶醉了。作为一个手艺人，他平生第一次感受到这成功的巨大幸福！

这天在准备吃晚饭时，小王像往常一样，先打理好木匠工具，清扫干净做生活的场地。为了犒劳劳苦功高的木匠师傅，小钰悄悄去新城南街烧鸡铺预订了一只烧鸡，备办了几只素菜，还买了两瓶啤酒，准备为小王饯行，同时也庆贺我们家拥有如此漂亮的第一件家具。没想到，当我、小钰和女儿端着酒盅站起来向小王表示感谢为他送行时，这位在我家辛苦了半个月的木匠师傅站起来勉强抿了口酒后却提出了我们意想不到的要求。

"两位老师，我暂时还不想走，还想在你们这里做几天！"

我和小钰端着酒盅的手突然僵住在空中。

"你不是已经答应去我们徐老师家做了吗？还登记了一大串老师的名字。"小钰大惑不解地问，"我们这里的工作已经结束，没有活了。"

"两位老师请坐下，容我慢慢地说。"

等我们面面相觑地重新坐定，小王解释说，原来吃饭前他清理干活场地，发现剩余的下脚料经他仔细计算，还能做一对沙发。

"沙发？！"女儿瞪大眼睛惊喜地叫起来，"真的吗？"

"是真的！"小王认真地点点头，"做沙发其实用料很少，主要是两边的扶手，还有靠背和四条腿，这些你们剩下的废料中都已齐全了。"

小钰坦言："做沙发要弹簧的呀！可我们没有弹簧，也不知道去哪儿弄沙发弹簧，还是熄火吧，我们有这只大立柜已经够心满意足了！"

"我们不用弹簧。我们是简易沙发！"经过小王反复详细的解释，最后终于弄明白，简易沙发是用废弃的胶车内胎代替弹簧，剪成一根根皮条固定在座位两边，上面再铺层层叠叠的旧棉絮，四周用布面包住，就成了又柔软又富有弹性的沙发座。

"如果你们这次不做沙发的话，"小王抓住时机加紧做温老师和我的思想工作，"这点剩下的废料，那就是下午像老师们说的名副其实的腐朽，不是自己当引火柴烧掉，就是送给别人去烧掉。为什么不下决心再来一回你们所说的化腐朽为神奇呢?！"

"所以你暂时不上别家做了？"

小王很诚恳地对我们点了点头。

"不为别的，因为我觉得你们两位老师好，就给你们提这么个建议。当然，最后的主意还是你们自己拿！"

我们一家三口一时间全都没说话，低着头，嘴里默默地咀嚼着菜，可心里却反复地盘算开了，斟酌着小王这诱人的善意建议。

"我要沙发！"女儿首先打破沉默，高声大嗓地表态，"爸妈，我们做吧！"

"好倒是好，"小钰也开腔了，"就是太花时间。对我们家来讲，沙发毕竟没像大立柜这样急需。再说家里已经翻天覆地乱了半个月，什么事都给这只大立柜让路了，有些该做的事拖下来没有完成。就连小泉每天练琴，也受到影响！"

"这个好办！"小王又不失时机地充当起救世主来，"沙发所需的材料差不多都现成的，就缺大车内胎，这事我已经去问过，咱们门口的自行车铺就有卖，包在我身上好了，你们都不用再操心了。至于影响小泉练琴，那是因为立柜体积过于庞大，占地方，你们房间小，没办法避免。包沙发就用不了这么大场地，温老师，我保证小泉每天有练琴的地方！"

小钰想了想，推心置腹地说："小王，不是我们不愿意给你做饭，更不是有什么架子，你在我们家住了这么些日子应该说我们相处得还是很愉快的。尽管没有做什么好吃的给你吃，但说句心里话，我尽力了，只是烹调水平有限，短时间里要提高也做不到。主要矛盾你也看出来了，是时间。汪老师和我，都不是偷懒的人，我们两人要上班，可又有自己的爱好，要写点东西，实在太忙，时间对我们来说实在太宝贵。大立柜是因为急需，你也看到了，换季的衣物统统塞在我们床底下，生活上实在太不方便了，不想办法更新不行了。至于沙发，这是进一步的享受，我们不敢太奢望，能凑合就先凑合着，还是以后再说吧！"

"不行！"女儿大叫起来，她急得嘴里含着口饭便大声提出了抗议，"我不能凑合，我要享受嘛！我要沙发，沙发！"

"好好好！"母亲的防线在女儿的攻击下，瞬间便全线崩溃了。小钰转过头来征询我的意见："爸爸的意见呢？爸爸还没表态呢！"

我说："我的意见也是再缓一缓好。"

"理由呢？"

"我总觉得在生活上不要太脱离大家。当我们周围的人还没有大立柜时，我们率先有了，已经够扎眼的了。现在更进一步了，还率先坐上沙发，是不是给人影响不太好？！"

"说来说去就是影响！你什么时候能够少去考虑点影响呀？我可不愿意为了影响而活着。我认为我们现在这样做，你大可不必担心你老婆和女儿这是在追求什么资产阶级的奢靡享受！"小钰对我这种想法给以迎头痛击后，继续振振有词地说，"再说，我们做大立柜后，这么多人来家参观。你也看到了，我不能说百分百，至少百分之九十五的人心里都很高兴。经过三年困难时期，大家对物质的东西都比以前重视了。当人在饥肠辘辘的时候，最坏的食物也要比最好的思想能给大家带来真实的好处。这是挨饿的痛苦经历教会我们的。所以有这么多人要请小王去他们家打大立柜，这是人之常情。我看不出有什么影响不好的！"

"其实这是个潮流！"小王由于和我们惯熟了，也坦诚地实话实说，"反正我是个农民，说话没顾忌。两位老师也人到中年，辛苦了大半辈子,也别太亏待自个儿了。人生在世,人人都希望生活得越来越好。没有一个人想过从前的苦日子。这是人心所向。只要不犯法,奔好日子谁也管不着!"

女儿把筷子一撂,半认真半撒娇地声称:"老爸,今天你如果不答应做沙发,这饭,我就不吃了!"

"嗬,绝食了!"我觉得不能再坚持了,要不事情就闹僵了,只得屈服,"行了行了,女儿这杀手锏太厉害了,做老爸的心甘情愿,举手投降!"

最后,沙发是决定做了,但这回小钰对小王和女儿都有言在先,分别约法三章。在做沙发的事情上,她除做饭外,其他一切活儿就不客气地都一脚踢给小王了。要求女儿不能再像上回做大立柜时那样,借口没地方而逃避练琴,必须天天坚持!

两位在这件事上是最积极的,当即都在饭桌上表了态,立下军令状。

木匠师傅小王真是说到做到。这对简易沙发的制作,从敲木头架子,买大车内胎、沙发布等材料,固定皮条,包扎坐垫靠背,到最后油漆,从未麻烦过我们,都由他独自一人默默地承担了。而且每天下午女儿放学回来,他一边制作沙发,一边代替小钰督促汪泉练琴,从一个通常主人总要想方设法讨好的来家做生活的手艺人心甘情愿地沦为我们家的钟点工了!

简易沙发完工最后结算工钱时,发生了一个出乎意料的情况：小王只收了做大立柜的工钱，死活不收包沙发的钱。

"这对沙发不是你们要做的，"小王情真意切地推辞说，"是我提出来想做，是我送给两位老师做个纪念的。"

"为什么呢？"小钰问。

"因为你们不像别的人家催着我快做，由着我性子慢慢来，才做成这只我自己从来没有这样满意过的立柜，也让我过了一段自己想过的日子。"

这年春节前，小王回河北邯郸老家过年去了。年前给我们来信，寄来两斤花生米，由此得知了他的姓名和详细地址，我们寄去了包沙发的工钱。

不久，随着知识分子生活的改善，我们搬进了教授楼新家。一天忙碌下来斜靠在简易沙发上放松一下自己，举目望着放在房间最醒目位置的这只富丽堂皇的塑料贴面大立柜，觉得越看越好看，心里慢慢地滋生起一种从未有过的安逸感。

只是不知小王现在云游何方。

与兔赛跑

这里要说的与兔赛跑的，并不是那只著名的乌龟，而是我们内蒙古的一群知名作家！

那是"文革"荒谬岁月结束前夕，我们在内蒙古乌拉特前旗中滩农场按领导的布置已完成运动的所有步骤，就等着待军代表对我们这批人的最后处置了。

中滩农场原是个劳改农场，孤零零坐落在天苍苍野茫茫的古敕勒川的黄河之滨。四周荒滩野地，最近的村子离农场也在十里之外。高耸森严的大墙墙头上，带刺的铁丝网已锈迹斑斑，四角岗楼也人去楼空。劳改犯们迁徙到雁门关内去了。农场兵营式的一排排空房子，大部分被生产建设兵团占用着，剩余的则住着我们自治区这些与所谓文艺黑线有着千丝万缕联系的人。新居民虽不是劳改犯，有行动自由，但却同样是有罪愆的人——思想言论上犯有这样那样的过错乃至罪孽——需在广阔天地劳动改造。

记得我们是在前年一个风雪凄迷的寒夜里，自己扛着硕大的行李卷，在满是坑洼的乡村大道上步履蹒跚地摸进来的，然后按军队建制，分班、排编组，入住一间间带有土炕的小房，与兵团战士在一口锅里搅马勺。物质生活的清苦不难想见，痛苦主要还是在精神上。两年多过去了，按上级布置，我们虔诚地完成了运动的各个阶段：斗已斗倒，批已批臭，哭已哭过，笑也笑过。下一步何去何从，连领导我们的那几位军人都一脸懵懂。大家深深意识到，自己已沦为社会的"处理品"，在这里等待着最后的发落。

一天清晨，出操时发现院子里一片莹白。原来夜里下了场大雪。连长宣布改为自由活动。正待队列散去，不知谁惊讶地叫起来：

"大伙看看，这是什么脚印？"

洁白的雪地上，清晰地印着一行动物足迹：三个梅花大小的爪印，并排着从大门外怯怯地蜿蜒进来，穿过院子，进了伙房，然后沿着原路又出去了。一时间，谁也说不出这三只脚的究竟是什么怪物？

经过一阵仔细辨认，发现中间稍大一点的，原来是两个脚印合并而成。从大小和间距推断，似乎是猫。但按猫的步态不可能前后足落在同一条线上，何况猫很注意保护自己脚爪的锋利，通常总是缩在里面行走。

正在议论纷纷之际，一位来自基层的蒙古族青年诗人为大家破解了谜团。

"说你们脱离实际还不服气，连兔子蹦跳的脚印都认不出来！"他大声嚷道，"快跟我撵去吧，中午咱们有兔肉吃啦！"

全排的人呼啦一下，不论身强或体弱，都跟着青年诗人朝大门外拥去。打我进单位以来，还从没见大家这么心齐过，以致出大门时你推我搡的急切情状活像越狱暴动的囚犯夺门而出！

雪霁的原野上，迎面一轮纤尘不染的红日正从千里冰封气象苍茫的黄河对岸冉冉升起来。洁白晶莹的辽阔雪原上，由于感染着朝阳的照耀，地上的每片雪花都在闪闪发着光。

面对这冬日大自然的璀璨和绚丽，大家情不自禁地嗷嗷叫起来。有人还在没踝深的雪地上撒野狂奔，有的如同出笼的鸟儿雀跃欢呼，还有的竟相互玩上了雪仗。一时间，空中团团雪球来回纷飞，叫嚷笑骂，打闹成一团。大家忽然"老夫聊发少年狂"起来，感到自己又回到了年轻时候！

"想吃兔肉的，跟我撵兔子去！"连长不在了，青年诗人俨然以指挥者自居，带头朝前跑去。玩雪仗的扔下手里雪团，跟在他身后跑起来。

"向后传话：注意脚下，保护好兔子的脚印！"青年诗人边跑边转过头对身后的人不停地下指示。

茫茫雪原，四野万籁俱寂，天地间只活跃着我们这群撵兔的人。撵兔的队伍中有蜚声国内文坛的蒙古族作家，有刚从塔什干亚非作家会议庄严的讲坛上发表完讲演回国就进了"牛棚"的蒙古族知名诗人，有誉满京华的少数民族丹青巨擘，还有在世界青年联欢节上一举夺魁的才华横溢的民族歌手……"文革"前，他们都是有光环的人物，头上戴着各种各样的桂冠，只有神圣的艺术灵感才会让这些人类灵魂的工程师激动。如今，一行细小的兔子足印便惹得他们一个个像疯子似的大呼小叫，手舞足蹈……

大家深一脚浅一脚，磕磕绊绊地奔跑了二里许，那足印进了一片林子，然后又沿着林边干涸的渠道上了公路。过桥时，一直跑在前头的诗人突然朝前一指，兴奋地喊起来：

"瞭见兔子了，大家快追呀！"

从桥上望去，前方不远的雪地上，果然有个小黑点在向前滚动着。大家精神一振，呼啦啦冲下桥去。那小黑点发觉大队人马追杀过来，也加快速度，不一会便从众人的视线里消失了。

"大家快加油啊！"跑在最前头的青年诗人高声喊着，激励大家。但他身后的这些人毕竟不是年轻人了。凛冽的风，臃肿的冬装，没踝的积雪，跟着青年诗人这段路跑下来，一个个都已上气不接下气，大汗淋漓，心跳得快要爆炸，体力再也支持不了，陆陆续续地开始退了下去。

诗人见自己的队伍不断减员，在前头大声地背诵"宜将剩勇追穷寇"来鼓舞士气，一边气喘吁吁地向大家解释：

"兔子的长力不如人，超不过二十里地。只要足印不丢，肯定能逮住它！"

我尽管跟着他继续"追穷寇"，可心里却嘀咕开了：就算兔子只能跑二十里，可我们还得回农场。这一出一回，就是两个二十里，体力哪里吃得消呀？

浩浩荡荡的撵兔大军，队伍在迅速地减员，只剩下稀稀拉拉七八个人了。我也感到自己气喘得快要支持不住，两条腿只是机械地跟着前头的人在来回摆动，抬起来，迈出去，踩下去，脚下发出咯吱咯吱踏雪的响声。听着听着，恍惚中，蓦地发觉自己怎么又绕回来了，这段路两边的景物这样眼熟，分明是刚才已经跑过。会不会是自己把跟踪兔子脚印的路给跟丢了？定睛审视脚下雪地，分明是码着兔子足印在跑，未曾有丝毫偏离！青年诗人显然也发现了这个情况，回过头来解释：

"是兔子又绕回来了！野物和人一样，有其固定的活动地盘——生活圈！"

这使我们剩下的人听了多少感到有点释然，更为可喜的是，诗人接着又有了重大发现，指着地上的足印向我们解释：刚开始时，由于兔子体力充沛，每次纵跳间距大，两只后足能落在前足前。这会儿情况不同了，间距越来越短，后足已无力超越前足，这说明，兔子的体能已消耗得差不多了！

果不其然，当我们拼着最后一点力气爬上前面的大渠，发现那猎物竟悄悄地躲在渠下歇息喘气，距离之近使我看清了它背部灰褐色的毛色。小灰兔一发现我们，慌忙逃开去，但蹦跳的动作明显已十分吃力了。

"弟兄们，加油呀，兔子不行啦！"

悲惨的是攉兔的弟兄们比兔子还要不行。当诗人带头冲下大渠时，其他的人仍在原地一人抱着一棵柳树哇哇呕吐。我虽跟着冲了下来，但双腿软得像面条，随时都会摔倒。

然而我们和猎物之间的距离毕竟在慢慢缩短：二十米，十五米，十米。小灰兔大概意识到末日来临，慌得竟想不到逃开去，在大渠下面的开阔地上跟我们兜起圈子来，开始了一场奇特的人和兔的赛跑：小兔在前面逃窜，我们在后头追赶。到后来实在累得追不动了，只好咬着牙攉一阵，停下来歇息喘口气。小灰兔也精疲力尽了，见我们停下，它也停下，趴在雪地上大口大口喘气。就这样，攉一程，歇一程，双方始终保持在两步光景。留在大渠上的人唯恐我们垮下来功亏一篑，一直在不歇气地狂吼疯喊，为诗人和我鼓劲加油。

最后一幕的情景至今想起仍怦然心动。可怜的小灰兔终于体能耗尽，一屁股瘫坐在雪地上，像俘虏似的对我们举起两只短短的有点滑稽相的前腿。圆而大的红眼睛里，流露着一个生命死到临头时那种令人战栗的求生目光。

诗人犹豫了。由于气急和劳累，两只白毛茸茸的（由于须眉睫毛结了冰霜）眼睛充满血丝，红得像兔眼。四只红眼睛就这样充满潜台词地无言对视了一阵，诗人突然发一声喊，接着一个漂亮的饿虎扑食，把猎物一下子按在雪地上。

大渠上腾起一片乌拉声，人们兴奋得有如苏军攻克柏林，欢呼着连滚带爬地冲下渠来，把诗人四脚四手地仰面抬起来，高高地抛向空中。

然而不知怎的，这位意气风发的凯旋英雄，中午在过节般热闹的兔肉宴上，竟郁郁寡欢，像是在思考什么重大问题。上午大家兴高采烈地回营后，对如何结果这小灰兔的生命，一下子提出了十八种办法。有人主张用刀杀死，有的建议用棒打死，有的提出用绳勒死，有的说沉入水中溺死……各种主张，言之凿凿，都摆出一大堆理由，似乎都是最佳的死法。正在相持不下时，食堂炊事班长风风火火跑来说，锅里的水都开老半天了，要讨论到什么时候？说着夺过兔子，往地上狠狠一摔，只听得一声摄人心魄的惨叫。我不禁悚然一惊，没想到兔子的惨叫竟与孩子的啼哭一模一样。那声音在我们住的低矮的营房里久久回荡着，几乎所有人在听到小灰兔那声惨叫的瞬间都惊呆了，诗人惊得都有点木然，过了好久好久才恢复常态。

为了这顿难得的兔肉宴，全排五十人打破平时按班打饭的规定，大家欢天喜地地围着一桶热气腾腾的胡萝卜炖兔肉，坐了一圈。值日排长亲自掌勺，从满桶胡萝卜块里煞费苦心地挑筛出五十块骰子般大小的兔肉，每人碗里分了一块。为犒赏诗人的劳苦功高，经全体一致同意，又额外奖赏一块精华——一小块兔腿肉。

由于长期没吃荤腥，大家一边低头狂吞，一边兴致勃勃追忆着早晨撵兔的情景，称今天的经历是史无前例的。从打娘胎下来，从没在雪地上跑过这么长的路；又说凭着人的两条腿，把野兔撵得累趴下，要不是亲眼目睹，准保认为是神话。还不无惋惜地指出：小灰兔这回吃亏就吃亏在轻敌上，不过也难怪，兔的前辈只教导它要警惕狗，狗能撵兔，没想经过史无前例的"文化大革命"，两条腿的人也能撵上兔子了！

大家嘻嘻哈哈，难得有这样欢乐的气氛，风卷残云般吃完这碗名不副实的兔肉，还把各自的碗底舔了个一干二净。当大家恋恋不舍放下碗时，发现青年诗人面前的碗里还留着两块香喷喷的诱人兔肉！问为什么不吃。他摇摇头，苦涩一笑。那天晚上，有人发现，他一夜未眠，在雪地上蹀躞到天明。

后来，我离开内蒙古调回浙江老家工作。前不久，听说他有诗集获奖，书名《与兔赛跑》，也不知此兔是否彼兔?

塞外『秀才兵』

"同是天涯沦落人，相逢何必曾相识？"

大概由于在校时读过几首古诗，这种游子背井离乡在外打拼、渴望交流互动的情怀，曾微妙地影响着我们这些文科大学生的心灵。每年，当母校新一届毕业生分配来祖国北部边疆工作后，总要想方设法打听当地有哪些师哥师姐，便于日后登门造访。一来二去，"沦落人"们就这样慢慢熟悉起来，互相走动，渐渐地有了一个自己的群体。

一次，我们几个在内蒙古工作的北京大学中文系毕业的校友相聚。有在出版社的、报社的、广播电台的（那时还没有电视台）、文联的、高等院校的、党政机关和部队的，回忆起当年学校分配的情形来，大家一个共同的感觉是，尽管校方每年在学生毕业时都会打出令人怦然心动的旗号：好儿女志在四方，到祖国边疆去！边疆需要人才，勇敢地站出来接受祖国挑选……然而在校方心目中的"人才"和"好儿女"，不言而喻是舍不得支援去遥远边疆的，尽管内蒙古地处祖国北大门，拱卫着首都，又是新中国第一个成立的少数民族自治区。就拿我毕业的1958年前后三届的北大中文系为例：1957年分来内蒙古共六人，五人留在当时号称北大分校的内蒙古大学汉语系任教，这其中不乏有支援之意，另一名去了自治区党委机关工作。当时北大校内正在如火如荼反右派，这几位无论红还是专，在当时班级学生中，属中上水平。1958年是全国"大跃进"，各地均热火朝天地在"跑步进入共产主义"。为适应形势，这年毕业分配的方向主要是面向基层，内蒙古一下子分来了十二名中文系毕业生，其中两人在出版社，一人在广播电台，两人在内蒙古工学院，其余均去了下面的盟、市学校。我们这十二人，由于经过"反右"烈火的锤炼，不是在运动中表现右倾，就是家庭出身不够根正苗红，在"红"上存在这样那样的短板，要么就是专业成绩欠佳。这一点，我们后来自己也慢慢品出来了，与当时所谓的"好儿女"和"人才"相去甚远。1958 年以后，北大中文系改为五年制，1959 年无毕业生。1960 年全国形势转入大调整，中文系的毕业生大多留在了北京、上海，分配来内蒙古的只有两名，其中一名是被错划的戴帽右派，来边疆就明显带有惩贬的味道。

不过"沦落人"中也有出类拔萃者，老北就是其中一位。

与老北相识的具体细节已记不很清了。他低我好几届，印象中是学语言专业的（当时北大中文系分文学专业、语言专业和古典文献专业），"文革"后期毕业，经过农场锻炼参军。我们认识时，他已在内蒙古生产建设兵团的兵团战友报社任职。我因为1970 年文联单位在"文革"期间被"砸烂"，所有人下放到内蒙古生产建设兵团劳动改造。我分在二师十八团四连（系武装机枪连）。在兵团这一待就待了三年，条件极艰苦，留下了一段难忘的经历。也许就是因为这生产建设兵团的一次邂逅，让我和老北就彼此记住，再也忘不了啦！

一天晚饭后，我带着女儿在内蒙古大学操场跑步。那时，我已被首批抽调上来在刚组建的内蒙古文化局（当时内蒙古全面军管，叫文化组）工作。女儿五岁，呼哧呼哧地跟在我身后跑着。由于内蒙古大学一直停课，学生们忙于四出闹革命，操场上已有几年看不见年轻人活动的身影，杂草到处疯长，女儿和我两人就像在荒无人烟的灌木丛中穿梭奔跑着。

这时有两位军人沿着这荒芜的跑道在漫步谈心。其中一位年长一些，手指间夹着支烟，说话中气十足，边走边说，军人的威武中透着一点书生的儒雅和潇洒。

从他们身边跑过时，他见我女儿吃力地迈动着两条瘦弱的小腿，跑得身子趔趔趄趄的，还大口大口地喘着气，心疼得忍不住发表起评论来："啊呀，运动量太大了吧？小孩子怕吃不消呢！"

我回过头去问女儿："你是不是累了？"

小家伙点点头。

"那咱们歇息一下吧？"

女儿摇摇头，步履趔趄，但继续跑着，一边上气不接下气地回答："还差一圈呢！"

等到这最后一圈跑完又经过他们身边时，那抽烟的军人嘀嘀笑起来，声音洪亮，富有感染力，冲我女儿跷起大拇指："好样的！"

然后问我女儿几岁了，住在哪儿，叫什么名字……看来很是健谈，我们就这样搭讪起来。

我问那两位军人："你们是学校军宣队的吗？"

"是内蒙古生产建设兵团的。"

"建设兵团？"我忽然来了兴致，问，"哪个师的？"

"是政治部兵团战友报社。"

"啊呀，要是前几年认识你们就好了！"我高兴地嚷起来，"你们的报纸兵团战士可爱看了。我们连里天天组织大家读报。指导员不知念叨过多少回，什么时候能把我们连里的好人好事也在兵团报上登登就好了！"

那军人把我从头到脚重新打量了一遍，感兴趣地问："这么说你也是兵团的？"

我于是讲了去兵团的经过。那军人见自己手上的烟快要燃到头，在扔掉之前狠劲地吸了几口，然后把烟蒂扔在地上用脚踩灭，碾进土里。

"那我跟你打听个人。"他于是说了我的名字。

我女儿在一旁听后做出一脸怪相，仰着小脑袋望望我，又望望那位军人，尖声怪叫起来："那是我爸！"

我们就这样相识了。

原来他也是北大中文系的，只是他入学时我和温小钰已毕业离校，但老北在校时耳边多次刮过我们的名字和工作单位，分来内蒙古后，一直想找机会和我们这两位师哥师姐联系，没想竟在这荒芜凋敝的大学操场上巧遇了。

交谈中得知老北也是南方人，老家安徽安庆。他实际年龄虽比我小，但各方面都显得比我成熟。后来相熟的校友中不论年长年轻，都在他姓前不由自主地加个"老"字。

老北脸色不是很好，后来才知道是长期睡眠不好所造成的，但两只眼睛却炯炯有神，说话富有激情，很是让人受听。说完以后，他转身指着身旁的军人向我介绍：

"这是钱大新，我的同事，复旦新闻系毕业的。要说办报，他可是行家高手！"

"什么高手！"钱大新一脸谦虚，笑笑说，"老北是领导，我们只是在他手下做点具体工作。不过他倒是经常向我提起你们俩的。"

"没想到我们住得这么近！"老北兴奋地说，"只有一墙之隔。我们兵团家属宿舍就在你们操场的围墙外。"

"那你们怎么进来的？"我问。

老北转身朝后面那片树林一指。"那里有条'胡志明小道'（当时抗美援越战场上一条援助越南的重要通道），你们大学的围墙有个洞，我们看到经常有人钻出钻进，也没人管。今天和小钱出来走走，见两个学生钻过来，也就跟着进来了。军人其实不应这么做，我们犯了纪律。嘿嘿嘿！"老北说着笑起来，自责又自嘲，天真得像个孩子。

后来，我们就是通过这条"胡志明小道"，穿越墙洞，互相走动起来。我喜欢去他们坐落在自治区原党校大院内的兵团战友报社，觉得编辑部里这些高校毕业不久的"秀才兵"思想敏锐，掌握信息多，且头脑清醒，从他们身上强烈地感受到那时的一种难得的头脑清新和正直。

他向我讲了一件自己至今难忘的事。那是兵团战友报社成立不久，兵团的分管首长来编辑部看望报社全体工作人员。首长虽文化程度不高，却十分重视部队宣传工作，说部队报纸的编辑人员，天天跟文字打交道，这是很重要的革命工作。每个编辑一定要准确地弄懂并掌握每个字的涵义和用法，把一个个字看作是一发发枪弹，做到像战士熟悉子弹一样熟悉它们。首长接着讲了个故事。那是解放战争初期，他们部队转移途中临时驻扎在一个村子里，半夜突然枪声四起，发觉已被敌人包围，首长当即决定突围。但究竟从哪个方向突出去，一时决定不下。因为不知道哪是敌人的正规部队，哪是民团保安队，如果突围突向敌人的正规部队，势必使自己蒙受重大伤亡。正在这难以决断的关键时刻，参谋带着一个战士进来报告，说北面是敌人的正规部队。问他根据是什么，那战士说，从子弹的声音判断出来。北面打过来的这种子弹是美国援助的，国民党只配备给他们的正规部队，地方民团是轮不上的。首长于是当即命令，北面留一小部分部队，佯作突围。主力向南，顺利突出重围。

首长语重心长告诫大家，你们办报写文章，搞文字工作，也要像那位战士准确地熟悉和掌握子弹的性能特点一样，熟悉掌握好每一个字，才能打好每一仗，做好每一篇文章！

听了老北的介绍，我才知道《兵团战友》办得好，受广大兵团战士欢迎，原来与报社编辑们认真办报分不开，是编辑们重视文字工作的结果。

不过老北给我印象最深的，还是他与小钱这对"秀才兵"之间的战友情谊。

　　小钱在兵团报社内一直自视甚高。他干净利落的仪表，文静不张扬的举止，给报社里的人留下了良好的印象。他酷爱工作，十分敬业，善于吸收各种各样的新事物，而又从不把一些尚未定论的观点或带有一定危险性的设想提出来使别人大伤脑筋。他总能很快领悟并且小心翼翼地贯彻领导的意图，但又不拘泥官场的繁文缛节。这些很快赢得了报社内上上下下对他的好评，获得工作能力强和效率高的美誉。在大家心目中，这是一个顺从得力的有培养前途的干部。党组织也多次讨论过他申请入党的要求，认为已初步具备条件，决定提交支部大会讨论通过。但为了慎重起见，在正式填表前，想再听听党内一些老同志的意见。但出乎大家的意料，在征求意见的过程中提出不同意见的不是别人，竟是编辑部内与小钱最接近的老北！

　　拿今天的话来说，小钱对老北应该说是关系最铁的了。他事无大小，处处像对待自己老大哥一般维护着老北的权威。一次编辑部工间休息，与老北在某些具体问题上存在不同看法的老吴，不知怎的邀请老北玩军棋。战斗正酣，双方厮杀得性起难分胜败之际，站在旁边观战的小钱不时地拿话刺激老吴，甚至施展出上海弄堂里家庭妇女斗嘴时那种尖酸刻薄和奚落，干扰老吴的思路，致使对方一次次损兵折将，陷入重围，抓耳挠腮，狼狈不堪，逗得围观的编辑们爆出阵阵嘻嘻哈哈的哄笑声。

不料战斗结束，老北把小钱叫到一旁，狠狠批评了他一顿。

"你这是想讨好我吗？！"老北神情异常严肃，两只炯炯有神的眼睛直瞪着小钱。

"我看不惯他！"小钱回答。

"不对！"老北一针见血指出，"你看不惯他的动机是为了讨好我。你这种做法很不应该，是完全错误的。"

小钱低下头去不声响了。

"快去向他检讨。以后不要再把这套小把戏带到我们编辑部战友之间的关系中来了！"

说也奇怪，小钱就是吃老北这一套。他二话没说，当即跑去向老吴认错，做了诚恳的检讨，让老吴很受感动。

这次，老北知道小钱入党的事，心里嘀咕开了：他基本上是赞同支部意见的，对小钱总体评价和大家是一致的，是个要求上进的青年同志，同意吸收他入党，而且这样也有利于一个同志到新的单位去开展工作。

但是，他同时又感觉到小钱这个人意识深处还存在着一些隐藏得很巧妙的虚伪和自私。就说最近吧，小钱了解到军区报社准备调他到北京工作，异常兴奋。这原是人之常情无可非议。有关部门询问他婚姻状况，是单身一人还是带有家属，因为当时进京户口指标控制极为严格，这询问的潜台词就是，倘若是单身一人，调入北京的希望就大些，倘若有家属或者要求与对象一起调入，难度就大了。小钱当时在电话上回答说，自己是单身一人。对方说，好的，情况已经清楚了，就挂断了电话。

接完电话，小钱内心深处有些忐忑，总觉得自己什么地方有点不对劲，如实向老北讲了这事，想听听这位自己信赖的老大哥的意见。听完小钱的陈述，老北没讲一句废话，来了个刺刀见红，问："你到底是问我去不去军区工作，还是要不要带小束一起进京？"

小钱顿时打了个磕巴，立马补充："都想听听。"

"如果从我个人来说，我舍不得你走！"老北想了想，真诚坦言，"尽管我们相处这几年里，我一直在挖你的'烂脚疤'，很少当面夸你，你肯定也知道，这样做是为了你好！"

"这个我当然明白。"小钱颇有同感地点点头，诚挚地说，"现在是好话满天飞，说真话的人凤毛麟角。其实，对我来说，一百句好话不及一句真话宝贵！"

"不过从你的角度说，去上级机关工作，更能锻炼人，提高快，发展空间也大，不言而喻是件好事，应该去，我支持你上北京！而且，军区报社选中你，我认为他们知人识事是有眼光的。"

"其实，我个人也舍不得离开你，离开编辑部。"小钱有点不好意思地放低了声音，看得出，他这话是发自内心的。

沉默了一会儿，老北又说："不过我又要挖你的'烂脚疤'了。"老北的神情又变得严肃起来，"小钱，你没向军区报社说实话，你有对象，编辑部的人都知道，你对象小束不久前还给我写过信，这你也知道。你并不是单身一人。"

"可我和小束并没有结婚呀！"

"你紧接着可能还会说，你们之间感情已出现裂痕。"

"这个也是事实。"

"这个不错！"老北点点头，"婚恋问题现在部队上不像解放初期，许多人都由组织包办。今天通行的观念认为，这是两个人之间的事，要好或者散伙，由你们两人自己决定，别人无权干涉。但是，我要提醒你，这中间并不是就没有对与错、善与恶、美与丑之分了。我们每个人的一生中，免不了会碰上马高镫短的情况。当年，你在农村劳动锻炼摔坏了腿，伤口感染溃烂，又是脓又是血，又脏又臭，小束作为公社赤脚医生，每天顶着烈日，满头大汗，走十多里地跑到你住的村来为你清理伤口换药。她当时这样做并没有对你有什么企图，这个你不是不知道。但你感动了，向她表示了爱情。后来，公社书记的儿子追求她要跟她好，小束却断然拒绝了。后来你上了大学，参军提干，在成长道路上顺风顺水步步高升，本来你应该记着这军功章里有人家的一份功劳，可你却反而嫌她配不上你，害得她妈妈伤心得大病了一场，至今还躺在医院里。这次军区报社来了解你的婚姻情况，你竟说是单身一人，分明在你心中已经没有了小束嘛！小钱哪，天下爱情故事千姿百态，并非散伙就不好，不散伙就好，要看彼此双方的动机。有各种各样散伙的理由，千万莫学古老的被老百姓唾弃的陈世美！"

小钱一再表示，自己对小束还是有感情的。他会认真考虑老北的提醒。

老北想，这些情况编辑部其他党员未必清楚，应该在小钱正式成为我们这个先锋队的一员之前，狠狠对他敲一次警钟，以期引起重视，让他在今后成长的道路上少走弯路。为此，老北决定在大范围征求意见的会上，自己表态同意吸收；但在小范围会上，他要提出自己的看法，为的是让这个比自己年轻的战友能记住如何去正确处理今后生活道路上遇到的各种问题和矛盾。

开会的正式通知很快下来了。老北的心情越发矛盾了，究竟去不去参加会呢？要是去，自己还不知道自己的脾性吗？只要在大庭广众一讲到小束这个善良姑娘内心的巨大伤痛，想到她妈妈为女儿命运伤心欲绝的泪水，想到小钱惯于使用的那套自以为得计的小伎俩，就会十分激动，弄不好会葬送他的政治前程。那么，要是不去参加呢？似乎又有点回避矛盾放弃原则。而老北的敢于亮旗坚持自己意见，不跟风，不唯上，不管别人蜚短流长，这是他与人交往中一个备受称道的优点，也是许多人乐于走近他的人格魅力所在！

他爱人小卢在一旁看他拧着眉头、犹豫不决的痛苦模样，便好言相劝：

"算了吧，别去开会了！我给你去请个假，就说你今天身体不舒服。等这事完了以后，再跟小钱个别私下好好谈！"

正在这时，住在隔壁的报社同事老陈家属来告诉老北爱人"特大喜讯"：今天上午党校小卖部卖冰冻带鱼。那些年月，内蒙古物资匮乏，肉鱼蛋油糖酒等副食品全都凭票供应，而且数量少得可怜，常常缺货断档。每人每月猪肉票半斤，油二两，鱼虽有指定买鱼的副食购货券，但经常是几个月有票无货，无法保证供应。所以每有凭票供应的紧俏物资到来，商店便冠以"特大喜讯"的商品信息布告，事先用大红纸张榜贴在门前，购买的人们便早早在外面排起了长队。

记得有一回，我们一位在北京工作的要好同学，出差来呼和浩特，顺便来看望我们，经过新城大转盘上一家国营食堂门前，看到赫然大字写在大红纸上的"特大喜讯"：今日供应馒头。我们这位来自首都的女同学，平时治家有方，对日常生计并不陌生，看后百思不得其解。见到我们劈脸便问：

"嗨，小钰、浙成，你们内蒙古的饭店也太夸张了吧？供应馒头算是什么特大喜讯？饭店不卖馒头还叫什么饭店？那你们内蒙古饭店平时都卖些什么呢？"

我们苦苦一笑说："因为馒头属于细粮，内蒙古居民的粮食供应，细粮比例只有两成。饭店平时只供应粗粮玉米面做的窝头。"

商品供应信息，在物资紧张的年月里，是普通百姓居家过日子的一项重要内容，及时通报，良机莫失，成了邻里间互相关心和友好的一种表示。小区里的报社同事知道老北是南方人，喜欢吃鱼，老陈家属得悉供应信息，自然上隔壁老北家来告诉这一卖鱼的"特大喜讯"，相邀小卢一起到小卖部排队去。

没想推门进来见老北拥着棉被还坐在床上。

"咦？老北，你咋没上报社开会呀？"多年邻居的老陈家属是个大嗓门，一进家便嚷嚷起来，声音之大震得房间四壁嗡嗡直响。"老陈他一大早就走了，说是你们支部讨论小钱的组织问题，大家都很关心。小钱也太可怜了，好不容易找上个对象，人家考上大学把他一脚给蹬了——"

"是吗？"老北气哄哄地厉声打断，情绪之激动让老陈家属顿时吃了一惊，"你怎么知道的？"

"大家都这么在说……"老陈家属见老北爱人在一旁不停地对自己使眼色，也不知自己说话哪里踩上了地雷，支支吾吾地说不下去了。

老北抬腕看了看表，将被子猛地一掀，从床上一骨碌下来，急匆匆穿上棉军装戴上军帽，对老陈家属说了声"你坐着，我上报社开会去"，便虎着脸拉开门，头也不回噌噌噌地出去了。

赶到报社，支委们正陆陆续续往会议室走。见小钱正在编辑部里埋头处理稿件，为了进一步弄清问题真相，他觉得有必要先和小钱打个招呼。"小钱,我有句话要问你,你等我一下!"然后转过身来对编辑部里其他同事说:"你们大家出去一下!"

编辑们见老北神色严峻,互相交换了一下眼色,拿起手头上正在做的事,一声不响地一个个都出去了。等办公室里只剩下他们两人时,老北关上门,吸了口气,竭力让自己的情绪平静下来。

"小钱,我问你,"他声音很低,以便把语气放得平缓些,"报社的人都在传,说你对象因为自己考上大学,一脚把你给踹了。这是你对报社的人说的吧?"

小钱一下子脸红了,不敢抬头正视老北咄咄逼人的目光,胆怯地嗫嚅:"没有!"

"没有?那你听说了没有呢?"老北穷追不舍,"听说了,不制止,不澄清,在这样的传说面前保持沉默,说明自己是同意的,或者至少是一种默认,是不是?小钱,你不要耍小聪明。对大家你可要说实话!"

小钱坐不住了。他脸色苍白,噌的一下从坐着的椅子上站起来,破天荒地朝老北吼起来:

"我什么也没听说,什么也不知道!"

走廊上有人在喊:"开会了,开会了,到时间了!"

支委扩大会上,主持人支部书记见老北进来,忙招呼他坐到前面来,但老北摆摆手,拍拍手里的烟盒,意思是自己要抽烟,指指会议室后面靠窗的位置（那时，还没有公共场所禁烟的意识、对二手烟危害性的认识），给自己挑了个最不被人注意的座位坐下来。

会议主持人简要地讲了这次支委扩大会的目的和内容后，大家就开始发言。老北一边静静地听着别的支委和党员对小钱的意见，一边想着刚才同小钱的那场谈话，一直没有发言。如果会上大家对小钱在肯定其优点的同时，能恰如其分地指出他存在的缺点和不足，并中肯地提醒他今后要注意自身的思想修养，加强世界观改造，也许老北就不打算发言了。没想在这个决定小钱命运的小范围会议上，支委和几个平时颇受大家尊重的党员，对小钱几乎是一边倒的态度，会上异口同声的一片赞扬声，自始至终没有一个党员在发言中认真地指出小钱思想意识上存在的问题。个别党员甚至没经调查，人云亦云地说小钱被考上大学的对象一脚蹬弃，丝毫未曾影响自己的情绪，一直在勤勤恳恳地埋头编报，把这件事煞有介事地作为优点提出来大谈特谈，老北听着听着再也控制不住自己的情绪，从坐着的最后一排座位上"噌"地站了起来。

"我来说几句！"

会上的目光"唰"的一下都朝向了他。只见他面部肌肉在不停地抽动，两只手莫名其妙地抖得厉害，哆哆嗦嗦从烟盒里抽出支烟来，但一连划了几根火柴都未成功，不是用力过猛折断了火柴棍，就是擦划不当弄得火柴的火药头"啪"的一声像曳光弹似的迸飞到前排人身上，差点烧了人家的新棉军服。报社的人都知道老北有个习惯，发言时必得有个手势，点着一支烟夹在手指上。这支燃着的烟就成了他发言的灵感。坐在前排的人看他连划几根均未成功，忙从兜里掏出打火机来，帮他点着了烟。

老北和小钱是一个办公室的，是小钱的领导，平时两人又很接近，应该说是最了解情况的。老北的发言不可避免地比支委会上其他党员的意见都更有分量。

老北也正是因为清楚这一点，就尽量设法让自己的情绪平静下来，心里暗暗叮嘱自己，千万不能感情用事，失去分寸，说话走火。可惜，这些预防针到了儿都没能帮上忙。他一想到那位淳朴的姑娘在小钱身上倾注的那一片真心的爱、那付出的巨大深情，一想到小束母亲痛楚的神情，想到小钱面对自己时那种慌乱而狡黠的眼神，想到他为了自己能顺利进京不惜同昔日的对象一刀两断，而又想将责任推给别人的伎俩，想到他倘能干出这种事来，那么，说不定有朝一日，当个人利益与国家民族利益发生矛盾时，他会不会也有可能做出比这要严重得多的事来……

老北心里乱极了，也气愤极了。他记不得当时自己究竟具体说了些什么，反正，他发言以后，与会的党员都觉得他摆事实，讲道理，坚持原则，又有情有义，一致同意老北的意见：小钱的入党问题再放一放，对他再考验一段时间，等条件成熟后再提交支部大会讨论。

会议上就这样一致通过了。

当然，这个结果并非老北的本意。他只是对小钱的态度感到气愤，反映着他意识深处存在着这样那样的私心杂念，并不是说这事就是他干的。他不肯轻易放过小钱的"烂脚疤"，仅仅为了让他正视自己身上存在的弱点。他觉得，在今天这个对一个人成长来说有着特殊意义的场合，严肃认真地指出来，让小钱记住，一辈子不忘，以便今后到了领导机关在工作过程中遇到类似的问题和矛盾能正确处理，千万别走偏方向。但他没有想到，就是因为自己这次发言，把小钱日想夜盼的组织问题，在这关键时刻给搁置起来了。倘若这期间再出点谁也想不到的旁生枝节的事，说不定对小钱来说，进京的机会就会失之交臂，永远无缘了。这样的事例在我们周围发生得还少吗？如果是这样，老北觉得自己太对不起小钱这位年轻的战友了！

夜里老北躺在床上这样想着，想着，再也躺不下去了。这天他开完会回家，天上飘着雪花，路上受了点风寒，身上感到说不出的难受，晚饭都没吃就躺下了。可现在当他意识到事情的实际效果已经背离自己的初心，他后悔不迭，从床上起来重新穿好棉军装。

在厨房里忙完一切，收拾停当，准备进屋来睡觉的妻子小卢，看到他又穿戴整齐，惊讶地问："你还起来做什么？"

"我得出去一趟，找支部委员们说明情况，要不把小钱给害了！"

"你是不是疯了，外面雪下得这么大，你今天身体又不好。明天去说也不误事！"

"不行！不把工作给做回来，我晚上也睡不着！"

老北说着便拉开门，一阵风雪呼地扑进门来，老北一哆嗦，夹紧棉军服，毅然决然地侧着身子消失在风雪弥漫的夜色中。

二十年后，我陪妻子到北京看病，再见到老北时，他已是肩章上一颗金星的少将军衔了，在总政宣传部任职。问起小钱情况，老北笑了。

"毕竟是作家，还记得这事？"他说起话来依旧中气十足，"小钱部队转业后，在上海一家媒体任职。我们一直有联系，他干得不错。"说着朗声笑起来。

包头「闲人」

　　包头，蒙古语"包克图"，意为"有鹿的地方"。今天，高耸在昆都仑与青山区交界广场上的标志性城雕，就是头昂首疾奔在昆都仑河畔的棕色梅花鹿，包头因此又称"鹿城"。鹿城在地理区位上扼守着华北通往西北的要津，又南临黄河，历来有水陆码头之称，是口外的重要商埠。

　　新中国成立后，由于包头这得天独厚的天然条件和地理区位，附近又发现品位极高、储量丰富的白云鄂博铁矿，在国家建设规划中，当年的定位相当于苏联马格尼托哥尔斯克钢铁城，建设成为重型钢铁基地，包头因此又称"草原钢城"，和鞍（山）钢、武（汉）钢合称为我国三大钢铁基地。

记得在国家第一个五年计划期间，草原钢城崛起时，得到了全国各地的支援，气象万千，热气腾腾，各路建设人才像汹涌大潮从四面八方涌来，澎湃激荡，一片蓬勃而富有展望的景象，那种氛围有点像后来改革开放初期的海南。

当年的包头，仅包头钢铁公司职工就有四十万，来自全国各地，在食堂用餐说话南腔北调，什么地方的口音都能在这里听到。最壮观的还是每天清晨，当空中响起上班汽笛声，四十里穿市而过的宽阔钢铁大街上，涌动着望不见尽头的上班的人流车流，浩浩荡荡，熙熙攘攘，仿佛滔滔黄河水，朝着山峦般的包钢一号高炉矗立的厂区汹涌过去。我在包头深入生活时曾置身其间，一时间竟忘了自己，尽情地感受着建设者们的豪情和自信，觉得这哪是人流，而是势不可挡的时代前进的滚滚洪流。半个多世纪过去了，至今想来，还依旧怦然心动，热血涌动！

建设草原钢城的热潮，曾感动过许多作家艺术家。电影《草原晨曲》，就艺术地反映了包头当年的这段火热沸腾的建设历程。电影《护士日记》中至今仍被年轻妈妈们传唱的插曲《小燕子》，也是在这里孕育成功飞向全国的。我们的小说诸如《琐屑的故事》《妻子同志》等，也是在包钢深入生活的成果。甚至二十世纪五十年代末我大学毕业分配来内蒙古自治区人事厅报到，在北京前门火车站办理行李托运填写货单时，铁路工作人员用不容置疑的口吻告诉我，货单上行李发往目的地空栏里就填写包头，可见当时包头的知名度竟盖过自治区首府呼和浩特，差点给我提取行李惹下麻烦。

包头当年不仅知名度曾一度高过呼和浩特，实际人口也比呼和浩特多，城市的占地面积也比呼和浩特大，但政治地位自然不及作为自治区首府的呼和浩特，当时在全区十一个盟、市中屈居第二。也正是因为这个缘故，一些从北京、上海因各种原因"贬谪"来边地的"衮衮诸公"，不宜留在首府的人，便被人事部门打发来了包头。我所认识的包头文化部门的老丁，便是这样的一位。

老丁的事迹最初还是听包头文联我的朋友老王说的。老丁年轻时曾在北京戏班子里跑龙套。新中国成立后，新政府接管北京市重新组织文艺队伍时，由于个人历史清白，他被吸收到广播话剧团，一度与著名演员于是之等人在同一单位里共事。这算是他业务上的黄金时期，也是他后来挂在嘴边经常对人吹嘘的资本。

不久，他考取了俄语学院，毕业后分配在一家出版社做编辑。据说与人合作，曾翻译出版过一本译作。有一回，他在出版社资料室查阅资料时，有同事向他请教：

"小丁同志，请问为什么外国翻译作品里，对自己心爱的孩子和爱人都称'心肝'？"

老丁抬起头来，推开自己面前正在翻阅的资料略一思索，伸出两根指头将垂挂下来的一缕头发顺手往上一撩放回到原来位置，再仔仔细细地抹平整，这才对讨教的同事解释起来：

"要弄清这个问题嘛，我想，得先弄清楚人体脏器。"老丁的背脊往椅背上一靠，词斟句酌地说起来，"我这里说的人体脏器，就是指通常说的五脏六腑，它们的重要性显然不言而喻。但倘若再进一步探究，还可分为两类。一类譬如胃譬如胆，医生给有的患者做手术，有时把整个胃或者胆给拿掉。病人虽没有了胃或者胆，却依然能继续存活，医学上称这类脏器为非生命所必需脏器。除此之外，还有一类，比如心和肝，对人的生命来说，是不可须臾离开，是少不了的。少了它人就无法存活。我们可以没有胃，但不能没有心脏；可以没有胆，但不能没有肝脏。没有了它们，我们就无法存活，医学上因此称之为生命所必需脏器。就因为这个缘故，我们对自己深爱着的不可须臾离开的亲人，称之为'心肝'！"

老丁平时在同事心目中，是个与世无争的平庸之辈，甚至还有些迂，但他这番对"心肝"头头是道的释惑，不但让求教的同事茅塞顿开，还无意间给资料室里美丽的女资料员曼丽留下了无法抹去的良好印象。

这天，曼丽原是一声不响坐在自己办公桌后面，手里一直在忙碌自己的事——用一根金属小针编织着当时流行的绒线钢笔套，但听着听着，不知怎的心有所动，情不自禁抬头朝坐在对面正在给同事解疑释惑的老丁投去一瞥，忽然发现这张印象中平庸的男人面孔，原来竟神采飞扬，眼睛里闪烁着一亮一亮的睿智光芒，有了几分先前不曾留意的异性魅力。曼丽心里刹那间划过一丝甜蜜的震颤，脸庞顿时一阵燥热，发现自己手里的活计已乱了针法！

老丁做梦也没想到，自己就这样轻而易举地赢得了美丽的女资料员的芳心。后来，曼丽把那天编织的钢笔套偷偷送给老丁，并且激动得声音都有些发颤，低声地说：

"你知道吗？我真没想到，原来你的学识如此渊博！"

不久，这两位有情人终成眷属，成了彼此的"心肝"。

"心肝"曼丽大概受外国文学影响，炎热的夏天，喜欢穿一身黑，露着丰腴白皙的手臂，平时打扮得像托尔斯泰笔下的安娜·卡列尼娜。每次在北京街头挽着"心肝"老丁的胳膊招摇过市时，大汗淋漓的街上行人都纷纷向他们回过头来，投以饱含着各种涵义的惊诧目光！

后来大概到了五十年代末，不知是命运女神的作弄，还是单位领导的慧眼识人，终于发现老丁是个"人才"，便以"边疆建设需要人才"的名义，打发他来支援内蒙古。老丁就这样到了包头文化部门，被安排在杂志社编辑部工作。

草原钢城的文学杂志虽初创不久，但诗歌、小说、散文、评论、剧本和曲艺各个门类的编辑阵容都已配备齐全，且力量不弱：有部队转业政治强的，有年轻力壮大学科班毕业的，甚至还有来自中央文化部门的资深业务骨干。有的门类还不只配备一个编辑，这对一个双月刊来说，不但人手不缺，甚而至于有点人浮于事。可老丁的原单位领导在做思想动员工作时，却不止一次向老丁表示，"边疆地区正在跑步进入共产主义，急需像你这样的人才去发挥作用"。但现实却是包头杂志社领导对老丁这位新分来干部的工作安排，似乎有点难以启齿。好在那时全国上下正在认真学习中央领导的讲话，要做到全心全意、完全彻底为人民服务，发挥好时代齿轮和螺丝钉的作用。老丁在单位里经过这样的政治思想学习，能联系实际，当新单位的领导找他谈话安排工作，希望他在祖国边疆好好发挥作用时，老丁当即表示服从分配，党叫干啥就干啥。领导一听当即表扬说，有这样的思想准备就很好。说编辑部目前缺一位搞通信联络工作的人，叫老丁暂时负责通联，处理读者来信。领导说，这通联工作虽琐碎，但很重要，是编辑部联系广大读者的纽带和桥梁，希望他在琐碎平凡的工作中做出不平凡的闪光业绩来。这个俄语学院毕业的"人才"，就这样开始了他支援边疆的生涯。

至于"心肝"曼丽，在老丁离开北京不久就出了轨，与老丁同在一个编辑室的同事老陶有了暧昧，一时间闹得单位里沸沸扬扬，影响极坏。领导对老陶很感冒，不久也将他打发来支援内蒙古建设了。人事部门按不成文的惯例拨拉人头，老陶于是步老丁后尘，也分配来了包头。老陶临离开出版社时难分难舍，令曾经的"心肝"曼丽深受感动。为了让老陶走得放心，曼丽正式提出跟老丁了断关系。老陶因此总觉得自己有愧于同事。到了包头安定下来后，一直在打听老丁的情况。

这天，两人在包头钢铁大街的公交站上不期而遇。一个在站上等车，另一个从车上下来。老陶发现后一个箭步上去，不由分说地把老丁拉到大街一旁的电线杆下谈起来，热情地问候过一般情况后，老陶结结巴巴地直奔主题：

"老丁，这，这，这件事，我一直很羞愧，也十分痛心。我，我，我对不住你……"

老陶突然哽咽起来，泣不成声，语不成句，说不下去了。老丁看在眼里，心里一阵感动，再次伸出手去，握住对方的手热烈地摇了又摇，久久不肯松开。

"事情已经过去了，"老丁忽然记起苏联电影里的一句台词，另一只手在空中猛地一挥，豪迈地说，"那我们就让它过去吧！"

老陶见老丁的态度真挚诚恳，一把抱住对方。这天包头正巧寒流来袭，街上狂风大作，风沙弥漫，两个大男人就这样在大街边的电线杆下，长时间亲密地紧紧相拥着。

难得的是，此后两人一直保持着友善的关系。

这样过了两年，由于杂志社领导变动，老领导遗留下来的未竟之事，新领导一般都不闻不问，一拖二推三不管。老丁的工作安排问题始终无人关心过问。尽管他明明感到领导这样来安排自己工作不合适，但又羞于去向领导要求，觉得这样做有点挑肥拣瘦计较名利地位的嫌疑，怕给领导落下不好印象，总希望有仗义执言的人出来替自己说句公道话，这样来解决更为妥善。然而现实生活中，这样的人并不是每个单位都有。老丁就只好委屈自己了，几年如一日默默地做着编辑部与读者的"桥梁和纽带"。

不过他个人生活问题倒又有了新的机遇。经热心的朋友介绍，结识了在武汉剧团工作的夏女士。夏女士虽年长老丁五岁，但风韵尚存，体态轻盈，热情积极主动，颇得老丁欢心，事情自然很快进入快车道，称得上是一次名副其实的"闪婚"。

只是这位女士的服饰穿着和生活习惯有点与众不同。四十岁的人了，总是别出心裁地穿着一双绣花鞋，一日三餐从不举火，吃的是现成的罐头食品，香肠火腿，生活作风在当地放荡得出了名。他们婚后的夫妻生活安排得很特别。每年夏天，夏女士坐车从火炉城市武汉来塞外包头避暑消夏，与自己的年轻丈夫一起过上三个月蜜月般的日子。好在老丁编辑部上班并不十分严格，通联工作也比较清闲轻松，有足够的时间与夏女士甜蜜相守，然后客客气气地将她送走。在车站月台上分手时，两人总是热烈地握着手，一如每次见面时的热烈握手欢迎。不了解内情的人看了还当是一对即将分手告别的知心朋友。

这样过了整整三年，一说是两年八个月，这年避暑生活结束，在月台上送别时，夏女士仿佛不经意似的对老丁提起：

"哦，我有个想法忘记说了。"

作为丈夫的老丁，用极其客气的口吻问道："可以告诉我吗？"

作为妻子的夏女士说："噢，当然可以！"

夏女士仰起经过精心化妆的脸，将手臂搭在老丁肩头上，半眯起来的眼睛里闪烁着几许迷人的似有若无的惆怅。

"哦，亲爱的，"她说，"你大概没想过，为什么你我的分离总像你们内蒙古的冬天那么漫长？而我们的相聚，又像你们这里的夏天这般短暂？"

老丁连忙说："这个我也和你一样有同感。"

"那你说说这是为什么？"

老丁眨巴眨巴眼睛，脑海里飞快地盘算了一遍也没猜出妻子的心思，一时回答不上来。

"因为我在南方你在塞外包头呀！"

老丁这才想到："对对对，相爱的人远隔千里！"

"你不在我身边的日子，我是多的孤单凄凉，有时我伤心地觉得生活毫无意义简直不想活下去。女人这种心里的难受，你们男人是不可能理解的！"

老丁连忙应声："我理解，我理解！"

"你理解什么？！"做妻子的忽然拉下脸来，"你要是真理解的话，怎么到今天还什么行动都没有？你明知道我不可能来内蒙古，那你倒调去武汉呀！"

老丁一时语塞，不知道怎么来向妻子解释好。过了良久，才小声地嗫嚅道："调动工作的事没那么容易，要向领导打报告，这个你参加工作多年应该是了解的，特别是从边疆地区调往内地的城市。"

"所以嘛，"夏女士不耐烦地打断了他，正色道，"我想，你我还是现实一点，结束目前的这种生活。你说呢？"

"你，你，你这是什么意思？"老丁说话忽然结巴起来。

"我的意思很明确，就是我们应该离婚！你同意吗？"

这时，月台上的高音喇叭里开始播放起当时铁路上流行的送别曲——广东音乐《小桃红》来，欢快的旋律里带着一点伤感。老丁在这乐曲的伴奏下，抓了半天后脑勺，只见他喉结上下动了许久，咽下口唾沫，波澜不惊地迸出一句话。

"你的想法很有道理，我同意！"

老丁就这样给自己的第二次婚姻画上了句号。

不久，饥饿席卷内蒙古大地，国家面临严重的经济困难，各条战线均在调整紧缩。老丁所在单位精简机构，刊物下马，组织上将老丁调到东河区一所中学教俄语。不过，那时我国和苏联已公开反目，官方报纸上正在连篇累牍地批判修正主义，中学俄语的课时从每周四节减至两节，早已不像五十年代时受大家重视。老丁平时的教学任务也不是很重，与学生接触很少，学校里又从没机会轮到他出头露面，再加上他八小时以外的闲暇也不同人来往，独自一人过着与世无争的平静生活，"文革"中哪个派别都看不上他，一直当着"逍遥派"，因而也没受到多少冲击。到了四十多岁时，经同教研组的孟老师介绍，与她妹妹孟金花相识，两人开始交往起来。

孟金花系包头铁路医院护士，结过婚，原先的男人是包头石拐煤矿工会干部。那时矿上"抓革命，促生产"，经常放卫星，规定科室工作人员全都要下井夺高产。这天干部工人矿上所有人正在井下放卫星，作业区顶板冒顶，一块石头砸中他的头顶，当场牺牲，给金花留下一个五岁的女儿叫小敏。小敏聪明伶俐，金花很是宝贝，含辛茹苦地把女儿拉扯大。老丁认识她们娘俩时，小敏已是包头郊区内蒙古生产建设兵团的战士了，对妈妈和老丁的恋爱很理解，主动叫老丁"丁叔叔"，显得很是亲热。

"丁叔叔，"一次星期日休息，她从兵团来看望母亲，见丁叔叔也在家，便主动搭讪，"我在班里有个要好的女战士，妈妈在

'文革'中挖'内人党'时被整死了，爸爸想给她找个后妈，她死活不让，竟威胁她爸爸说：'那女人胆敢进门，我就杀了她！'闹得她爸爸没办法。她是担心一旦有了后妈，就分走了爸爸对自己的爱。我对她说，你错了，怎么尽算减法？要算加法才对呀！你想过没有？新妈妈因为爱爸爸，结婚后也会爱爸爸爱着的人，会和你爸爸一样地喜欢你，那你在这世界上除了爸爸一个人喜欢你，岂不又多了一个喜欢你的人？而且不仅你得到了双份的爱，你爸爸也终于有了个幸福的后半辈子。这可是一举多得的好事情呀！"

老丁没想到小敏这么明事理，满心喜欢。她妈妈金花虽相貌平平，但为人厚道本分，不像自己先前一起生活过的那两个女的那样花里胡哨。想想自己也快奔知天命的年纪了，不能再像年轻时那样不切实际地浪漫了，应该有个稳定的家，所以对金花母女很是真诚，也很上心，经常给她们送这买那。做姐姐的孟老师知道后，也很为自己的妹妹高兴，竭力撮合他们俩。快过年时，他们开始谈婚论嫁。这天两人正在金花家商量哪天上民政局婚姻登记处登记时，突然祸从天降，女儿小敏在兵团服农药自杀，经抢救无效，撒手人寰！

这真是天有不测风云，人有旦夕祸福。噩耗是小敏所在连队的指导员带着女生排排长坐车来家告诉的。吉普车就等在门外，要孟金花上医院最后见上女儿一面。

但孟金花听到女儿噩耗，话没来得及说，就"哇"的一声吐了一大口鲜血，人就疯了，胡言乱语。忙送医院急诊。经诊治，别的症状均有所减轻，只是意识依旧混乱得像错了码的程序，只好开点药回家来观察一段时间再看。

家里没有了做主的人。老丁只好将金花托付给邻居，请他们将情况电话转告金花的姐姐孟老师，便跟着指导员坐车来医院看过小敏，才知道事情的来龙去脉。

原来这些日子天气转暖，黄河冰凌开始消融，附近生产队为保墒开闸浇地。由于兵团和生产队两家的地块相连着，没想农渠决口渠水同时也流进兵团的地里。正在打坷垃的兵团战士发现后，忙跑回连队报告。当时建设兵团上下正在学习贯彻毛主席"一不怕苦、二不怕死"的最新指示，连长、指导员一听渠水淹地，十万火急地紧急集合带领全连人马高喊着"一不怕苦，二不怕死"，斗志昂扬地一路小跑来抢堵决口。到了现场见自己的地已汪洋一片，浑黄的渠水带着尚未融化的冰块，从干渠决口源源不断地流淌进来。一些求战心切的小伙子哪管三七二十一，高喊着"水情就是命令！"穿着棉裤一个个下饺子似的跳进刺骨的冰水里，场面十分感人。一时间，"下定决心，不怕牺牲，排除万难，去争取胜利"的口号声响彻现场，大家手拉手企图在水中筑起一道人墙。连长连忙朝战士们高喊："大家先不要下水，听从指挥！"但已经来不及了。后面上来的人由于大家你喊我叫，听不清连长的话，一见到决口仍是奋不顾身地跳下水去。后来女战士在排长的带领下，也跟在男生后面纷纷跳入水中，在砭人肌骨的寒水里冻得大呼小叫。现场就更混乱了。小敏这天正来例假，站在渠背上犹豫着，因为她在上生理课时听老师讲女孩子来例假洗冷水会落下病痛，冰水更不能了。尽管排里几个要好的女生站在水里向她频频招手，小敏还是摇摇头。正在这时，一批人乱纷纷跑过来，高喊快去附近割芦苇堵决口，就跟着过去了。

后来在连长的指挥下，战士们一层芦苇一层土终于胜利地堵住了决口。在全连堵水战斗表彰会上，表彰了一大批"一不怕苦，二不怕死"的先进分子，小敏却遭到严厉批判，扣了她顶大帽子：贪生怕死的胆小鬼。勒令她做出深刻检查，然后根据认错程度再给予必要处分，以教育部队。

小敏思想不通，一个人躺在炕上蒙起被子大哭了一场，越想越感到委屈气恼。这天夜里，等大家都睡着了，悄悄溜出宿舍摸进库房，喝下了一大瓶农药。等班长凌晨醒来上厕所，发现小敏不见了，连忙叫醒大家四处寻找，发现她已倒在库房地上，大家七手八脚把她送到医院，最后也没能抢救过来。

老丁的婚事由于小敏的意外死亡，金花发疯，无法继续下去，就这样由于不测风云而夭折了。

后来还是孟老师找到老丁，脸上流露着无限悲愤和惋惜，沉痛地说：

"唉，丁老师，我妹妹真是命不好！前些日子，兵团通知我去把小敏的东西拿回家来。听兵团的人说，小敏真是冤枉，就在她喝农药的第二天，当地一帮农民拿着铣锹锄头来连队办公室大吵大嚷，责问连里领导他们大队正在浇地，兵团为啥把干渠堵上！原来当地的习惯，开春种地，要是墒情不好，得先润一回水保墒。兵团的人不熟悉农业，又是外地人，将当地农民浇地保墒误认为是渠水决口淹了地，这些年轻人还都奋不顾身跳进冰水去堵决口，实在是多此一举！害了小敏也害了我妹妹，还把你也连带给害了！"

老丁只顾唉声叹气，听了后痛苦地摇着头说：

"唉，事已至此，我们小老百姓能说什么呢？只能怪自己的命！"

"可我心里过不去呀，你为我妹妹花了那么多钱，为她买了皮鞋、毛衣、手表、皮箱什么的，这些东西她统统都没用过。你要是不介意的话，是不是还是物归原主，都还给你……"

"这这这，这就没必要了！"老丁连忙推辞，"孟老师，说心里话，这次我也很难过，太没想到了。至于这些东西嘛，还是留在她那里，说不定以后有用，也算是我和你妹妹认识交个朋友，你说呢？"

孟老师见老丁态度真诚，也就没再客气，替她妹妹接受了老丁这些丰厚的馈赠。

一个偶然的机会，我终于亲眼见到了老丁。那是个周末下午，我和包头文联老王从第一文化宫参加完创作座谈会回东河宾馆去，走在大街上正兴高采烈地说笑着时，一个瘦高的男人带着个十三四岁的小女孩迎面走来，突然在我们前面站住了。男人穿一身袖口领头已经磨秃的海军呢制服，虽已头发斑白，但伫立的样子却完全是一种规范的立正姿势，两腿并拢，上身笔挺，双手紧贴着两侧的裤线，脸上很有分寸地浮现着微笑，向我身旁的老王热情地伸过手来。

　　"午后好！"声音是经过训练的，带着点磁性，很是悦耳。

　　我看见他身旁的小女孩用围巾掩住嘴巴在窃笑。

　　"哎呀，是老丁呀，真是稀罕！"老王转过脸去高声叫起来，"好久不见了，你怎么也不上我们这里来玩了？"

　　然后把老丁和我互相做了介绍。我这才知道眼前此公就是大名鼎鼎的老丁。

　　原来老王和老丁都在刊物编辑部工作，算起来我们也都曾是同行。大概由于多年未见，这天不仅两位旧日同事，连我也都感到格外兴奋，寒暄热聊中都忘了时间。直到街灯亮起，雪亮的氖气灯光把灯下几个人的脸色照得一片病态的苍白。我提议说："要不我去找个饭馆，咱们一边吃一边聊？"

　　老丁忙推辞说："不必不必，谢谢了！我们还有事呢！"伸出手来，和老王再次热烈握手，便带着小女孩告辞了。

塞外笔记

我们望着他暮色中的背影，渐渐地消融进下班高峰的滚滚车流里。老王叹了口气，转过头来对我说：

　　"唉，这老丁真是怪可怜的。他现在连宿舍也让给了来包头治病的亲戚住着，自己连个过夜的地方也没有，全靠在郊区的一个朋友家里搭伙。那是一对在郊区工作的夫妇，也是我们杂志社的作者。每星期周末回城里来，与在中学读书的女儿和老母亲过个礼拜天。老丁平时就住在他们的空房子里，等于给他们看家，倒是个很称职的看家人。他既能同小女孩玩耍，又能给老太太解闷，又因为他从前在剧团待过，演过戏，和大名鼎鼎的表演艺术家于是之在一个单位里工作过，凭这些有时给附近的中学生宣传队演出义务辅导辅导绰绰有余，因此身边常有几个小女孩围着。他完全把她们当朋友，十分尊重，绝无半点越轨举动。只是每当周末，那朋友夫妇俩从郊区回家来时，上半夜他还在同这一家人海阔天空地谈古说今，下半夜他就得想办法为自己去找个临时过夜的栖身之处，有时是学校教室，把几张课桌拼在一起凑合一夜，有时在学校传达室，与下夜的老头挤一铺炕。今年春节，包头来寒流，天下大雪，气温降到零下二十多度，我们全家人都已躺下了，深更半夜忽听有人敲门，以为是派出所警察来查户口，开门一看，吓我一跳，原来是老丁，他帽子衣服上落满雪花，快成了雪人，脸上胡子拉碴，白蒙蒙的全是冰霜，牙齿打战冻得说不清话。我叫他快进家说，他先说是给我们拜年，后来又说是一个作者的小说稿什么的，支吾了半天才算弄明白他的意图，那天夜里没找到过夜的地方，从附近经过忽然想起到我家来临时对付一夜。想想也真有点心酸，到现在恐怕还在到处打游击，也不知今晚上他找到过夜的地方了没有。"

最后的黄河纤夫

一

　　写下这个题目就有点后怕了。我记述的这位主人公赵二杭盖，与《黄河大合唱》里和惊涛骇浪搏斗的黄河船夫在人们心目中健壮彪悍的艺术形象实在相去太远，人们会以为是我在胡编乱造！

　　赵二杭盖故事原创版权应该说属于包头作家乐驼。他抗美援朝回国转业到《包头文艺》杂志当小说编辑，很快在编辑部里也成了"最可爱的人"。他为人宽容，富有亲和力，又擅长讲故事，肚子里仿佛装着无数素材，把真实的事和自己的想象水乳交融地糅合在一起，讲起来格外引人入胜，我这样生活阅历浅的人和他在一起总觉得每有所获。后来熟了，我和许淇等几个包头文友曾好心提醒过他：

"啊呀，老王（乐驼姓王），这可是同行间的大忌，你不怕我们把你这素材给偷走呀？"

因为我认识的一位东北作家，写小说出手神速，短篇不过夜，中篇不过周，长篇不过月。作家们一起开会，间歇时听人随意讲了个故事，夜里躲在自己房间便将这素材加工成了小说。等这位讲故事的作家开完会回到家里，在报刊上看到这小说已刊登出来了，吓得他以后再也不敢贸然对同行讲什么故事了。

"哈哈哈！"乐驼听我讲后豪爽地开怀大笑，"我可不在乎。只要写得好，对读者有益，署谁的名字都一个样！"

因为这个缘故，我每次去包头出差，办完事总要上坐落在东河宾馆（苏联专家招待所）副一楼的《包头文艺》编辑部，和他侃上一阵。那天，我刚进乐驼的办公室，他便满面笑容地从堆满稿件的办公桌后面迎出来。

"大汪，你来得正好。包头航运公司有个黄河老船工叫赵二杭盖，这两天在我们东河宾馆参加市里先进代表大会，他老家陕西府谷浪上村。大汪呀，你只要听听这村子的名字，就该知道里面有多少精彩的故事了！"

经乐驼这么一说，我才想起，内蒙古地处大西北，不仅有草原牧区、沙漠林区、包钢河套，还有横贯西东的千里黄河，有歌里传唱的拼着性命与惊涛骇浪搏斗的黄河船夫。我自然来了兴致。

"好呀！那你说咱们什么时候去拜访他？"

"我也正要采访他，已经约好，午饭后就在他房间，咱俩一块儿过去！"说着，乐驼从抽屉拿出一包红茶沫子放在写字台上，对我说："中午走时提醒我别忘带，他好喝这个，说从前拉纤累时，就全靠这个来解乏！"

"要送还是送好点的红茶！"

"这个你老弟就不知道了。"乐驼说，"他说从前跑河陆买不起好茶，只喝红茶沫子，惯了。你要送他好茶叶，说不定被他扔出门来。"

二

"黄河，俺老家陕西和内蒙古山西交界一带的地方叫'神河'。"中午在二杭盖房间刚落座，他盘腿坐在簇新的紫红色天鹅绒沙发上，就像盘腿坐在自家热炕头上开门见山地说起来。乐驼忙起身泡了杯带去的酽酽的红茶沫子放在他面前的茶几上，二杭盖点头谢过，管自说起来："因为它有十年河东十年河西变化不定的河岸，有时岸边村子里人还在睡梦中便被河水带走了。让我们两岸的庄稼人遭罪遭大了!"

二杭盖老家浪上村紧靠黄河。据他记忆,小时夜里黄河上浪嗥的声音之大,屋里人讲话都听不清,就像现如今军用机场附近的住家,战斗机训练返航从空中飞过,房间里说话声、电视机的声音压根就啥都听不见。外地亲戚来二杭盖家串亲,夜里浪嗥得都睡不着觉,才两天头就疼得厉害,死活闹着回家,再不想待了!

我问二杭盖:"那你们家的人呢?"

"我们是听着黄河的浪嗥声长大的!"二杭盖说,"俺大和我要是听不见黄河浪嗥声,就知道第二天要变天,黄河上的船要出事,夜里都睡不好觉!"

二杭盖十岁那年,变化不定的黄河水淹了他家仅有的二亩地,从此,就跟着他大赵宽拉大梆子船,成了个小"河陆汉"——当地人对黄河纤夫的称谓。

河陆汉中流行着一句顺口溜:脚踩船沿手把橹,可怜穷人跑河陆。大梆子船上一般纤夫五人,使唤的纤绳长十八节,每节又长六丈,共计一百零八丈,得两个人才抬得动。主绳绑在船头上,分出去五根支绳。每根绳上有块柳木做的木头扣子,纤夫背在身上用来拉纤发力,上面还系着根细绳,拉在最后的纤夫也就是"尾绳"手上。一遇紧急情况,"尾绳"把细绳一松,五根支绳随即脱离主绳，免得纤夫被纤绳拽到河里淹死。

春天黄河冰凌融化，开河水涨的时候，黄河河面宽广，纤绳放得长，分量重，二杭盖年纪小拉不动，只好蹚在齐腰深的水里拉船。泡的时间久了，上岸来风一吹，腿上皮肤干得裂成一道道口子，像是刷子刷过似的紧绷绷的，往下一圪蹴，裂口上就渗出一颗颗细小的血珠子，疼得他咝咝地倒吸凉气。

赵宽心疼儿子，跟人讨了两根猪下巴骨来，拿斧子砸碎，把里面的骨髓和油用小钵钵装起带在身上。每到夜里歇下来时，抹在儿子满是一道道血口子的小腿上，减少疼痛。

除了两只腿脚，二杭盖说，作为纤夫最遭罪的，还是两个肩膀头子。俗话说，"河陆汉的膀子老牛的领子"。因为要用力，粗糙的纤绳勒在孩子娇嫩单薄的肩膀上，先是皮肉被纤绳勒破出血，和身上烂布衫粘在一起，只好把纤绳换在另一边肩头发力。等到原先的皮破处结痂以后，再换回来。就这样，磨破，出血，结痂，两个肩膀头子轮流来回拉纤，日子长了，变成了两坨死肉疙瘩。

二杭盖从坐着的沙发上站到地上，撩起劳动布工作服后背，让乐驼和我看他两个肩膀头子。那皮肉确实和身上别处的不一样，颜色深重，呈绛紫色，摸上去硬得宛如老农掌上老茧，不怕磨，不怕疼，什么感觉也没有，成了两坨石头般的死肉。这是那根纤绳留在他身上的痕迹，就如同纤绳勒在河边山岩上那道道苔色苍然的绳痕！

二杭盖瘦弱矮小，一条腿走道还微微有点瘸，全然没有《黄河大合唱》里和黄河怒涛巨浪搏斗的船夫的彪悍和壮实，说话声音像感冒似的瓮声瓮气，看起人来总带着一点理解和宽容的笑容，使他那张黧黑的脸膛平添了些许皱纹。

不知为什么，看着眼前的二杭盖，老让我想到俄罗斯画家列宾的油画《伏尔加纤夫》中的那个少年纤夫拉里卡。他在画面上一边拉纤一边用手调整勒在自己稚嫩肩头上的纤绳。对这位少年来说，这拉纤劳动显然是过于沉重了。

从专家招待所顶楼窗口望出去，当时包头东河旧城区几乎没有什么高层建筑，专家楼红色的大厦像鹤立鸡群耸立在一片低矮破旧的屋顶上，能远远瞭见黄河在天苍苍野茫茫的土默川旷野上气象万千地流淌的雄姿。

二杭盖告诉我们，早先北京到兰州的铁路尚未贯通的年月里，上游宁夏到包头、呼和浩特和山西的物资，主要就靠黄河水运，最多时候跑运输有两三千条船，号称"塞外水陆码头"的包头黄河河面上，千帆竞发，舟楫如梭，一派水上枢纽的繁忙景象。从包头放到下游河曲、府谷、保德顺流而下的大梆子船，大多装着皮张、药材、河套面粉、白麻、磨石、陶瓷和水缸，最多能装七万多斤；但从下游溯流而上的船，最多只装三万斤，载货量不到顺流船的一半。这是"驾长"（即艄公）出于安全考虑，也可看出黄河水流的湍急程度！

黄河流经的两岸地形结构不同，水底河床也在不断变化着。从包头到呼和浩特市托克托县，两岸一马平川，河底净是泥沙，河陆汉们管这段黄河叫沙河；从托克托县到清水河县，河底变成了红柳茬子和芦苇茬子，河陆汉们管它叫烧糊河；清水河县以下至河南三门峡市，由于受到秦晋高原挤压，河道骤然变窄，水流湍急，两岸绝壁高悬，河身蜿蜒曲折，河底布满危岩暗礁，河陆汉们管这段黄河叫石河。不同河段驾船的驾长也不同。沙河是沙河的驾长，烧糊河是烧糊河的驾长，石河又是石河的驾长。到了不同河段得换驾长。二杭盖就是因为板头（即掌柜）没换驾长，驾船失误，掉进黄河险些葬身鱼腹。

二杭盖端起杯子喝了两口酽茶说，那时日本关东军通过大蒙奸德穆楚克栋鲁普，处心积虑地向内蒙古西部地区侵略扩张，绥远形势危急。一天，魏板头愁眉苦脸地上门来找他大赵宽。

"宽哥，今天咱是无事不登您的三宝殿，有话就直说了。"魏二虽是大梆子船掌柜，可自小和赵宽一起玩耍长大，平日营生也多有照顾，算是乡里乡亲的熟人。今天一进门，便对赵宽叹开了苦经。"今年这黄河怕是封冻得早，咱们还欠上游托县王掌柜一船煤。日前他捎将话来，鬼子怕是就要打到绥远来了，傅作义部队怕顶不住要撤，往后黄河上就走不了船了，叫我抓紧眼下的日子把煤送上去！"

赵宽躺在炕上。这些日子来他一直腰腿疼动弹不了。这是因河陆汉长年泡在水中干活，许多人年纪轻轻便落下此病。

"魏板头，你看他这身子骨还能走——"在炕头侍候男人的婆姨没把话说完，躺着的赵宽便咳嗽起来。

"二杭盖不是走包头回来了嘛，让他替你拉回头绳咋样？这脚钱嘛我亏待不了你们，再加二成，也算是他帮魏叔一回忙。"

"唉，这娃也命苦，"婆姨叹了口气，"走包头走了一个多月，夜来（昨晚）才回来。这会儿还在凉房睡着呢，等醒来问问他。明儿听回话吧——"话音刚落，赵宽在炕上来回翻身又猛烈地咳起来。

没想这天吃晚饭时，二杭盖蹲在炕沿上刚端起碗来喝地瓜玉米糊糊，听娘讲了魏板头的事，把碗往小炕桌上一搁，挺有主心骨地说：

"我去！"

"不行，你走西口才回来！"

"不咋！"

"你不要命了？"躺在炕上的赵宽忽然高声吼起来，"这些日子，你们没听见夜里黄河里的浪，嗥得比山里的狼还瘆人！"

二杭盖把含在嘴里的地瓜咽下肚里，对赵宽说：

"大，你不是常讲，人活在世上哪有不受的？不过，这回咱们得跟魏板头说好，得先给一半工钱，我要给大您抓药治病！"

塞外笔记

196

尽管赵宽声称自己死不了，扛扛就能过去，但架不住婆姨和儿子的左右劝说，最后气哄哄转过背去再也不言语了。

鸡叫头遍，东方曙色初露，"杭育杭育"雄浑的拉纤号子就在寂静的山谷里回荡起来。装着一船煤的大梆子船在凛冽的山风中，沿着奔腾翻滚的黄河慢慢地溯流而上。这条古老险峻的黄河纤道，二杭盖已记不清走过多少遍了。尽管夜色尚未褪尽，但他马上就认出纤道从这里开始慢慢向山顶蜿蜒上去，在前面拐弯的地方，还能瞭见坐落在涧底的家，此后很快便会从视野中消失再也看不见了。不过自己留在这里每一个陡坡上的脚印，洒落在每一个弯道上的汗滴，和刻勒在山岩上每一根自己纤绳的印痕，在心里多会儿都记得一清二楚。

内蒙古这段黄河，二杭盖知道最险要数清水河县南下到二杭盖家乡陕西府谷段，两岸崇山峻岭，第一座山是凤凰山，接着是拐老婆拐子、鸽子石崖、狮子圪洞、老牛湾、老汉石崖、糜子礁和板凳浪，对河陆汉来说，都是一道道鬼门关，也因此流传下来四句话，"拐老婆拐子上放过链，狮子圪洞贴过杆；老汉石崖载过绳，糜子礁里掌过舵"，来形容一个黄河船夫高超不凡的驾船技术。

"糜子礁里掌过舵"，是因为黄河水流到糜子礁，由于河底山岩悬崖般突然下沉二米许，形成个小瀑布，溅起满河白花花像糜子穗子样的细碎浪花，故名"糜子礁"。听大说，上游的船过礁时，随着急流从小瀑布上冲下来后，在水里要钻好几分钟。此时，驾长站在船头上，奔腾咆哮的浪头从四面八方扑打过来，无法呼吸，嘴里得先含上口水。当浪头迎面打来时，把嘴里的水吐出去，趁机赶紧吸上半口气，千万不能吸全口，因为下半口气就已经是水了，然后等出气时再喝半口。就在这样的情况下，驾长还要稳稳地掌好舵，吩咐船工右腰艄（舵）二下，左腰艄一下，尾艄半下。如果是缺乏经验的驾长，事先嘴里没含水，自己出不上气，无法指挥船工。船一头栽下去，钻在水里就再也出不来了。

"老汉石崖载过绳"，是考验纤夫的功夫。老汉石崖是座突出在河心的石山，将从北往南流的黄河水向西挤去，河心水流特别湍急。由于长年冲刷，水中的山体坠落河心，阻遏水道，形成部分河水倒流，部分却从石山下流过，致使湾内水流紊乱，旋涡满河。当下游的船沿着河边一点点逆水而上时，到了这里老汉石崖挡住去路。河陆汉得先把主绳固定在石柱上，不让船冲离岸边。因为河心水急浪大，三冲两冲，就会将纤绳拉断，造成船翻货沉。然后由两名纤夫抬着纤绳爬过山去。老汉石崖上光秃秃的，没上山的路。河陆汉常年光着脚丫子在山岩上攀崖爬坡，练就铁爪子似的脚指头。只要有两个脚指头能踩踏的缝隙，便能像猿猴似的攀登上去，这功夫被称为"脚上二指禅"。（后来二杭盖在抢救部队战备物资的危急时刻，让我见识了一回他的脚上二指禅功夫。这是后话。）到了山那边再全身抹上猪下巴骨油，将沉重的纤绳缠在腰间，抱上一块木板，精赤条条地跳进惊涛骇浪，从上游凫水钻过山岩，漂游到停在下游的船头，将纤绳固定住，隔着山头继续拉纤。这凫水去固定纤绳的人，倘若水性不好，不谙熟湾内河里水流，随时都可能撞在礁石上粉身碎骨。在"老汉石崖载过绳"的河陆汉，就如同今天大学生里清华北大毕业的佼佼者！

二杭盖那次就是在这老汉石崖上出的事。

脚下的纤道向山顶渐渐蜿蜒上去。拉头绳的二杭盖嘴里的拉纤号子，随着发力也慢慢高亢起来。纤夫们浑厚有力的应和声，混合着山下传来的黄河惊涛声，汇成生命与黄河抗争的摄人心魄的交响，在清晨寂静的峡谷里回荡着。在二杭盖这个半大不小的黄河少年听来，这是人世间最动听的乐曲。这是黄河的给予，他就是在这乐曲声中渐渐长大的！多年后，当他离开家乡在包头干活再也听不到这乐曲时，心里常常漾起一种自己也说不清的眷恋和怀念！

曙色熹微，天光渐渐亮堂起来。山下的黄河望去越来越小，宛如一条弯弯曲曲的发亮丝带，在水汽弥漫的黑沉沉的深谷里闪烁着。虽暂时还看不见朝阳，却能望见对岸被染成金灿灿的峰峦，和眼前朦朦胧胧的山林与原野。他情不自禁地想起昨晚魏板头来家时全然没有了平日的颐指气使，把一半工钱按照他说的乖乖地送来交在娘手里时，他看到躺在炕上从不流泪的大，转过脸去拿肮脏的被角偷偷地揩拭眼泪。就在这时，一股从未有过的豪气第一次从这个半大不小的黄河少年心底油然升起来，觉得大也开始认可自己能为父母分忧了！

二杭盖想，这都是自个儿力气换来的！人说世上受苦最重是下煤窑和跑河陆。跑河陆好比水瓮沿上跑马，跌在船里皮肉受苦，掉在船外性命不保。下窑塌了，刨出来还能见个尸首。河陆汉跌在水里连个尸首都捞不着，是摸阎王鼻子的营生。但二杭盖暂时还感觉不到。大常说，人活在世上哪有不受的？！是的，他不怕受，也不怕苦，从不吝啬力气。觉得力气长在自个儿身上，要是累了，没力气了，只要睡上一觉又有了，怕甚？力气是使不完的。他喜欢像大一样走南闯北地赶河陆，官河口的豆腐老牛湾的肉，柳清的烧酒喝个够，觉得赶河陆比务艺庄禾，一辈子趴在一小块地上侍弄要有出息多了。他甚至有点瞧不起一辈子没离开过村里的人。赶河陆虽使的是牛力，走的是鬼路（没人走的路），但闯荡四方的生活却打开了眼界。特别是这回走西口到包头，见识了只用两根铁棍棍铺设的铁路、不用火柴点着的电灯、街上商店闪闪发光的大玻璃橱窗，和耸立在十字街口从未见过的三层楼大饭店，回来说给村里小伙伴们，听得他们一个个直喊"我的妈呀"，每张小脸上都漾起神往不已的样子。

迎面吹来黄河上阵阵晨风，带着山野的清新、泥土散发出来的芬芳、浓郁醉人的麦香，太爽也太熟悉了！二杭盖大口大口吸在肺里，真是养人，这是黄河给予我的，是黄河的恩惠，尽管它淹过我家的庄稼我家的土地！

二杭盖调整了一下胸前的柳木扣子，豪情满怀地走在这支破衣烂衫的拉纤队伍的最前头。山势越来越高，他知道前面就是落雁崖了。这是古纤道上地势最高的地方了。记得他刚来船上干活，有一回船打山下经过，他顺着纤绳抬头望去，望见落雁崖上拉头绳的大像是一张风筝在天上飘摆着。在他身后，活动着一队小小的人影，在蓝天白云的映衬下，这黄河上的拉纤人好似一队翱翔在天上的大雁。他知道，那只领头雁，就是他大，正弯着腰在"杭育杭育"胖手胝足地拉着这货船，迎着扑面打来的浪头在滔滔黄河上一点点地朝前航行着。看着看着，这只领头雁突然一个趔趄，险些栽倒在地，好在脚下很快稳住，接着朝前走去。就在这时，半大不小的二杭盖脸上忽然流下泪来。他似乎懂得了大常说的那话的意思。从此，这拉纤的画面就像纤绳勒在山岩上的印痕一样，永远地刻在了他幼小的心灵上。

可今天，这落雁崖上胼手胝足在发力喊号的却换成了他。他成了领头雁。他伸手摸摸胸前那块像玉一般光洁的柳木绳扣，觉得这斜挎在肩头的纤绳与平时似乎有些不大一样。

山势朝河心渐渐倾斜下去，像是一座石山挡在河道上，在下游形成一湾死水潭子。二杭盖知道，溯流而上的船拉到这里，驾长须先将船一点点荡出来，打到活水处，斜插着朝对岸行驶过去，有时甚至在对岸还要再朝前行驶上一段，然后从上游再漂游下来过了河心，回到老汉石崖这边的激流处，等尾艄吃到活水，再发力继续朝前走。

可谁也没想到，这回走托县，王掌柜要煤要得急，魏板头临时叫了他侄儿来帮忙。侄儿也是个石河驾长，但年轻人毕竟缺乏经验，又遇上娶媳妇聘礼钱不够想叫自己叔父给帮助点，没料魏板头一直态度暧昧，叔侄俩临发船时为这事还戗过几句，侄儿心里窝了一肚子火，忘了得先把船头荡到活水处再斜插上去，一出死水湾侄儿驾长便让船照直过去，尾艄在死水处发不上力，迎面几个浪头打过来，三下两下便将船又打回去了。等到尾绳发现情况危急，急忙高声大叫起来：

"快抹套啊！！"

纤夫们全都一下子把纤绳抹去，只有拉头绳的二杭盖因为离得远，此时正沉浸在他人生的豪情中，等他听到喊声反应过来，已经来不及了，纤绳刚抹到脖颈处，便连人带绳被船从崖畔上拽落下来，倒栽葱跌落在波涛翻滚的黄河里！

消息传回村里，当爹的赵宽听了，"哇"的一声把刚吃下去药全吐在炕上，人就像发羊癫风似的抽搐起来，一下子昏死过去。吓得二杭盖娘慌了手脚，只是一迭声哭喊着"孩子他大，孩子他大"。众人更是乱纷纷说不出个究竟。后来赵宽终于慢慢睁开眼睛，但从此认不得人，就这样疯了。不久跌在黄河里淹死了。

但谁也没想到，出殡这天正当二杭盖娘呼天抢地扶着自己男人灵柩出家门时，破衣烂衫的二杭盖拄着根讨乞棍一瘸一拐地寻摸进家来，把正在帮忙的众乡亲都吓呆了，连他娘顿时也惊愣在那里说不出话，等弄清情况，闹得几个女人的脸上半是眼泪半是笑！

原来二杭盖从山上跌进黄河里，头触碰到水中礁石，一时晕过去了，随着急流朝下游漂去。等恢复意识清醒转来想往岸边划去，发觉一条腿已经废了，一动弹钻心地疼，身上也越来越冷，渐渐失去了知觉。等苏醒过来，发觉自己躺在岸边一座小棚棚里，挣扎着想站起来，谁知腿一着地便摔倒在地。正在这时，外面进来个老汉，把他扶回躺着的地方。

"看看你腿，"老汉心疼地说，"要再动弹真就成瘸子了。还不快躺下！"

原来老人是个摆渡老汉，是他把二杭盖从河里捞起来，救了他的命。听二杭盖讲了事情经过，老汉认为眼下最当紧是先养好伤。二杭盖惦记大和娘，怕他们有个三长两短。可老汉告诉他，这边是苏区，过了河是白区，不能随便往来。后来，等他能一瘸一拐地走路了，硬是从神木绕道蒙旗地界慢慢地寻将过来。

二杭盖回到村里，没想到在黄河上赶了大半辈子河陆的大就这样走了，要找魏板头理论，还想问他讨要那另一半工钱，被娘一把拉住，说算了，他也够可怜的。那船出事后，叔侄俩为此嚷了一架，嚷着嚷着，魏板头说不出话来，人就从炕上出溜到了地下。如今见了自己婆姨还叫侄子的名字，自个儿吃不了饭，屎尿都拉在炕上，臭味熏得人都进不了屋。

二杭盖说到这里打了个磕巴，嗓音似乎越发嘶哑了。乐驼停下笔，起身拿水壶给他茶杯子续水。这时走廊上有人喊开会。采访不得不暂时中断，约好晚饭后继续。

三

新中国成立后，国家百业待兴，发展生产，繁荣经济。

二杭盖像中午似的依然盘腿坐在沙发上，抽着烟边想边说。灯光从他头顶无声地照落下来，房间里显得十分宁静。

"包头解放不久，黄河上船运业在政府的支持下一度比以前还兴旺。政府发放贷款给跑船的个人，鼓励我们造船搞航运。最兴盛时，包头的船，往东直放呼和浩特，南下到山西偏关、河曲、保德，往西可直放五原义和渠、陕坝（杭锦后旗）黄济渠、临河（即今巴彦淖尔市）马道桥和磴口杨家河。包头和河套平原上重要的产粮基地舟楫往返，十分便利，形成繁忙的水上运输网，致使包头一度成为名副其实的塞外水陆码头！"

二杭盖说，那时国家因发展经济需要，到各地农村招工。那年，他娘因胃大出血病故，他姐已出嫁，家里就他一人，便和同村几个小伙子相约一起来到包头船民协会。

开头两年，由于再也听不到黄河里的浪嗥声，心里感到有些空落落的不自在。但新生活日新月异，不断地给人带来惊喜，高兴得都来不及去想过去的事。不久，政府号召将船民组织起来，把几个船民协会联合扩大成为航运公司，隶属于自治区交通厅，淘汰了先前笨重的七栈板大木船，再也用不着拉纤，货运改为浑身铁甲烟囱冒烟的拖轮作业。二杭盖也由原先的河陆汉变为拖轮上的一名"升火长"，也就是老百姓所说的烧火司炉。先前三面朝水一面朝天的日子，现在却要整日价待在热烘烘的锅炉边与火做伴了。

这变化对二杭盖来说有点大。但每当他劳动间歇，在机器轰鸣的机舱里趴着舷窗看浓烟滚滚的拖轮，牵引着一长溜装载着各种货物的船队，乘风破浪地行驶在滔滔东流的黄河上，和岸上风驰电掣般飞奔在京包线上的货运列车齐头并进，共同为建设边疆发力，心头会情不自禁地涌上一种从未有过的自豪感。想想从前赶河陆，使牛力，走鬼路，什么拐老婆子、狮子圪洞、老汉石崖，赛如一道道鬼门关。如今干活却稳稳当当待在船舱里，就像坐在自家炕头上一样安全保险！

二杭盖热爱解放后的新生活，对新工作十分敬业。锅炉要用水，包头当地多是硬水，易生水锈，需定期清除检修。为了节省时间，二杭盖每次熄炉，没等炉体完全冷却，便将草袋子泼上点水披在身上，钻进炉膛干起活来。由于膛内空间逼仄，要躺在炙热的钢板上敲打水垢，干不多时，浑身热汗，烤得受不住，再加上湿草袋子蒸发出来的难闻的稻草热气，憋得人呼吸困难，干上一会便得爬出来透透气，把背脊贴着水泥地凉快上一阵，然后换只新的湿草袋子再钻进去接着清洗。全公司每次停炉抢修，二杭盖那艘拖轮检修时间最短，得到公司领导嘉奖。他满心想着，通过自己多流汗流大汗，让这水上铁甲列车多装快跑，驰骋在这条祖祖辈辈河陆汉走出来的古老航道上！

可惜这红红火火的场面，到最后也没像二杭盖期盼的那样出现在黄河上。经济的快速发展，要求有相应快速的物流。古老的水运无论在时间还是安全上，均不及现代化的铁路和公路运输。特别是包兰线全线贯通后，一度辉煌的黄河河运业便无可避免地衰落下来，连航运公司自身的存在都成了问题，自治区交通厅不得不把它下放给了包头市，降格成为市属企业，主要生产任务也改为架设桥梁和生产黄河牌客车车厢。

这情形有点像当年这里发生的驼运社与汽车公司的冲突。

那还是 1931 年傅作义任绥远省主席之后，为改善当地落后的公路交通状况，他抽调自己掌控的三十五军工兵，协助地方修建公路，于是有人趁势便在天津组建起"新（疆）绥（远）长途汽车公司"，在新、绥两省之间开通汽车，使归绥（即今呼和浩特市）到迪化（即今乌鲁木齐）的路程，由先前的半年往返一次缩短为半个月。消息传出，新、绥两地拉骆驼的人群起而攻之，认为是汽车公司抢了他们的生意，砸了他们的饭碗。有些经营驼运的老板挑动青壮驼工殴打汽车司机，捣毁新绥汽车公司在归绥的办事机构，甚至组织老弱妇孺卧路阻拦。事情闹到省主席傅作义那里，他召集驼商代表开会座谈，说明汽车代替骆驼是社会发展的必然趋势，建议驼商们和汽车公司投资合作，规定汽车只通行天山南路，留出市场，让驼队仍走天山北路。车驼之争的风波遂暂时得以平息。

火车汽车陆运代替内陆水运驼运，这是先进代替落后，符合事物发展优胜劣汰的法则。

我问二杭盖："公司改制，先前跑河陆的船工都改成在陆地上干活，从此告别黄河，大伙有啥想法？都愿意吗？"

二杭盖喝了两口茶，咂巴咂巴嘴，像是在品尝茶的什么味道似的。"道理上都通。这是形势发展，让我们赶上好日子了。再说像我们这些人，在哪儿总是来干活的，水上是干活，到了陆上也是干活，个别专业技术活，要培训的重新培训，实在不行只好改行，反正公司都给安排好的，个人还有什么不满意的？"二杭盖说到这儿突然叹了口气，似乎言犹未尽，摇摇头又笑着补充，"但心里总还有点想法不是嘛，特别是空闲下来，会突然想起先前跑河陆的日子，拉纤虽苦虽累，但我因为自小在黄河边喝黄河水长大，听惯了黄河上的浪嗥，喜爱黄河上吹来的风，觉着野外作业人在广阔天地里活动，透气，舒畅，即便累了，只要迎面吹上一会儿风就又有精气神了。如今在车间干活，风吹不上，雨淋不着，条件比以前好多了，不知为什么反倒感到有点不对劲，有时觉着胸口憋闷出不上气来，自己也不知道是咋搞的？！"

这次公司改制，工种调整，规模缩小，可二杭盖反而得到了提升，成为机修车间班长。那天，当他们那艘拖轮完成最后一趟货运驶入船坞停靠下来后，船工陆陆续续下班都上岸回家了，唯有二杭盖还独自一人留在船上舍不得离去，在甲板上恋恋不舍地走来走去，伸手摸摸船栏，像是在跟老朋友告别；看到一截缆绳从绞盘机上散落在地，弯下腰去将它盘整好；看到一件救生衣被随意扔在货舱里，捡拾起来重新叠好放回到贮藏柜里。下到机房，看见锅炉炉体上有块污渍尚未擦拭干净，找来一团棉纱揩拭起来，一边擦一边自言自语：老伙计，你这是最后一回在船上服务了。从今往后，你就要告别母亲河，再也听不到从小听惯的号子声，看不到大桲子船的帆影，闻不到黄河风里吹送来的泥土气息、油菜花的芬芳和醉人的麦香。神河尽管没给他带来美好的日子，但在这最后的告别时刻，二杭盖才意识到，这母亲河不但哺育了自己的血肉和筋骨，还深入骨髓造就了自己的个性和魂魄！

他忽然感到有什么东西滴落在自己正在揩拭锅炉的手背上，原来是这个从不流泪的黄河纤夫的泪滴！

转业改行，二杭盖一时说不清心里是喜还是悲，反正打那以后，人虽在正常上班，却无缘无故地慢慢消瘦下来，精力也不像先前旺盛充沛。几次上医院，也查不出有啥毛病。一些跟他惯熟的工人师傅开玩笑说："二杭盖如今离开黄河，就像丢了魂似的。"当然，他更想不到，若干年后，连这条中华民族的母亲河有朝一日竟也断流干涸！当然这是后话。

中苏珍宝岛事件后，我国北部边疆形势一度紧张，上面号召"备战备荒"，准备打大仗，各地闻风而动，大搞人防工事。地处反修前哨的塞外重镇包头，更是全民总动员，连居委会里的大娘都扛着铁锹镐头出来挖防空洞。

二杭盖所在单位自然不能例外。那天，他按照车间布置，领着四个徒工，在公司后院墙外挖防空洞。

当师徒们挥镐扬锹，钻在地下奋力掘进时，发现洞顶窸窸窣窣往下掉土屑，出现异常的迹象。二杭盖叫徒工们赶紧撤出，钻出洞去，自己留在最后。由于洞口窄小，只能一个人一个人地往外钻。没等第一人全钻出去，突然"轰隆"一声，拱圆形的洞顶坍塌下来，四个徒工一下子被埋在了土里。二杭盖因为掘进时干在最前头，后撤时留在最后，紧靠着掘进面，反而没被全身埋住，还露着个脑袋。但由于土方的突然挤压，顿时昏厥过去。

一起在附近挖防空洞的公司员工闻讯赶来，发现了脑袋露在外面的二杭盖，大家连忙七手八脚地把他从土里刨了出来，实施人工呼吸，慢慢地有了知觉，吐出两口鲜血，也就清醒了过来。听说四个徒工还全都埋在土里尚未救出，二杭盖一骨碌从躺着的地上起来，抓过把铁锨和大家一起挖土抢救被埋的徒工。

车间主任怎么劝都劝不住。

"我知道下面地形！"二杭盖哆嗦着带血的嘴唇，拼着力气急吼吼嚷道，"你们不熟悉！"说着跳到坑里又和大家一起刨起土来。

等到将四个徒工全部救出来，救护车也一迭连声地按响喇叭赶到了。众人七手八脚把昏死过去的徒工抬上车后，发现车内已塞得满满的，救护车再也装不下人了。二杭盖有气无力地对众人摆摆手说：

"不咋不咋，我自个儿能上医院。"

"这怎么行？"车间主任见有人骑着自行车来挖防空洞，一把夺了过来，把二杭盖扶到后架上倚坐着，就这样推着上医院。

二杭盖在医院住了几天，没等好利索，便吵吵着出院回公司来抓生产了。当时，领导提出："多生产一个车厢，就是多一发射向帝修反的炮弹。"全公司劳动气氛热火朝天。

二杭盖回到车间上班，仍和先前一样。每天当徒工们还在食堂吃早饭，刚吃一半，病恹恹的赵师傅便进来要车间钥匙。全车间数他上班最早，下班最晚，晚饭后还来加班，直到和中班工人一起下班回家。一年四季，风雨无阻，寒暑照常，就这样默默地坚守着，一个人干两个人的活。

那次采访后，二杭盖的形象一直在我脑海里盘桓着，几次动笔想写，但没成功，总觉得还欠缺些什么。后来因为我妹妹下乡知青高考，稿子的写作搁下来了。那年月，谁家有个尚未安排的知青，就休想过安宁日子。每当高考临近，我这个做大哥的就全力以赴冲杀出去，为她打探奔走。上一年，尽管她文化课考试成绩不错，所在生产队领导和贫下中农也一致同意推荐，但不知怎的，到最后关键时刻，却榜上无名。如果这回又名落孙山，她就因年龄超过就再没报考资格，和大学无缘了。那年我自然赤膊上阵，什么都赌上了。幸好，这年包头师院的招生老师坚持原则，将她录取了。

我送妹妹到包头师院报了到，跨出学校大门，突然想起二杭盖来。我找到乐驼，讲了自己写作上进退两难的窘境。

"恐怕主要还是生活不够。"乐驼沉吟了一会后表示，"这样吧，我们去二杭盖厂里看看，亲身感受一下劳动场面，也许对你会有点启发。"

我抬腕看了一眼表说："都已经六点了，他怕是下班不在厂里了。"

乐驼语气肯定地说："听说他每天晚上都在厂里加班来着。"

航运公司在东河郊外，离黄河不远。临出门，空中飘飞着细微的雨丝，大团大团的乌云仿佛在逃避追赶似的，飞一般从我们头顶掠过。走到半路上，变成风雨交加。塞外阵阵秋风，把密集的雨丝搅得东歪西倒，刮得我们身上的雨衣不时地翻飞起来。脚下积水横流的路面上，风雨卷起一团团打着漩涡的水雾。我俩一脚高一脚低地跳跃着选择落脚的地方。

"我说乐驼，"我顶着风雨边走边说，"可惜我们再也看不到二杭盖在黄河上干活的神态了。"

"这就是因为时代变了嘛！"乐驼的话刚一出口就被塞外的疾风暴雨劫走，在黑夜里听来声音断断续续的，"比如恐龙，我们只能通过化石来认识这个曾在地球上真实存在过的庞然大物。"

没想这天晚上，我们却意外地目睹了赵二杭盖在黄河上叱咤风云的情景。

航运公司，乐驼来这里已不止一次，熟门熟路，人头也熟，到车间一问，赵师傅果不其然每天来加班，但刚领着一帮人上黄河边的土码头去了。刚才两位军人十万火急地跑来请求帮助，部队一艘装载战备物资的运输船在公社土码头靠岸时，由于风浪过大，撞在河底岩石上，船底撞出个大窟窿，河水不停地涌进来，怎么也堵不住，请求公司支援。领导把这紧急任务交给了二杭盖。

一听这情况，我忙对乐驼说：

"正好，咱们也过去支援一下嘛！土码头离这儿远吗？"

"远倒不远。"车间主任说，"就是黑灯瞎火的，上黄河危险。我看你们还是在车间等赵师傅他们回来，要不改日再约个时间。"

乐驼指着我对车间主任说："他明天得赶回呼和浩特去。"

我说："咱们即便不能和赵师傅他们一起干，在风雨中亲身去感受一下也好。乐驼你说呢？"

经过乐驼的从中斡旋，车间主任最后总算同意了，派了个工人师傅带我们上土码头。

包头附近的黄河，沿岸是内蒙古最肥沃富饶的土默川平原，河水在这里像野马般漫滩撒欢，河面宽阔，水流平缓。我每回从黄河边走过，都无法将它同歌里唱的那条象征我们民族不屈精神的母亲河联系在一起。可今夜，这静静流淌的神河仿佛被风雨激怒，在夜色沉沉的旷野上翻滚咆哮，巨浪拍岸，浪头一个赶着一个，像炮弹一样在土码头上爆炸开来，炸得手电筒光和风雨灯来回乱晃，气势有点恐怖。只觉得眼前人影幢幢，一片气急败坏的叫嚷声、纷乱急促的奔跑声、风雨声、浪涛声，交织成紧张的抢险场面。

土码头上一片泥泞。我们在车间师傅的带领下，在人群中跌跌撞撞地挤来挤去，靠着手电筒那一小圈光束扫来扫去，终于在风雨飘摇的夜色中，看见码头边上一艘满载军用物资的运输船，在狂风巨浪中剧烈地上下颠簸着。突然，黑暗中响起一声惊恐的叫喊声：

"不好啦，缆绳断了！"

只见雨帘中乱晃的光影映照出船头上有个战士拿着撑杆正要探身去捞取缆绳，一个浪头迎面打来，打得他手一哆嗦，撑杆掉进河里了。就在这时，只听见有人大叫一声：

"快闪开！"随着喊声，土码头上飞出个人影，纵身跃向失控的运输船。就在他双脚刚落未落船上时，运输船不巧朝另一侧歪斜过去，只见他两只脚刚触碰到船沿，躯体在船外头朝下地倒下来。

"不好啦，赵师傅掉进黄河里了！"有人惊恐万状地嚷起来。

老王和我也都吃了一惊，赶紧朝前挤去，码头上的人都一齐拥向河边。就在这一片乱哄哄的喧嚷声中，只见赵师傅借着浪头涌上船来的力量，两只脚死死倒勾着船沿，一个鹞子翻身，如同草原上的骑手在飞驰的马上翻身似的一下子人竟上了船，顺手还捞起那个战士掉在水里的撑杆。

码头上的人发出一片惊叹声。

乐驼对我说，这回你见识了二杭盖跑河陆练就的脚上二指禅的功夫了！

二杭盖见船内倾斜一侧已积满了水，便从船沿上像杂技演员走钢丝似的飞快地跑到船头，刚要朝码头这边喊话，又一个浪头朝他打去。幸好他眼疾手快，抱住了身边的缆桩。

"快把缆绳扔过来！"他可着嗓门朝岸上大声喊叫。

码头这边立即有人应声把缆绳朝他抛去。他和那个战士在船上一边手忙脚乱地将绳索固定在缆桩上，一边吩咐码头上的人再上去几个加固缆绳固定好船，然后下到船内查看进水情况。不一会儿，他浑身水淋淋地从上下颠簸的运输船上一个箭步跳落到码头上。

"进水情况已查看了一下，"他摸了把脸上的雨水对大伙说，"窟窿眼在船尾右舷底部，从水头看洞还不小，船可能很快就会沉没。"

"赵师傅，你就说说抢救的办法吧！"旁边一个像是负责人的军人心急火燎地央求。

二杭盖问他："苫在物资上的苫布能卸下来不？"

"船都要沉了，物资还怕雨淋？"那个军人说，"现在只能舍卒保车了，你就指挥大家伙干吧！"

二杭盖摸了把脸上的雨水，扯开嗓门，对大伙布置开了任务："现在，把人分作三拨：首先，部队的同志立刻到船上去把苫布拆下来，越快越好，摊开在靠近漏洞的右侧船舷上。第二拨人，我们厂子里的，立刻分头去找大石块，要大一点的，搬上船去，把厂里带来的铁丝绳子将石头和苫布捆扎在一起，紧贴着船板，一定要紧贴着，沿着船板一点点把苫布放下去堵漏洞。其他的人统统是第三拨，立刻到船上去，设法把船里的水往外戽。有工具的用工具，没工具的自个儿想办法。水火无情人有情，咱们定要把部队这船重要战备物资保下来。大伙跟我一齐上啊！"

二杭盖说到最后完全是在声嘶力竭地喊着，那口气、那在雨中来回比画的架势、那神情，俨然是个指挥员在战前下达战斗任务，没有丝毫平时蔫蔫巴巴的样子，完全换了个人。我心想，那一定是黄河的惊涛骇浪唤出了蕴藏在这个黄河纤夫身上的性格的光辉！

二杭盖下达完任务，那个领头的军人首先站出来，带领战士跑着上船去拆苫布了。地方上的人也立马自动分成两拨，找石头的找石头，上船戽水的戽水。这一夜，二杭盖成了大家少不得的人。一会儿这里在叫："赵师傅快来呀！"一会儿那里在十万火急地喊："二杭盖在哪里？"尽管风雨越来越大，但经过大家齐心合力的奋战抢救，下沉的船渐渐地浮了上来。

正在这时，船尾有人突然喊叫起来：

"赵师傅，不好了，堵在窟窿上的苫布怎么往里鼓得厉害，不定一会儿就要胀破了！"

二杭盖过去察看了一会，朝码头上的人大声喊道：

"快，快找块大木板来！"

几支手电筒立刻往四下里扫来扫去搜索着，发现码头边沿立着一块语录牌，上面写着"大风大浪也不可怕"。黑暗中立刻有人上去，一锹劈断立杆，将语录牌拿上船来。二杭盖指挥大伙把它覆盖在鼓包上，从里往外顶住，再压上大石头，保护苫布的承受力。就这样战胜风雨，保全了船上的战备物资。

这次黄河上风雨夜的抢险壮举，让我亲眼见识了二杭盖的不凡身手。可哪里想到，这竟是他在黄河上的最后一次搏击。

四

第二年国庆前夕，我正在编辑部忙着发稿，接到乐驼电话，说是二杭盖走了。我先是惊愕了一下，听他讲完，心里久久无法平静。

那次黄河抢险后，公司领导班子调整，车间主任上调到公司任生产副厂长，二杭盖被任命为车间代主任，担子比先前重多了，可他仍然和先前一样，坚持天天晚上来车间加班。

意外情况终于发生了。一天夜里不到十一点钟，二杭盖突然感到浑身说不出的难受，气短胸闷，坐也不是，站也不是，觉得自己就像座楼要垮塌下来似的。一起上夜班的师傅们，看他脸色吓人，异口同声劝他快回去歇息，别再加班了。这回，他破天荒地总算听从了别人的劝，多年来第一次没和中班工人一起下班，比平时提前半小时回家了。

赵师傅离开后，车间里的人议论纷纷。老班长与二杭盖同是府谷浪上村人，说打从二杭盖告别黄河来陆地上干活后，就觉着他有点不对劲，有时看他手里的活干着干着不知怎的人就发呆了。但更多的人确定地认为，赵师傅是上次挖防空洞被埋后，内伤一直没痊愈，带病上班，造成现在还病恹恹的。不过大伙一致认为，他该注意劳逸结合了，以后不能再天天来车间加班了。

没想到第二天一大早，徒工们正在厂部食堂吃早饭，赵师傅仍像往常一样进来，要走了车间的大门钥匙。

塞外冬天的早晨，偌大的车间内寒气逼人。二杭盖先把车间里炉子生着，坐上茶壶，寒气被慢慢驱散。工人也开始三五成群地陆续来到车间。大家像平时一样先围炉闲聊。尚未吃早饭的人把带来的干粮烤在炉子上，一边翻动一边有一搭没一搭地问主任身体是否好些。

"好是好点了，"二杭盖说，"就是感到身上浑身发冷，穿再多的衣服也不顶事。"

"那就烤烤火吧！"

大家把最好的位置让出来给赵师傅，让他坐着好好烤上一会。

二杭盖烤了一会，忽然想起什么事情，站起来走到即将出厂的新车厢跟前，细细查看着，还钻到车厢底下，发现有两颗螺丝尚未紧固好，便叫徒弟将活扳手递给他。

意外事故就在这时发生了。他扭紧螺丝从车厢底下钻出来，刚一站起，就朝前踉跄了一下，栽倒在地。人们赶忙上去扶他，已经来不及了，赵师傅已气绝身亡，脸上神情安详，全身上下没发现任何异样，只是摔倒时额角蹭在地上擦破了一点皮。

远处黄河浩浩荡荡地日夜向东流淌，最后的纤夫就这样倒下去，告别了人世。二杭盖生前虽身为车间主任，但由于家里人口多，生活一直很困难，有时连粮本上按人头规定供应的那几斤口粮都无法按月按量地买回家。就是这样，也从未向厂里张过口，伸过手，提过任何申请和要求。过年时节，工会主动批给他一点慰问金，也坚辞谢绝。

二杭盖去世后，公司里的人才从他孩子嘴里知道，那天他来上班时，只吃了两颗热土豆，土豆是孩子从地里拾秋捡来的。

草原黄羊

　　黄羊如今是国家一级保护动物了。但在二十世纪三年自然灾害时期，一车车冻得像石板一般坚硬的冻黄羊肉，从锡林郭勒大草原源源不断地运来自治区首府，拯救了多少饿得奄奄一息的呼和浩特居民！

　　锡盟黄羊大多生活在乌珠穆沁草原北部的中蒙边境一带。这里人迹罕至，水草丰美，黄羊们经过整整一个秋天的好吃好喝，一只只都膘肥体壮。从今天生态平衡的角度说，黄羊繁殖能力强，对草的需求量大，又喜欢成群结队生活，大的黄羊群有时能达数千只之多，不消几天时间就能将一片草场扫荡殆尽。

黄羊在草原上是除了人类饲养的畜群外，数量最为庞大的食草种群，也是同牧人畜群抢夺草场的天敌。正是因为这个缘故，小说《狼图腾》中，作者详尽地描述了牧民怀着感激的心情，看狼们如何机智地将黄羊群驱赶进包围圈，然后将它们一只只毫不留情地咬死，在客观上为羊群保护下一片丰美草场。

但那时，自治区许多单位为了解决职工们的生存问题，要从狼口里抢夺黄羊肉了。我所在的文化部门，尽管向来疏于此道，但这时被饥饿逼到生死悬崖上，从下到上，众口一词，表示要像自治区体委等单位一样披挂上阵，组织起一支赴锡盟打黄羊的小分队，为饥肠辘辘的单位职工去狼口里抢点黄羊肉来。

小分队从自治区有关部门办完打黄羊的正式手续，最后从武装部批回枪支弹药，驾驶着吉普车，肩负重任，奔赴乌珠穆沁。

黄羊与羊外形虽相似，但不是羊，学名蒙古原羚，全身毛色黄褐，腹毛色泽较浅，尾短腿长，臀部有块白斑，有着非凡的奔跑和纵跳能力，倘若地形适合，跳跃的距离最远能达十三米，奔跑的时速达九十公里。在汽车的钢铁轰鸣声尚未打破草原寂静的时代，没有一种草原动物的跑跳能力能比得上它。也许由于这个缘故，它们在草原上自由自在地游荡时几乎是目空一切的，以致最初看到汽车在草原上飞奔，不知天高地厚地从斜刺里冲将出来，和汽车并驾齐驱比试高下，出现黄羊与汽车在草原上比速度的令人亢奋的刺激场面。

后来生活教训了它们，这种情况逐渐少起来。不过我们小分队刚到乌珠穆沁时，也曾经历过几回。吉普车有时在草原上朝前飞驰着，忽然有一小群黄羊也不知从哪儿跑出来如同矫健的小鹿，跟着吉普车在旁边的草场上飞跑，直到超越我们，然后从车前打横穿过道路，还回过头来得意洋洋地看上我们一眼，才肯罢休，扬长而去，消失在草原深处。

我最初见到这场面时，不知道这是黄羊的争强好胜还是孤陋寡闻，但对狩猎的我们来说，目标自投罗网送上门来，无疑是射杀的绝好机会。枪手只要子弹上膛，打开保险，坐在车上举枪瞄准，几乎弹不虚发。有人开心地说，没想到打黄羊竟是如此轻而易举。

杀戮和流血很快教育了黄羊。不久，这类目标送上门来唾手可得的现象越来越少了。黄羊们开始感受到自己的生存受到威胁，纷纷越过边界逃往蒙古人民共和国。一些继续留在境内的黄羊，由于对汽车产生恐惧，非但再也不敢跑到汽车跟前来造次，而且一听到汽车响动便远远躲藏起来。这就需要我们设法将它们从草丛中、山洼里驱赶出来，射杀慌乱奔逃中的它们。只是这样一来，弹药的消耗量就大大增加了。

我们的收获明显受影响。这天，我们驱车长途奔袭，从国境

塞外笔记

线上回来，只收获了不多的几只猎物，子弹就告罄了。大家感到又冷又饿，只好灰溜溜地收猎回住地浩特。

草原的冬天，刚才还是满天绮丽的晚霞，转瞬天便黑将下来。突然，前方车灯照亮的光带里闪过一只黄羊的身影，枪手和我陡地来了精神。他正要举枪射击，忽然想起枪膛里是空的。司机是当地蒙古人，眼力好，说这只黄羊腿脚不利索。大家异口同声说，那就快追啊！司机脚下一踩，吉普车猛地往前一冲，车上的人纷纷朝后一仰，开始了一场极其刺激的吉普车追赶黄羊的竞赛。

司机在这方面大概是个富有经验的老手。他先朝储油仪看了一眼，似乎并不急于超越黄羊，只是用车头大灯的光罩住它臀部的那块白斑紧尾其后，一边一迭连声按响喇叭，造成紧张恐怖的气氛来惊吓猎物，加速消耗其体能。

这样追赶一段时间后，黄羊的体力果然有些不支，我们与它逐渐缩短距离，这才看清楚正在追逐的原来是只已有身孕的母黄羊。

沉沉夜幕下，吉普车前方出现了一片平坦的大草甸子。司机问：

"你们几位怎么样啊？要不咱们就在这里把它解决了吧！"说着他用力一踩加大油门，吉普车发出一声怒气冲冲的吼叫，呼的一下冲到黄羊前头，切断了它朝前逃窜的路线，牢牢地将它控制在这片草甸子上，吉普车和黄羊像在运动场上展开了长跑竞赛，黄羊跑里圈，吉普车跑外圈。

在处处不忘爱心的今天，我觉得自己玩这游戏固然是由于那时没有野生动物保护意识，但也多少有点残忍，折射出在我们灵魂深处仍残存着某些冷酷。可当时，为了能获得一丁点食物，缓解腹中难耐的饥饿和饥饿带来的种种苦楚，往日的所有教育全都置之脑后了，坐在吉普车上兴奋得狂呼乱叫，沉浸在捕食的狂喜中。

这样相持了整整二十五分钟，可怜的母黄羊终于耗尽力气，突然一头栽倒在地。

"准是肺部承受不了，爆炸了！"司机紧握方向盘说，声音听来有点冷酷。

他眼睛紧盯着前方，立即熄了火。我和枪手也惊恐地睁大眼睛，屏声息气地静观着。约莫过了两分钟，只见躺在草地上的黄羊突然抽搐了一下，我忍不住惊叫起来："还活着呢！"

"下去看看！"司机说着一把扭开车门，拎着支枪率先下去收获猎物。我和枪手跟着他小心翼翼地朝前走去，发现母黄羊已经气绝而亡，躺在一片血泊中。殷红的血从嘴里慢慢流淌出来，这大概就是司机说的肺部爆炸所致。借着车灯的亮光，再仔细一看，血糊糊的身子下面，有个东西在簌簌发抖，颤动着。司机有经验，把枪往我手里一塞，伸手揭去裹在上面的一层湿乎乎的血肉模糊的黏膜，原来是只黄羊羔子！它哆哆嗦嗦地挣扎着想从地上站起来，但努力了几次都没成功！

"啧啧啧，可怜的小家伙，一出生就没有了妈！"

野滩上接羔，没带"靰鞡"（羊包），司机只好拔了把枯草，蹲在地上麻利地揩净羔子身上的血污和黏液（这任务本来是由黄羊妈妈用舌头来完成的），然后解开身上的军大衣，毫不犹豫地将这个冻得发抖的小生命藏掖进怀里。我和枪手拎着死去的母黄羊的两条腿，拖回车上。

回到住地，浩特里有司机的一个亲戚，圈里的母羊刚下了只羊羔，我们把黄羊羔子放在圈里，想让它跟羊羔一起吃母羊的奶。哪知母羊死活不认，尽管司机的亲戚想了好些办法，如用母羊的鲜奶分别涂抹在黄羊羔子的嘴脸上、脊背上、尾巴上，母羊依然一脸厌恶地调过脸去，不让它靠近。于是，我们这三个杀死它母亲的刽子手心甘情愿地轮流充当起妈的角色来。每天从野外精疲力竭地打黄羊回来，自己饿着肚子，急急忙忙地先为黄羊羔子调制乳汁，然后将它抱在怀里，拿着奶瓶喂婴儿似的给它喂奶。

这样过了几天，亲戚老额吉天天按照传统的哄"高龙亥"（即遗弃子畜的母畜）的做法，把黄羊羔子抱放在母羊身边，再用鲜奶抹过全身，然后左手拎着奶罐，右手举着一把黄铜勺子，用甜蜜的歌喉对着母羊唱起了《对奶歌》：

让小羔快快来吃奶，陀依克，陀依克

快快让羔子躺在身边，陀依克，陀依克

万千畜群中，陀依克，陀依克

只有你的羔子最可爱，陀依克，陀依克

万千畜群中，陀依克，陀依克

只有你的小羔最喜人，陀依克，陀依克

万千畜群中，陀依克　陀依克

只有你身边的子畜最壮健，陀依克，陀依克

　　唱着唱着，母羊渐渐平静下来，对黄羊羔子的排斥情绪也有所减退。有一天，在这深情感人的《对奶歌》中，母羊甚至开始对黄羊羔子有些亲密的表示，当黄羊羔子伸着粉红色的小鼻子凑上前来蹭自己脖颈，也不再厌恶拒绝，最后竟认下了这个将来注定要与自己孩子争奶吃的黄羊羔子。

　　生活中有些事情很是玄妙。不知是动物界有奶便是娘的规律的作用，还是整个羊群中母羊带羔的那种亲情间的融洽氛围，黄羊羔子竟然特别依恋母羊。母羊走到哪儿，它便跟到哪儿，如影随形。每天傍晚，羊群出牧归来，黄羊羔子一听见母羊的咩咩叫声，立即不顾一切地从圈里冲出来，竟比母羊亲生的那只羔子还要亲热。我们三个人看到这种情景，心里多日来不得释怀的重负如同一块石头终于落了地。

黄羊羔子一天天长大，人们看到羊群里有一只母羊，身旁总是跟着一白一黄两只羊羔，早出晚归，从不离开羊群。我对司机和枪手说：

"看来黄羊羔子已经融入这个新的集体了！"

司机的亲戚听了却摇摇头说："野物的脾性要想改过来，怕是没这么容易！"

没出一个礼拜，这话果然就应验了。

那时春节临近，打黄羊的人们带着这草原的礼物陆续地打道回府。我们单位里的人也在眼巴巴地盼着小分队回去，大家能分上点黄羊肉改善生活，有点荤腥给孩子和老人过个大年。我们接到通知准备集中回去。这天，我们早早收猎，回浩特将行李用具归整好，把这段时间打到的、一只只冻得像石板一样的黄羊，整整齐齐地装车码好。最后只剩下一件事，就是如何处置这只黄羊羔子。三个人一致的意见是留给司机的亲戚，表示我们的一点心意。正在商量时，听见出牧的羊群咩咩叫着回来了。分别在即，我立刻迎上前去最后看一眼小黄羊，在羊群里找了半天也没发现，后来总算找到哺育它的那只母羊，但身旁只有一只白色的小羊。

出牧归来的司机的亲戚一边把羊群拢进圈里一边向我们解释。

"唉，也是怪我太大意了！"他一脸懊丧的神情，"前晌放牧时，看到有几只黄羊远远地朝国境线那边跑过去。早先听老人说，黄羊嗅觉特别灵敏，只要有同类打附近走过，多远都能闻到气味。我以为从未见过黄羊的小羔子不会相跟上走的。哪知道，群里有只母羊在野滩上产羔，我怕羊羔冻死先送回家来。等我再回去一看，小黄羊不见了。大概就是这工夫，它跟上路过的黄羊群跑了！"

小苍狼

　　狐死必首丘，是《楚辞》里的一句诗。上学时听游国恩教授
在课堂上讲，狐狸将死时，必定头冲山岗倒下，以示对生养自己
的故土至死不忘。听后，动物的这种义行和天性一直萦绕于心。
后来去了内蒙古工作，草原上常有狐狸出没，却始终无缘得见，
也不止一次请教过有狩猎经验的牧民，都笑着摇摇头。许是南国
的狐狸与北方的有所不同？不过由此倒引出一则颇有震撼力的有
关苍狼的故事。

那是一个冬日的午后，我去乌拉特草原采访民兵演习。回来时和基干民兵队长巴斯尔同行，傍晚时分，天上竟纷纷扬扬飘起雪花，便留宿在他家里。

巴斯尔独自一人住在准备结婚用的新蒙古包里。那时我们还没有像现在这样具有保护野生动物的意识。为了保护羊群，减少狼害，当地政府还组织民兵打狼。巴斯尔就是个打狼能手，没想家里却豢养着一头小狼，一条后腿用铁链拴住，固定在蒙古包前的拴马桩上。小狼看去与狗几乎没什么两样，只是吻比狗要尖而长些，两只耳朵竹削似的，尖尖地笃立在脑袋两侧，显得比狗更机警。背部毛色黄得像冬日的枯草，大概便于潜伏在草原上袭击猎物。巴斯尔说，等到草绿花开的夏天到来时，毛色随季节转换而变深，呈灰中带青。苍狼的名字大概也由此而来?

不过，小苍狼现在可丝毫看不出凶残的狼性来。当我们从旁边走过，它胆小得甚至不敢抬起头来正面看我们，只是低着脑袋，偶尔偷偷地瞥上一眼，显得胆怯而温顺，甚至还有点羞涩。

晚饭后，我们盘腿坐在"图拉嘎"（蒙古包里用的火炉子）边闲聊，巴斯尔讲起了小苍狼的来历。

那是刚接完春羔的时候。那天早晨，他刚把羊群在冬营盘上撒开，突然听见远处一声呼喊，只见山岗上几个骑手策马飞奔，在追赶什么。等他认出那是只狼时，便提着套马杆策马迎了上去。

那狼大概想急于摆脱身后追兵，却忘了留意前面的情况，等发现巴斯尔迎面阻截过来，慌不择路，朝旁边的草场遁去。巴斯尔在马上欠了欠身子，枣红马像离弦的箭，飞一般紧追过去。等他估摸套马杆能够到时，便扬起右手轻轻一抖，绳套在空中划出一条优美的弧线，恰好套在狼的脖颈上。大灰狼感到自己大难临头，使出杀手锏：突然收住脚步，一个掉头转身朝他扑来。巴斯尔对此早有提防，将马缰朝外一抖，枣红马心领神会，立即朝旁闪身一躲。但狼因为惯性，脚下一时倒换不及，一下子被拖翻在地。枣红马风驰电掣地飞奔了一程，巴斯尔回头一看，大灰狼被拖得浑身是血，早已断了气。

就在这时，出现了一个意想不到的情况：当巴斯尔勒住马头，收回套马杆将死狼拽过来时，发现原来是只怀崽母狼，身后血污中，一个血肉模糊的东西像是冻得发抖似的在哆哆嗦嗦地蠕动着。

巴斯尔干起了接生的活。他跳下马来，嘴里发出啧啧的感叹声，一边用草揩净狼崽身上的血污，用手熟练地抠出它嘴里的黏液。怕狼崽冻坏，把它放在自己蒙古袍怀里带回家来。

然而，狼崽给巴斯尔带来的可并不是欢乐。当他猫腰想进蒙古包时，家中唯一的伙伴——牧羊犬黑子，嗅出了主人身上的异味，立马用警觉的目光注视着他的一举一动。刚把绒毛未干的狼崽放到地上，黑子便"呼"的一声朝它扑去，一巴掌把这小东西扑翻在地。

"嘿，黑子！你怎么啦？"巴斯尔喝住牧羊犬，耐心地开导起自己的伙伴来："人家没爹没娘的已经怪可怜了，咱们要不收留它，这天寒地冻的叫它上哪儿去呀？"

一向听话的黑子这回却一反常态，对主人的开导丝毫不予理会，嘴里充满敌意地呜呜叫着，随时准备再次发起攻击。狼崽缩在巴斯尔脚上的两只香牛皮靴之间直发抖。

"不许胡来！"巴斯尔提高了嗓门，"再不听话，我可要把你撵出去了！"

为防万一，他没敢把狼崽放在地上，一连几天就抱在怀里用奶瓶喂奶。

外面的风雪渐渐大起来，盖在"陶勒"（蒙古包天窗）上的毡片被风刮得"忽哒忽哒"地响个不停。风暴呼啸中，隐隐约约传来几声凄厉长嚎，像是有人对着旷野在伤心呜咽，又像歇斯底里发作时的尖声噪叫，在风雪夜听来格外瘆人。

"这是咱们的小狼在嚎，"巴斯尔说，"它一定是嗅到什么了。狼的鼻子可灵了，嗅得比看到的还要远！"说着起身出去察看。过了一阵，他抱着两只小羊羔进来，说今晚怕有暴风雪，他去羊圈把这两只体弱的小羊带回包里过夜，以免冻死，然后坐到"图拉嘎"旁继续讲他的狼崽故事。

小苍狼在巴斯尔的精心抚养和黑子的时刻防范这种奇特的氛

围中逐渐长大，野性似乎有所消解，巴斯尔把它当作未成年的小狗带在身边，走来出去，俨然成了家庭的一员。但狼崽的这种定位，却得不到黑子的认可。于是，这三方在家庭中的关系，始终协调不好。直到不久前在夏营地狩猎狐狸时，狼崽的某些可疑形迹引起巴斯尔的警觉，于是把它用铁链锁在拴马桩上，不再带在自己身边了。

我有些不解，问巴斯尔："你倒说说，它怎么着你了？"

巴斯尔往"图拉嘎"里添了几块干牛粪，拍打拍打两只青筋暴绽的大手说："要说倒也没什么，但提高警惕总不会有错。东郭先生的故事，我在小学课本上读过，一辈子都不会忘，印象太深刻了！"

原来那次在夏营盘，巴斯尔带着黑子和小苍狼猎到两只狐狸后，感到有点累，想躺在山岗上歇息。迷迷糊糊刚要睡过去，忽听身边的黑子呜呜叫起来，一边用爪子抓他的蒙古袍。巴斯尔惊醒过来，睁眼察看四周。黑子蹲在他脑袋旁边，小苍狼远远地蹲在一边地上，并没有异常情况。巴斯尔觉得一切正常，重新躺下，一会儿又慢慢合上眼睛要睡去，不料黑子又呜呜起来，一边仍用爪子抓他。

这回，巴斯尔没像刚才似的坐起来，他躺在那里装作继续睡着，眼睛却偷偷地睁着条缝往四下里察看了一遍，仍没发现什么异常情况。他有些恼火了，伸出拳头去狠狠搡了黑子几下，把它从身边轰走。正待迷迷糊糊要睡去时，心里忽一激灵，感到事情有些蹊跷。于是，他仍假装睡着，一边留心着四下里的动静。不一会儿，蹲在一边的小苍狼慢慢起来，蹑手蹑脚走到他身边站下，两只眼睛里似乎闪烁出觊觎的光，然后又顺时针绕着他走了一圈，最后像黑子似的向他伸出爪子来。就在这时，巴斯尔从躺着的草地上一跃而起，没等弄清怎么回事，小苍狼已被斜刺里蹿上来的黑子一口咬翻在地了。

夏营盘事件后，三方的关系出现了某种危机的端倪。黑子自恃有功，对小狼的对立情绪几乎发展为某种霸道；巴斯尔经过这次目睹的实地检验，越发倚重黑子，而对小狼心存戒备；而小狼不知是因为自己心怀叵测的面目暴露，还是原来多疑的天性，一旦意识到不被信任，就主动疏离了主人，以致竟有过一次逃跑，被黑子发现后撵了回来。

巴斯尔说到这里从"图拉嘎"旁抬起头来，苦涩一笑，他为此伤透脑筋，不知该怎么办好。他几次打算杀死小狼，都因自己抚养多时有了感情，下不了手；让它回归大自然，又恐草原从此多了只吃羊的恶狼。后来有一次，旗里组织民兵干部参观劳教所，受到启发，遂决定用铁链锁住它，除限制行动外，对小狼的其他一切待遇不变，以观后效。

当天晚上，我头冲"哈那"墙，脚抵"图拉嘎"，躺在暖和的皮被褥里，一时睡不着觉，老想着巴斯尔家的矛盾：狼若要进入人类社会，与人共同生活在一起，除非像狗一样来个脱胎换骨的改造，将自己变成畜或畜的变种——人的宠物。除此别无选择。

问题是，狼自己愿意吗？

再说，我们人类对动物是否就一味地征服？人类能不能同包括狼在内的动物和谐相处？怎样才算和谐相处呢？

迷迷糊糊地睡到半夜，包门突然大开，随着一阵暴风雪，不知什么时候出去的巴斯尔满身是雪地冲进来大叫着：

"快起来，圈里的羊跑了，快帮我拢羊去！"

原来暴风雪刮坏了羊圈门，羊群从圈里跑了出来，要不及时拢回，在野地里会被大雪埋住冻死的！

我们在黑子的带领下，顺着风向，凭着手里一支小小的手电筒的光亮，追踪着羊群的蹄印，在暴风雪的呼啸中磕磕绊绊朝前奔跑着，也不知摔了多少跟头，终于追上被风雪刮跑的羊群，两个人又顶风冒雪地把羊群拢回圈里，关好圈门。回到包里，累得都说不出话来，一头倒在铺上沉沉睡去。醒来时天已大亮，一摸身边，巴斯尔又不在了，我担心又是羊圈出了什么事情，一骨碌起身钻出包门。发现外面已雪霁风住，一片平静的银白世界。只见巴斯尔一脸沉思地站在拴马桩旁，三股白色的浓重气流从他鼻孔和嘴里一阵接一阵地喷涌出来。

"怎么啦，是不是羊群又出事了？"我问。

巴斯尔眉宇间拧起个酒盅大的疙瘩，一脸无可奈何的神情，摇摇头，目光沉沉地落在面前地上那根空荡荡的铁链上。我这才意识到，原来是小狼不见了！可奇怪的是铁链依旧完好无损，一头仍固定在拴马桩上，另一头原来拴着小狼的地方，现在只留着一小截毛茸茸的东西，忙蹲在雪地上仔细辨认起来，原来是一截齐关节咬下来的狼的断爪，血糊糊的断面上，露着白森森的骨头茬子，上面清晰地留着一排锋利的牙印！

我脑袋顿时轰的一声：没想到这未成年的小苍狼，最后竟这样决绝地切断了与这个抚养它长大的人类社会的联系，回到它来的那个世界中去了！

更想不到的是，在巴斯尔的指点下，我发现这滴落在雪地上的一点一滴的血迹，先是向着包门蜿蜒过去，然后顺时针地绕了巴斯尔住的蒙古包一圈后，便径直北去，渐行渐远地消失在洁白的雪野上，没留下丝毫踪迹！

我和巴斯尔望着这万籁俱寂的茫茫雪原，一时都没说话。极目东方，广袤无垠的地平线上，一轮又圆又大的红日正热气腾腾地从冰天雪地中挣扎着爬上来……

钢城『工二代』

包头的几个主要大厂，诸如包钢、一机、二机和二冶里的老师傅，不少都是在共和国建立初期，从东北、北京和天津等老工业基地支援来祖国北部边疆的技术骨干。他们在塞外荒原上，战风沙，斗严寒，餐风宿露，抛洒热汗，把自己的一腔热血、理想、技术和精力无私地倾注在那黄羊出没荒无人烟的昆都仑河畔，托起了共和国一座现代化重工业新城。

这是建设草原钢城有功的一代劳动者！

然而他们在全身心完成生产任务、为我国工业化的实现毫无保留地贡献出自己一份力量的同时，却来不及想到或是想到了但由于那时主客观条件的局限，无法为自己留出点时间和精力来好好地关心和照应下一代，致使他们的孩子在人生学习的最佳年华，未能享受到良好的教育，让我们后来的人总觉得对他们有所愧歉，特别是我在包头听了文友乐驼讲的"机器迷"故事后，感受就更为深刻了。

　　"机器迷"不是先进人物，更不是劳动模范，而是个罪犯，一个只有十三岁的少年犯。父亲是辽宁鞍钢支援来包钢机械厂的一位工具保管员。这孩子看去生性文静，蔫蔫巴巴，话语不多，长到上学年龄，虽和其他普通家庭的孩子一样进了学校，却不喜欢读书，认字很吃力，看到书本便头疼，从不认真做作业，跟同学东抄西抄地对付着。节假日在家里，当妈的管不住他，当爸的便将儿子带到自己工厂车间里，日久天长，儿子便和师傅们混得惯熟。由于耳濡目染、潜移默化，小家伙对摆弄机器有种特殊的禀赋和爱好，只要站在旁边看上两遍，自己便能照着操作。日积月累，车间里那些活路，他竟差不多都烂熟于心。油压系统是全车间里最复杂的活计，但他只要看上一遍，虽不懂其机械原理，却已完全记住了操作流程。师傅们看了挺喜欢这小家伙，摸摸他的脑袋夸他是个"机器迷"。当爸的看着，在心里对自己儿子是喜忧参半。那时，社会风气和今天不同，不像现在当爹妈的就一心巴望自己的孩子能考上名牌大学，倒是觉得掌握一门技术，等孩子长大了在国营大厂当个工人什么的，家里人不但生活有了保障，而且还挺有脸面。

后来，这孩子不知怎的竟学会了开车。厂里的国产"解放"、北京吉普、苏联的"胜利"牌小车，都没能难住他。

那时，厂里经常要放"高产"卫星，掀起生产热潮，将坐办公室的工作人员全都动员出来到生产第一线参加劳动。这天，厂里又要放"高产"卫星，当爹的要加班，那孩子在工具室待得无聊，出来在厂区四处游荡，发现路边停着辆空车，便钻到驾驶室里，打开车灯发动起来，一边按响喇叭。门口当班的由于车灯刺眼，看不清驾驶室里坐着的人，以为是厂里司机出车，便打开厂门。十三岁的"机器迷"就这样驾着辆"解放"，大摇大摆出了厂门，来到热闹的钢铁大街上。

现在，小家伙心里反倒有点犯难了。他本来只是想着司机叔叔不用车，自己偷开着玩玩，没想就这么稀里糊涂地开到了包头大街上。现在究竟上哪儿玩去呢？

小家伙想到了自己的小伙伴。他将车开到厂里家属区，停在一个隐蔽的角落，下车叫来两个平时一起玩耍的小伙伴，三个小家伙坐着车，手舞足蹈，在包头大街上转了两圈，全都开心坏了，在驾驶室里嘻嘻哈哈，兴高采烈，感到从来没像今天这样自己驾着车随心所欲地爽玩过！后来不知谁提出来：咱们这回算是把包头玩遍了，再上呼和浩特玩玩，咋样？"机器迷"在两个小伙伴的怂恿下，脑子一热，方向盘一转，就上了呼包公路，直奔呼和浩特。在呼和浩特空无一人的深夜大街上漫无目的东游西转地瞎逛了一通，看看快要天亮，怕厂里上班用车，就调转车头急急忙忙地回包头来了。没想到兴奋劲过去后，三个小家伙都开始犯困了。车到萨拉齐，驾车的"机器迷"握着方向盘开着开着竟打起了瞌睡，眼皮不由自主耷拉下来，不得不将车停在路边歇上一会再开。谁知这一歇，三个人在驾驶室里全都呼呼地睡过去了。

"机器迷"的爸爸这一夜却不曾合过眼。他放完"高产"卫星准备下班回家睡觉，发现工具房里的儿子不见了，急得在厂里四处乱找，问谁谁都说没见过，只得上保卫处报案要求帮助寻找。父亲在保卫处听人讲，厂里一辆"解放"牌卡车停在路边，等司机办完事到停车地方来开车却不见车了，在厂区到处寻找不着。这两件事发生的时间前后相近，让做父亲的隐隐感觉到可能与儿子有关，跟保卫处的人讲了自己的揣测。但小家伙会到哪里去，几个人却都分析不出来。

这时，天已渐渐放亮，"机器迷"一伙也醒了过来，发现时候不早，忙发动车，却怎么也发动不起来，以为是没油了，扭开油箱盖伸手往里一探，油箱里的油还不少，然后检查电路，原来是电路出了问题，接触不好。"机器迷"一心只想着快修好电路，哪知道他手上沾着汽油，刚一接通电路，便"呼"的一声着起火来，势头很猛。那时没有公路消防车。三个小家伙面对这突发事故全都吓傻了，束手无策地站在路边哇哇直哭，大声喊着求救。过往的司机看车辆起火，下车来问清原因，连忙七手八脚地帮着灭火。等众人齐心合力将火扑灭，"解放"车的车座和整个车篷，还有两个轮胎，都已烧坏报废了。

"机器迷"因过失犯罪被判处两年有期徒刑。

这当然只是极个别的事例。但从中也可看出，这些老工人的下一代动手能力之强、手之灵巧，似乎都有一种天赋，令人叹服。那天，乐驼带我在包头机务段配件厂参观，又目睹了精彩一幕。

配件厂是个小厂。改革开放以来，为适应新形势，厂领导在劳动用人制度上，改变先前由领导和劳动人事科少数几个人操作的做法，成立招工组，必须通过一定的手续和考试，公开透明公平地来招收需要的技术工人。这天，招工报名处来了两个年纪轻轻的小伙子，嘴里斜叼着烟，油里油气，挤到负责招工的胡师傅面前，问：

"叔，招收工人在这里报名吗？"

老胡打量了一眼那两个青年，问："有介绍信吗？"

年纪大点的从破工装前胸兜里掏出盖有红色公章的市劳动部门介绍信递了过来。

胡师傅飞快地溜了一眼介绍信，问："你多大了？"

"二十一。"

"考啥工种？"

"锻工。"

老胡"嗨"了一声，在小本上记下点什么，然后又问站在旁边那年轻一点的。

"你多大了？"

"十九。"

"你考什么？"

"我会打白铁。"

老胡把他带到旁边的一个考点，地上散放着槽钢、錾口榔头、卷管棒、方尺、剪刀和圆规等一堆白铁加工工具，还有一张白铁皮和一个 B 型加油壶，对那年轻的说：

"你先来吧，照着做个这 B 型加油壶！"

那年轻的不屑地瞅了一眼地上那只 B 型壶，脸上浮现着一丝隐隐的轻蔑，对老胡说：

"就这个吗？"

老胡点点头："这是规矩。"

"我看还是免了吧！"

报名处跟前围着些看热闹的人，听了那来考工的年轻人的话，再看看他那副油里油气的抽烟模样，不酸不咸地说：

"喂，小伙子，年纪轻轻来社会上混，说话可得给自个儿留条退路。咱们配件厂在包头虽算不上大厂，可白铁师傅也有几个哦！"

老胡瞪了一眼那年轻的说："你要是来报名考工，就抓紧时间下料！"

那年轻的猛劲地吸了口烟，把烟头掐灭，对老胡说：

"劳驾再给把小锤！"

有人应声："早给你准备下了！"说着，人群里递出一把加工白铁的小锤来。

那年轻的蹲在地上拿起 B 型壶，翻过来折过去，一声不响地探究了一遍又一遍，然后站起来对老胡说：

"我是怕浪费师傅们的宝贵时间！"

看热闹的人越围越多。见这来报名考工的年轻人傲得邪乎，都忍不住想甩几句话教训他。一时间，各种各样的冷嘲热讽在人群里此起彼落，但那年轻的好像什么都没听见，毫不在乎地站在一旁望着负责招工的老胡。这磨磨蹭蹭的样子越发引起大家对他的怀疑。

"你快动手吧！"老胡催促说。

那年轻的脱下就身上的破工装往地上随便一扔，蹲下来抓过那张白铁，比画好尺寸，又用圆规量好壶底，算好留宽，利索地剪下一块做壶身的料，卷起两边边缘对着比试了一下，放在压口机上压出接扣，又把两边接扣麻利地对扣住，然后套在卷管棒上放在槽钢上用一只手固定住，另一只手抄起錾口榔头在那条对接缝上有节律地敲击起来。先是敲两下，看看接缝，再敲打两下再看看，敲敲停停，渐渐加快。一边敲一边小心翼翼地将对接缝朝前推去。那榔头上下起落飞舞，快得几乎连成条线，乒乒乓乓，密集急促的敲击声，仿佛是机枪在射击，每一下都准确无误地落在那条小小的对接缝上。

大家见那考工小伙低着脑袋，屏声息气，拧着眉头，专注的目光一眨不眨地盯着卷管棒上正在加工的那条接缝。不一会，只见有汗珠从他那一头肮脏零乱的浓发间滴滴答答地滴落下来。同来的伙伴见了忙点着支烟递过去。

"来上支烟吧！"

但那年轻同伴毫不理会，眼都不抬，手里錾口榔头继续飞快地敲击着。这时，静静的围观人群里，不少人在交头接耳窃窃私语着：

"听这干活的声音，这小子不像是吹的呢！"

"不过话说回来，要没两下子，也不敢来鲁班门前耍他的斧头了！"

这时，加工件上慢慢地出现了一条线缝，打得溜直，对接得严丝合缝。老胡一直绷着的脸开始有了点松动。白铁加工这活，要是把料给打走形了，想再弯过来，就短料打不成了，只好改做别的，这就好比人们上成衣铺做长袍，要是把料裁坏了，只能改做短褂，做短褂的只能改做裤衩了。

经过一阵紧张的等待，小伙子又很快在卷管棒上打出加油壶的壶嘴，又用剪刀剪好壶底，在壶身上比试了一下，便动手焊接固定，B型加油壶终于完成了。他蹲在地上，拿着新打的壶和样品壶，翻来覆去地细细比试了一阵，然后同时将两只壶往地上一放，站起来向老胡和围观的人拱拱手说：

"请众位师傅指教！"

老胡对考工的年轻人说：

"你先喝口水，在旁边歇息！"

这时同来的伙伴上来递了支烟给他，又为他从旁边饮水桶里接了杯水，亲切地笑着摸摸他的头，两人蹲在一旁说起悄悄话来。这边大家拥上来，拿起新打的加油壶，翻过来，折过去，仔仔细细地察看着，他看看，你看看，热烈地议论起来，发表着各自的看法。一个头发斑白的老师傅说："我看这小伙子的白铁活干得不错，手脚利索，使唤錾口榔头很有章法！"但有人不很同意："要我说，架势倒是不错，但活计的质量就难说了！"

考工现场出现了意见分歧。

考白铁加工的小伙子忙走过来对老胡说："那咱就请考工师傅来鉴定一下。如果我打的这只加油壶装油比样壶多出一滴，或者少了一滴，我在你们厂里再学徒三年，不要工薪，因为这说明我技术还不过硬，还得再跟师傅们好好学习补补课！"说完又蹲一边去了。

这时另一些人也围了上来，七嘴八舌，说什么的都有。有的说："还是免了吧，刚才大家都看到了小伙子干活的麻利劲。"有的不同意，说："不行，得量量。桥是桥，路是路，一码是一码！"现场出现了小小骚动。有人拎来油瓶，准备往B型壶里倒油。

年轻人站起来急忙制止，向负责招工的老胡要求说：

"叔，可不能这么随便地量。我要求先把壶口糊住，要不漏下一滴，或者渗出一滴在外面，这点差错咱们眼睛根本就看不出来！"

老胡叫人取来塑料薄膜，将两把壶的口子都密封好，然后先将样壶加满油，正要折到新壶里去时，不料那小伙子又举手说话了：

"叔，这不行！咱们得拿天平来称称。要不在样壶里沾上一层油，那分量就不准了。"

"嗬，这小鬼心思够用！"人群里有人高声赞扬。

负责招工的老胡于是又叫人拿来天平，仔细地称过盛油的样壶分量，然后再将油折在新打的壶里放在天平上称，再称倒空的样壶，算出沾在样壶内壁上那点残余油的分量。两厢一算，检验结果，恰好一样，一滴不多，一滴不少，两只壶的容量完全相等！

考工现场响起热烈的掌声。

接着是考锻工。

锻工的招工考试因为需要热加工的炉子，就移到锻工车间进行。按照厂里以往招锻工约定俗成的规矩，考锻工一般是打把锤子、斧子什么的。但由于有了刚才考白铁加工的情况，负责招工的老胡私下里提高考试难度，提出打把剪刀！

那考锻工的小伙子接过老胡叫人拿来的剪刀，扯开合拢，翻来覆去细细地察看了一会，抬起头来对老胡说：

"叔，给我个伴火的！"

传统的打铁，锻件需要两个人才能完成。师傅拿短锤，系主锤，同时观察火色；助手拿中长锤，辅助师傅。主锤先在锻件上某个部位轻轻一击，副锤必须立马跟上，也打在某个部位，并根据主锤声音的轻重，决定副锤用力的大小。使打铁的声音"叮当叮当"听来重轻相间，节律有序，别有一种韵致和情调。

那年轻人开始下料，先切割下一块，拿在手上掂了掂，又掂掂那把样品剪刀，再切割下一小块，放在加热炉里，打开鼓风机加起热来。看着锻件在炉火中随着温度的逐渐升高渐渐变红，颜色变淡。当锻件烧成像红牡丹似的颜色时，那年轻人用打铁钳从火花飞舞的炉火中夹出两块锻件，放在炉前铁砧上，两个人拿起铁锤开始"叮当叮当"打起来，车间里顿时荡起一片有节律的热烈的打铁声。

不一会儿，那年轻人便将锻件锤打成一长条，重新放回火里，拿袖子擦去额头上的热汗，抬起头来神情有点沮丧地向围观的人解释说：

"众位师傅，刚才我想争取一火把剪刀打成，现在看来是不成了！"

说着那年轻人回到炉前看看火候，将锻件从火里夹出来，放在铁砧上截成两截，先"叮当叮当"地打出剪刀的父扇，一般铁匠打剪刀，通常都先打母扇，后打父扇，可以不时地和母扇来回比试，比比打打，打打比比。但那年轻人却不，他在打出母扇后也不拿父扇来回比试，就一气呵成地结束了。然后将两把剪刀一并交给老胡，说：

"叔，刨过加工量，这两把剪刀的分量应该是一样的！"

检验结果，果然，大体相等。

但在最后确定工级时，双方产生了分歧。老胡提出定五级，两个小伙子一听，一句话也没说，双双扭头走了。但老胡识货，是个爱才的老师傅，知道熟练工人的价值，忙从车间冲出去撵他们。

"二位，且慢呵！"他心急火燎地跟在后面喊着，追上来一把拉住他们俩气喘吁吁地说："二位误会了。刚才只是我们几个人的意见，不算数。我们领导今天出去开会不在家，具体定级得他说了算。你们俩的技术水平今天我们几个做具体工作的师傅都看到了，一定会原原本本向领导汇报的！"完全是应付住那两人临时编出来的一套。

年龄大一点的对老胡说："叔，说实话，我们虽没读几年书，但知道自个儿几斤几两。他爸是包钢工人，他从小就喜欢摆弄手艺，什么活计只要看上一遍便记住了。十三岁开始拜师学打白铁，没少挨揍，已经六年多了！"

经过协商，老胡的意见是两人都再增加一级。

但年龄大点的说："我六级，没意见，实际我是七级。不信请你们这里的八级出来会会。今天我一火没打成，说明自己技术还不过硬。"然后指着身旁的小伙说："别看他年纪比我小，但技术比我过硬，绝不能低于七级！"

老胡心里实际是赞同这小伙子的看法的，但嘴上却说：

"今天先不忙定，两位水平大家都见识了。咱们都是工人，靠手艺吃饭。相信我，一定如实向领导汇报，绝不会亏待两位，明天来听准信！"

大漠孤城

我喜欢读地图。

每到一地，我总要先在地图上浏览一番，搞清楚自己所在的位置，然后以此为中心，由着兴致往四下慢慢搜索开去。倘若发现一个熟悉的地名，就像遇见老友心里会突地一喜，回想起某些往事和掌故，这地方便在我心中渐渐活泛起来。如是再生发开去，范围逐渐扩大，内容也慢慢增多，终于在脑海里对这片地方有了个粗略的印象。不然的话，坐在车上串街走巷游了半天，缺失方位感，弄不清东西南北。

这几年由于国家发展很快，常听到有"找不到回家的路"的感慨。这种日新月异的变化也反映在地图的不断更新上。忽儿这里新添了一小段粗壮的黑线，这是祖国大地上又新建成一条现代化铁路；过些年那里又延伸出一段像集成电路似的红线，标志着又有一条高速公路铺设竣工；倘若是条蓝色直线，那就是新开辟了一条空中航线。这点滴变化在地图上虽很微小，却是千百万人汗水的艰辛结晶，能让我在地图前站上半天。

然而近年来也出现某些令人忧虑的变化：多少绿地在悄悄消失，多少湖泊在日渐萎缩，多少河流已名存实亡。历史上名噪一时的居延海，眼下让多少内蒙古人为它操心纠结！

在我国正式出版的地图上，北纬四十二度和东经一百零一度的交会处，即内蒙古额济纳旗所在地，那里标有两条向北游去的蝌蚪状图案，蓝色的大脑袋由于过于用力歪向一边，细长尾巴却在奋力地甩动，差点游出国境线去。地图上对这细长尾巴的蝌蚪标着"弱水"二字。苏东坡有诗曰："蓬莱不可到，弱水三万里。"（《金山妙高台》）想象得非常遥远。而蝌蚪的大脑袋，就是居延海，蒙古语为嘎顺诺尔。

从我记事起，地图上这嘎顺诺尔一直是一片蔚蓝，说明这是个水波浩渺、碧水万顷的内陆湖。哪知道前些日子我去亲眼目睹后，方知已是一片赤地，滴水无存，彻底干涸了。

作为内陆湖的居延海已名存实亡。

后来出版的地图上也不再有蔚蓝色蝌蚪。

那天，我们从内蒙古最西部的中蒙边境口岸——策克采访回来，时近晌午，烈日当空，天气异常燥热。行不多时，越野车便右拐驶离省道，在一望无际的戈壁滩上颠簸起来。寸草不长的荒原上，到处覆盖着一层黑黝黝的砾石，望去宛如一片焦土。

"大家看看，这就是黑戈壁！"向导哈达指着窗外说，"咱们这里的阳光有多厉害，能把石子都给烤成炭！"

车里越来越闷热。那时车上不像现在装有空调，又不敢开窗，车轮带起的沙尘刮进来呛得人无法呼吸。闷热难耐之际，前方忽然出现一片亮晶晶的浩渺水波，还隐隐看到岛屿、岸树、芦苇，在潋滟飘渺的水光中摇曳晃动。我顿时精神一振，高声叫起来：

"还说居延海没水，这不是嘛！"

然而随着越野车逐渐驶近，烟雾迷蒙的景象反倒渐渐黯淡下去，最后竟倏忽不见了。水波潋滟的湖面，原来是一片寸草不长的干旱沙碛。见我大惑不解，哈达笑起来，两只蒙古人里少见的黄绿色瞳仁，一亮一亮地闪发着狡黠的开心神情。

"汪老师，这就是海市蜃楼！"

原来居延海地区每年七月最热时，地面温度高达摄氏五十度以上，强烈的日照使地表蒸发量相当于年降水量的一百倍。当地有顺口溜：额济纳有三多，阳光多于雨露，蒸发多于降水，电线杆子多于常住人口。这种光热过于丰富的气候特点，使当地成了国内难得的观看海市蜃楼的好去处。

越野车在沙碛上小心翼翼地盘桓了一阵，终于在一处高坡上停下来。哈达招呼说：大家就在这里下车看看吧，不能再往前走了。前年有外地来这里观光的人，把海市蜃楼当作真实的湖水，一直朝前开去，结果连人带车陷在里面没能回来。

听了这令人悚惧的故事，立马联想到离我们并不远的死亡之海罗布泊。下得车来，发现居延海周边土质果真暄软，人站在上面，不一会儿，两只皮鞋便不知不觉地陷到沙土里去了，大家都不敢随意四处乱跑，只是站在越野车近旁，小心翼翼地朝四下里观望着。

干涸的居延海，在烈日下望去已和四周干旱的沙碛连成一片。风沙彻底抹去了往日海子的任何痕迹，丝毫分辨不出哪是湖哪是岸。一望无际平展展的湖底地面上，覆盖着一层白花花霜样的盐碱，像是凝固的大海从我们脚下向着迷蒙的远方铺展开去。只有直对着我们的正北方，顺着向导的手指方向，地平线上有一处隐隐隆起的地方，那是敖包山。

"从前居延海有水时，湖水一直远远地延伸到对面敖包山下。

老人们说，湖水最大时，居延海根本望不到边。"哈达说，"那年湖水快干涸时，旗里有关部门派人来从海子里打了十多万斤鱼，装了满满的几十卡车拉去达来呼布。"

有人感兴趣地问："都是些什么鱼呀？"

哈达说："啥鱼都有，有肉质细嫩的大头鱼、鲤鱼、鲫鱼，大的有一二斤重，还有虾什么的。可我们这里有些蒙古人不敢吃，我爷爷生前就从来不吃虾，说那是蛆！"

我问哈达："那你呢？"

"我在呼和浩特念书时吃过，肉比鱼还鲜美，营养价值又高！"

哈达是土尔扈特蒙古族的后裔。这是一个古老的蒙古族部落，系四卫拉特之一。始祖翁罕当年与成吉思汗有着"亲宜世继"的不同寻常关系，为元朝的建立立下汗马功劳。明朝后期，土尔扈特人从天山北麓逐渐开始向西游牧，至额济勒河下游即今伏尔加河流域逐水草而居，放牧围猎达一个半世纪。到了十八世纪，俄国为了巩固其对喀山和阿斯特拉罕的统治，开始侵害土尔扈特人，不断地对他们施加压力，激起土尔扈特人的强烈不满和反抗。首领阿玉奇不止一次向沙俄当局严正表示，土尔扈特不是他们的臣民，并秘密策划东归祖国，派遣自己的侄子阿拉布珠尔假借去西藏礼佛，率部分人马作为回国先遣队，清朝政府将他们先安置在甘肃敦煌附近，后东移到额济纳草原。阿拉布珠尔后来就成了额济纳土尔扈特的第一代首领。过了七十三年，阿玉奇的孙子渥巴锡冲破沙俄军队的重重阻截围追，冒死胜利回到祖国，重返故土。但由于远离本土时间较久，说话语音和某些习俗与留在国内的蒙古族有了一些差异。哈达刚开始用当地土尔扈特蒙古语介绍居延海时，一位来自东部地区昭乌达的民间歌手有些词听不懂，这一路上他就只好用汉语来解说。

哈达痛心地说："随着湖水干涸，生物链的改变，这里天上几乎看不见飞鸟，地上难得看到奔跑的野兽。更严重的是湖水干涸，影响牧草生长，牲畜吃不上草，影响牧业！"

同去的阿拉善电台的小刘，老家在离这里不远的甘肃民勤，也连声嗟叹："我以前来过居延海，想不到现在会变成这样！"

沙碛里的双脚还在继续下陷。我举起相机，朝东西南北四个方向各拍了几个镜头，然后掬起一捧黄沙，默默地奠祭过这死去的居延海，便心情沉重地跳上越野车匆匆告别了。

回来路上，我脑海里一直盘桓着我国正式出版的地图上那两条蝌蚪的命运。

居延海有水并非海市蜃楼。

"居延"为古匈奴语，意即"天池"。在我国古籍中，无论《山海经》还是《水经注》，对"居延泽"及其源流弱水均有记载，并对其形态有过具体的描述："居延泽在其县故城东北。《尚书》所谓流沙者也。形如月生五日。"秦汉时期，这"形如月生五日"的居延海，大小相当于我国第一大淡水湖鄱阳湖。天高气爽时节，湖水碧如天，荻花白似雪，成群的天鹅在湖中安详游弋，岸边驼队宛如片片风帆，从大得像车轮的落日边不紧不慢地走来，仿佛船队行驶在瀚海上。那时，居延泽当之无愧是我国北方的戈壁明珠！

可是从唐以后，涉及居延的作品中，就很难再读到那烟波浩渺的描述了。大概就从那时起，居延海地区的生态环境逐渐遭到破坏。这当然与频繁的征战有关。

居延所处位置具有重要战略意义，远控漠北，可直捣当时匈奴统治中心龙城，近屏中原与西域的重要通道——丝绸之路，成为中原汉民族与北方少数民族激烈争夺的战场。据统计，仅汉武帝时期，这里就先后发生过八次重大战事。每次双方投入的兵力，仅骑兵就多达近十万，加上支援的步兵和后勤保障，人数就更可观了。当时汉军的战略战术，通常分若干路搜索接近对方。等到两军迎战接触，那厮杀的场面既惊心动魄又极为惨烈。由于战斗在一览无遗的戈壁滩上展开，隐蔽很困难，逃遁的可能性几乎是零，常常拼杀到最后一人，非降即死。即便是获胜一方，伤亡也很惨重。汉武帝元狩三年（公元前120年）那次战役，汉军出征时十四万人，凯旋回师却不到三万骑。

频繁的军事行动，在当年这片古战场上，多少英雄豪杰曾叱咤风云，留下了许多让后人扼腕浩叹的故事。汉时爱国名将李广，匈奴号曰"飞将军"，治军有方，曾多次率军出兵居延，直逼匈奴统治中心龙城，即今蒙古国鄂尔浑河上游哈尔和林地区，威震匈奴，以致后来每逢外族入侵，人们便不由得怀念起他来："但使龙城飞将在，不教胡马度阴山。"李广身经百战，一生都在出生入死地守卫边疆。不幸最后一次出兵时，被逼迂回，途中行军失道，有人要向汉武帝告发。他羞愤引刀自刭，汉书上说"百姓闻之，知与不知，老壮皆为垂泣"。李广系甘肃天水人，如今他家乡修有他的衣冠冢，去年我还专程去参观瞻仰过，墓园里游客不绝，来自全国各地，说明人们至今对这位守边英雄仍怀有景仰之情。

通往居延的古道上，除了出征守边的将士，还活跃着来自京华和全国各地的诗人身影。他们或是作为随军幕僚，或是身负王命，公差来到边地。北国的大漠风光，茫茫平沙，惨烈的厮杀，将士的献身精神和戍卒的悲惨命运，曾唤起一代又一代诗人的创作灵感，在文学史上为我们留下了一大批脍炙人口的诗作。其中影响最大莫过于唐代王维备受称道的《使至塞上》。

那是唐开元二十五年（公元 737 年），河西节度副大使崔希逸自凉州（今甘肃武威）南率众战吐蕃获胜（事见《旧唐书》本纪第九玄宗下），"护羌校尉朝乘障，破虏将军夜渡辽。玉靶角弓珠勒马，汉家将赐霍嫖姚"。系时任御史监察的诗人王维，奉命赴塞上慰问将士的途中所作，被誉为千秋绝调。

我当学生时第一次读到它，就被诗中的汉塞、征蓬、归雁、胡天、大漠、落日的意象所震撼，特别是那绝妙而简洁的几何图形所展现的塞外苍茫壮阔的景象，在我这个来自江南水乡的青年心中，烙印上对大漠这永生难忘的空间上的荒凉美和时间上的沧桑感，从而对祖国大西北边疆神往不已！

后来在内蒙古工作期间，也因此总想去额济纳看看。出差采访来回走得多了，知道古时去居延路线无非南北两条。北线从阿拉善左旗西行，穿越腾格里和巴丹吉林沙漠，沿中蒙边境前行，距离虽近，但路况不好；南线则由兰州西行，沿河西走廊北上到居延。这两条线我走过均不止一次，对王维当年行进的路线地形地貌逐渐有所了解，从而也加深了对诗的体味，觉得有些旧注由于对地理环境的陌生，存在着穿凿附会，难圆其说。诸如诗中名句"大漠孤烟直，长河落日圆"的"长河"，历来都注释为"黄河"，说"绝域荒凉无物，风沙连绵中，唯黄河横亘其间，奔腾流走，如此景观，非'长河'的'长'字不足以体现"。从一般的审美意义上说，此景观确系非黄河不足以体现，但具体到王维诗里的"长河"，恐非实指黄河。

那次王维使至居延的路线，诗人虽未具体说明，但按当时交通状况，从长安去居延，通常均选择途经兰州取道当时西域商人频繁往来的丝绸之路，沿河西走廊北上，相当于今天去居延的南线。当诗人一旦见到大漠——不论腾格里还是巴丹吉林沙漠——意味着他已进入今天的内蒙古地界，此时，黄河与大漠已相距至少在百里之遥，"长河"在东，"大漠"在西北，无法横亘其间，此其一。其二，倘若"长河"实指黄河，这就是说在诗人置身的大漠之东，而"落日"此时则高悬在他要前去的西边地平线上，二者不在同一视野，无法构成一幅简洁的几何图形，不像上句的"孤烟"可以升起在"大漠"上，构成完整的画面。

其实，在理解诗时不必处处拘泥于实物，非要将"长河"解释为"黄河"，可以是诗人途中看到的任意一条大河，就迎刃而解了，况且地图上明明标有这样一条长河，那就是苏东坡诗中提到的"蓬莱不可到，弱水三万里"的弱水，从南向北横亘在巴丹吉林沙漠。当时这条国内第二大内陆河，还不像今天这样存在断流现象，河面开阔，河水泱泱，气势阔大，在审美上也可与大漠相匹配。

灿烂的词章，守边将士的感人壮举，历史上曾给这片荒凉的地区带来过辉煌，但这只是事情的一面。事情的另一面是，每次战争几万甚至十几万军队人踩马踏，车轮碾轧，植被遭到严重破坏，加速了原本就生态脆弱的居延地区环境日益恶化的颓势。这也是客观事实。

汉武帝在军事上完成其对居延地区的控制后，为了巩固胜利成果，着手大规模开发建设。首先是广建军事设施。《汉书·地理志》中就有明确记载，"武帝使伏波将军路博德筑遮障于居延城"。这亭障烽燧，规模有大有小，每座驻军从数十到数百人不等。从已出土的居延汉简读悉，当时修筑的这类烽燧，总数在三百座以上，且允许戍卒携带眷属，戍边屯垦。其次是移民实边，从事农业生产。这些大多安排在弱水流域。到公元107年东汉安帝时期，居延地区人口已发展到四千余人，加上当地驻军，几乎相当于今日额济纳全旗人口，成了对付北方少数民族最前哨的军事重镇。

那么，汉时的居延城具体究竟在哪里呢？至今说法不一。我们回达来呼布途中，在一片沙漠中见到了一座古城遗址。哈达说，这是元朝时的亦集乃路，《元史》作者认为"乃汉之西海郡居延故城"。当地人叫黑城，蒙古语"哈日浩特"。当年是李元昊时代西夏王国的军事重镇，到了元代，蒙古人将城郭扩建，升格为掌管这个地方行政的总管府，崛起成为西北地区的新兴城镇，交通便捷，诸道辐辏，东西商人往来频繁。十三世纪时，著名意大利旅行家马可·波罗曾到过这里，在他那本享誉全球的游记中，列出专节来介绍大汗国（即当时元朝）的亦集乃（即黑城），成为名噪一时的大漠孤城。

我们在黑城入口处打量残存的古城墙遗址，高约三丈许，需抬头仰望，厚约丈余。再细观剥蚀的剖面，修筑城墙所用材料大抵是黄泥和芨芨草，偶尔有少量砖块。尽管如此，当我们手抚着这风蚀的斑驳城墙，心想在这四周一无所有的戈壁滩上建造起这座城池来，该耗费多少人工、畜力和时日！

放眼望去，城内遍地黄沙，一片废墟。我们跟随哈达沿着旧日街道的遗迹小心翼翼前行，除了偶尔还有残存的墙垣和黄沙掩盖着的微微隆起的房屋四至，已看不出丝毫昔日闹市的痕迹。目光所及，到处是触目惊心的废墟景象。黄沙像汹涌的海浪，漫过高耸的城垣，壅塞了东西两座高大城门。太阳从天上高高地朗照下来，天上不见飞鸟，四周一片死寂，脚下是高低起伏的沙丘，静得只听见我们几个人粗细不同的喘气声。风沙掩埋了马可·波罗当年笔下曾描绘过的一切繁华。只有城池西北隅奇迹般尚存着两座完好的白色佛塔。那直指蓝天的塔尖，在阳光下闪闪发亮，像是两个不屈的劫后余生者为自己家园的毁灭在向苍天讨说法时举着的那支永不放下的手臂。

看着眼前的黑城惨象，我忽然想起当年意大利的庞贝古城，一夜之间被维苏威火山喷发的岩浆毁灭的惨状。想起四百年前，有明朝陪都之称的古泗州城，被黄淮洪水淹没深埋在地下的令朝野震惊的悲剧。

"黑城的毁灭并非是不可抗拒的自然灾害！"哈达边走边气喘吁吁地说，"当年，明朝大军将元顺帝妥懽帖睦尔逐出大都追至漠北，又一路明军包围了黑城，但久攻不下。最后切断水源，断绝供水，迫使城内守军放弃抵抗。明军破城后将主要建筑付之一炬，居民被迫迁往内地。说也奇怪，黑城从此就再也找不到水源。这座名噪一时的繁华城池就这样成了废墟！"

令人忧虑的是如今居延海也已干涸。

居延海干涸的一个显而易见的直接恶果，是大量的水生和陆生植物死去，四周植被受到严重破坏。居延海的源流来自弱水，这原是条间歇性河流，并无固定河床。每年当祁连山积雪消融，河水陡涨漫过河岸，四处流淌，加之人为因素频繁改道，致使湖水浩渺、水域辽阔的居延泽逐年萎缩，衍生为若干个水域面积较小的海子，到了清代才固定下来，形成今天地图上看到的东西两个居延海。

今天导致居延海干涸的直接原因，是近些年来弱水上游商品粮基地的开发，河水由于灌溉需要被逐段拦截，致使下游断流。先是西居延海断流干涸，到了二十世纪九十年代，东居延海也滴水无存。

居延海干涸的严重恶果，还影响到被国家列为胡杨林保护圈的居延绿洲，这是目前号称世界上仅存的三大胡杨林基地之一，被联合国教科文组织所认可。每年不仅要接待来自全国各地的旅游客人，甚至一些第三世界沙漠国家的有关人员也曾多次来参观考察过。胡杨林基地不仅是额济纳旗，也是内蒙古自治区引为骄傲的宝地。然而由于缺水干旱，正在遭到严重威胁。

哈达的话很快就得到了印证。当我们快到额济纳旗所在地达来呼布镇时，看到公路两边一片触目惊心的景象，成批的高大胡杨光秃秃的虬枝在八月似火的骄阳炙烤下，扭曲着的肢体像是生命离去时在做着最后的痛苦挣扎。

居延胡杨，高大硕壮的身躯，曾披挂过秦时明月，抖搂过汉时风沙，阅尽人间这片古战场上铁马金戈刀光剑影的岁月。胡杨抗盐碱，耐干旱，根须在土层里能深扎三十多米。为了在这样恶劣严酷的条件下生存下去，同一棵胡杨树上的树叶呈现不同形状，主干下半截的叶子细小得像是眉毛似的柳叶，上半部分则是倒卵形状的大叶片。小树叶为的是节约水分的消耗，大树叶则是为了充分吸收阳光。但无论小树叶还是大树叶都呈蜡质状，以减少水分蒸发。哈达说，胡杨在沙漠中能顽强地存在三千年：活着不死一千年，死后不倒一千年，倒后不朽一千年，是抗击风沙的顽强斗士。

可如今，它在滋养过周围牧场农田，护卫过城池村落，为我们人类立下汗马功劳之后，由于我们的无知和贪婪，忽略了对它们应有的养护和后勤保障，正在成批地枯萎凋敝，严重地影响牧草生长。而且还出现个怪现象，近些年居延地区有的羊群竟长出像野猪一样的獠牙来，吃草都困难。倘若不采取有力措施及时地制止改变，用不了几年额济纳这座新兴城镇将完全暴露在我国第二大沙漠——巴丹吉林的四面八方的包围和袭击中，等待它的命运，就是近在咫尺至今仍残存在黄沙中西夏时期的哈日浩特，元时的亦集乃路古城遗址。

我对哈达说："难道我们就这样眼睁睁看着蔚蓝色的居延海在我们这一代人手上从地图上彻底地销声匿迹吗?！"

哈达双手一摊，一脸无奈："汪老师，老实说，这个问题我也不知道怎么回答好。"

那次居延之行，我们就这样怀着沉重的心情离开了。

令人意想不到的是，十余年后当我在杭州良渚文化村晓书馆做一场有关读书的讲座，临开始前十分钟，听众席上站起个人径直朝我走来。

"汪老师，还认识我吗？"一边说一边朝我伸出手来。我定睛一打量，他看人时那对人群中罕见的黄绿色瞳仁立即唤起了我的记忆。我大声叫起来，把他那只伸着的手紧紧握在自己手里摇了又摇：

"嗨，哈达！你怎么来咱们杭州了？这太让我高兴啦！"

哈达喜笑颜开地说："我来杭州已有些日子，女儿就在你们良渚文化村住，前些日子生了一对双胞胎，我和老伴来杭州看望外孙已住了一段时间，看到晓书馆外有老师讲座的海报，就过来听听，顺便也来看看你。没想汪老师还没忘记我！"

我忙说："哪能呢？我不但记得你这个土尔扈特朋友，还记得居延海。不知道它现在有水没水？"

"早有水啦！"哈达的两只眼睛高兴地笑得像弯新月，"经过自治区和甘肃省协商，有关部门改进措施，采取科学用水，支援给了咱们下游一定数量的水。再说这几年人们的环保意识也比以前增强了。如今居延海可美了，周边地区都发展成了旅游景点，政府大力支持发展绿色产业。我在额济纳也有了家旅游公司。汪老师去内蒙古的话，我再给你当导游！"

"那敢情好呀！我这里讲座完了，一起上我家再唠扯唠扯，咱俩怎么也得为居延海的死而复活，为它在地图上重新变蓝，干上一杯！"

草原夜话

　　若是把草原比作浩渺的夜空，"浩特"就是那亮晶晶的点点疏星。

　　到巴雅尔家赛乌苏浩特已是日落时分。几座低矮的蒙古包在萧瑟的秋风中怕冷似的依偎在一起。草原上"浩特"大多三五户人家，沾亲带故，有着或近或远的血缘关系。从生产组织上说，"浩特"是畜群点，在行政上相当于汉族农区的自然村。"浩特"是草原的细胞。

我这次和巴雅尔一起来他家，是他参加我们创作学习班结束回黄旗，我回呼和浩特，就邀请我顺路上他家住两天。他是近几年自治区涌现出来的新诗人，作品富有创新意识，想象瑰丽，民族特色浓郁，是个很有前途的民族作者。

赛乌苏浩特坐落在高坡上，纵目四望，浩特的草库伦像片绿洲，镶嵌在宝格丁高勒植被稀疏的干旱草原上。草库伦的铁丝网围墙不仅挡住了牲畜入侵，也阻滞了塞外秋风萧瑟的步伐。

围墙外草枯叶黄，一片凋零景象。草库伦内却仍草木葳蕤，各种牧草长势喜人。一畦畦半人高的草木樨，串状的黄色花朵顶部已开始孕育籽粒，在秋风中沉甸甸地款款摇曳着，等待着生命的成熟。高大的风力提水机，像《格斯尔可汗传》中的巨人，矗立在一片快要黄熟的莜麦田里。银色的叶片在秋阳下缓缓转动着，长长的影子投落在麦田上，像是雪亮的巨大刈刀在不慌不忙地收割着丰收的莜麦。

忽然身后响起一阵自行车铃声，回头一看，一个小伙子吃力地蹬着自行车从后面撵上来，车后架子两边固定着两只白色的大塑料桶，远远就从自行车上跳下来，推着车小跑着来到我们面前。

"别急别急，慢着点！"我们让在路边，巴雅尔招呼小伙子，"小蔡，你这满头大汗的是去哪儿了？"

"上公社供销社蜂蜜收购点送蜂蜜去了！"小蔡边说边把自

行车停在路边，"巴雅尔大哥，你出门回来了？"

"刚回来！"巴雅尔说完向我介绍，"汪老师，这小蔡也是你们浙江人，来我们这里放蜂。"

"嗨，那咱们是老乡，你是浙江哪儿的？"

他脱下头上的褪色军帽，露出一张放蜂人特有的黧黑粗糙的脸，边擦汗边回答："江山。不知你去过没有？"

"听说过，可惜没去过。"我问小老乡："你们怎么想到来这干旱草原放蜂？"

"听广播上说的，这里的草库伦种了许多草木樨。"他说，"草木樨是优质蜜源植物，酿成的蜜，香甜而富有营养，要比紫云英油菜花蜜的质量来得好。"

我们边走边聊。巴雅尔关切地问："这个花期你蜂蜜的收获还不错吧？"

"很不错！"小蔡说，一边抬头观察空中，指着那些飞来飞去的蜜蜂说，"你们看，这些快要回巢的工蜂，不少蜂屁股后面仍都胀鼓鼓的，说明尽管这里花期已近尾声，草木樨花里还有点蜜源供蜜蜂采集。"

我问小老乡："这个花期下来，你这一群蜂能泌多少蜜？"

"好的话有七八十斤！"

"七八十斤！"我有点似信非信，问："草木樨的蜜源含量能有这么高吗？"

小蔡走到围墙边上朝里一探身，顺手掐下一枝尚在开花的草木樨给我。

"你把花撕开来看看！"

按照他的指点，我小心翼翼撕开一朵来细细观察，发现花管里立刻洇润出一小颗亮晶晶圆滚滚的汁水，像粒珍珠在夕阳下闪发着晶莹剔透的光。

他指着这闪光汁水说："这就是花蜜。你再用手揉搓揉搓！"

我把木樨花拿在手里轻轻揉搓着，不一会，花里的蜜汁便慢慢洇润开来，整个手掌都黏糊糊的。

小老乡说："草木樨不仅是蛋白质含量丰富的优质牧草，还是一种高产的泌蜜植物，一个花期弄得好时每群蜂能泌蜜八十多斤！"

哪想到，就这小小牧草，这天晚上引出一串发人深思的故事。

到巴雅尔家时正好各种畜群放牧归来。

这是浩特里最有生气的时刻。寂静了一天的牧区小村骤然间热闹非凡，四处尘土飞扬，纷纷攘攘，响彻着牧归的畜群高高低低此呼彼应的鸣叫声。这边是带点奶声奶气的羊群的咩咩声，那里是洪亮中透着威猛的牛群的哞哞声，另一边是吃饱饮足的马群咴咴的嘶鸣声，偶尔还从远处传来三两声骆驼尖细短促的呜呜声，像是负重的人在吃力地哼哼着。最数牧羊犬的吠叫声热烈亢奋了，经久不衰地穿插其间，让我这个城里人领略到一场难得的纯天然多声部大合唱，将阒然无声的浩特一下子激活了，充满人间烟火气。

巴雅尔家蒙古包坐落在浩特中间，门前筑有个半人多高的羊粪砖砌成的圐圙，外表用稀牛粪糊住抹平，里面储存着码得高高的过冬用的干牛粪，旁边堆放着准备用来翻修棚圈的木料椽子。几头刚长出尖角的牛犊，围着一只拖拉机拉水用的锈迹斑斑的大水箱，用舌头在贪婪地舔吮着水箱里滴答出来的水滴。几只猪知趣地守候在一旁，低着脑袋装作一副不感兴趣的笨拙模样，但那贼溜溜的眼光里流露出来的觊觎神情，掩饰不住它们内心一旦待牛犊享受够了立刻挤上前去霸占的企图。倒是那一大群在棚圈里觅食的长尾巴鸡显得落落大方，相安无事地在粪堆里抓刨着美食。它们一只只长得罕见的肥硕健壮，走起路来总是步履蹒跚地扭动着肥臀。

小伙子们毕竟精力充沛，把畜群吆喝进各自圈里关上圈门，趁着夕阳残留在天边的一抹余晖，在包前的空场地上拉开架势你拽我拉地摔起跤来。孩子们大概意识到自己摔跤不如大人精彩，不敢在浩特主舞台上造次，只是在稍远一点的空地上，撩起蒙古袍衣角往腰带里一掖，在手心里呸呸地吐上两大口唾沫，也像模像样推推搡搡彼此挑衅起来，不一会便呼哧呼哧地较量上了。

望着这落照里一群群膘肥体壮的牧归牲畜以及人们安居乐业的情景，我忍不住对巴雅尔说：

"你们这里称得上是一幅安逸温馨的牧乐图！"

"那汪老师在这里就多住两天吧！"巴雅尔热情地邀请说，一边跟浩特里的乡亲们高声地打着招呼。巴雅尔的妻子格日乐听说后，拉着儿子的手忙从蒙古包里迎出来，后面还跟着巴雅尔的阿爸和额吉。我向两位老人行过礼，巴雅尔便拉着儿子把我让进蒙古包里坐定。主妇忙进跑出地开始准备晚饭，捣碎羊粪砖，搬来干牛粪，引燃"图拉嘎"，坐上水壶，挽起袖子跪坐在"图拉嘎"边上麻利地和起面来。

巴雅尔亲热地拥着儿子告诉我，说他有时忙于写作，草库伦和家里的事就全靠他阿爸了。两位老人看去身体壮实，但不会汉语，听我们说话只能在一旁笑笑、点点头，陪了一会回自己家的蒙古包去了。

干牛粪作为燃料不像块煤有后火，需不时地往"图拉嘎"里添加。正在和面的格日乐用手抓过干牛粪，在蒙古袍上潦草地擦抹两下又继续和起面来。我第一次下牧区见到这情景还真有点讶异。后来和牧民惯熟了，才知道他们心目中认为牛粪只是草的残渣，不像人粪又脏又臭，自然也慢慢地入乡随俗了。

晚饭时，我和巴雅尔一家三口围着熊熊燃烧的"图拉嘎"，盘腿坐在厚厚的毡子上喝酒吃肉，捞着热腾腾的面条，觉得又香又好吃，一口气竟吃了两大碗，顿时感到全身暖意融融。蒙古包内，旧日煤油灯的光从包顶温馨地洒落下来，红艳艳跳动的炉火将我们每个人的影子投射在"哈那"墙上来回晃动，应和着阵阵欢声笑语，就这样不知不觉地驱散了我们在草原上赶路的疲劳。

饭后，放蜂人小蔡来向巴雅尔一家告别，还送来一箱蜂蜜和两瓶蜂王浆表示感谢，说花期快要结束，准备过几天回浙江老家，感谢巴雅尔大哥一家人对他们的关照和帮助。

说话工夫，女主人格日乐已为小蔡在炕桌上放好酒盅和筷子，小蔡也没多推让就在饭桌旁盘腿坐下，巴雅尔立刻在他酒盅里斟满酒。小蔡手拿酒盅单腿跪在毡子上，向大家娴熟地行过蒙古族礼节后就慢慢喝起来。

我问小老乡怎么会养起蜂来。

"唉，"小蔡叹了口气，"高中毕业，回村在生产队做了两年农活，因工分过低，家里生活困难，跟舅舅出来学放蜂。现在是自己单独承包，与队里签订协议，每年向生产队缴足略高于应做的工分值，买回全家人的口粮。"

"放蜂放几年了？"

"不短了，整整四年。"小蔡说，"北到长白山兴安岭，南到海南琼崖，西至青藏高原，东临东海，赶花期几乎跑遍了整个中国！"

我一直以来把放蜂人的生活想象得有点像普希金笔下的茨冈

塞外笔记

人，到处流浪漂泊，自由自在，浪漫得很。

"还浪漫呢?！"小蔡抿嘴微微一笑，"你只要想想，我们四个人，每天要对付一百八十多箱蜂，三百万只蜂子飞进飞出地忙着酿蜜，光是蜂子用水，每天在荒山野地要来回挑好几挑。每年赶花期就更辛苦了，从二月离家赶紫云英花期开始，三月四川油菜花，四五月份陕西苹果花，六月甘肃洋槐回香再到河北枣花，七八月东北椴树花内蒙古葵花，整整八个多月，家里的事全扔下了，既管不了老，又管不了小。有一年，过完春节在家和孩子一起待了近三个月，刚培养起一点感情，又开始装蜂箱赶花期要外出了，孩子拦在门口大哭大闹不让我和他妈妈走，当妈妈的也眼泪汪汪，可不赶花期我们就没有收入！至于离家在外，吃喝拉撒生活上的艰难就不去说它了，放蜂的地方大多是荒山野地，经常有野兽袭击，我在东北深山老林差点让熊瞎子给撕扒了，在西北荒原上遇到过狼群，差点没命。但最头疼的还是因为政策不明确，我们在北方常常被市场管理人员怀疑为搞投机倒把，像防贼一样防着我们。这回在你们这里就差点把我们给抓起来！"

小蔡说到这里忽然声音哽咽说不下去了，情绪有点激动，大概想起了放蜂生涯中的种种艰难和辛酸。

说实在，近年来，只要稍加留意，在我们自治区首府呼和浩特大街小巷，随处都能见到这群人的身影。表面看去他们与三年自然灾害时期逃荒出来的破衣烂衫的盲流相去不远，说话谦卑，但眼睛里闪烁着的却是无言的不屈与尊严。他们凭着自己的手艺，瞄准我们某些当地人不屑于干但又少不了的行当，为当地居民提供价廉质优的服务。他们整天守候在寒风凛冽的街头，佝偻着身子，冻得皲裂的双手不停地修补着过往男女行人脚上脱下来的各种各样的皮鞋靴子球鞋，让大家过好缝缝补补又三年的清贫日子。他们开设在陋巷里的服装加工的无名小店，门面简陋狭小，连块店牌也没有，但慕名前来的顾客竟络绎不绝。因为做同样一件上装，他们比国营服装店要省布省料，而加工出来的服装既熨帖合身又款式时新，而且时间又短，收费还比国营店便宜三分之一。在他们棉絮纷飞的加工点里，弹棉花的声音从天黑响到天亮，加工出来的棉絮，又松软又结实，从不缺斤短两，深受被棉花供应紧张困扰的主妇们的欢迎。至于那些背着刨子锯子凿子斧头找上门来的年轻木匠，几乎个个都是化腐朽为神奇的能工巧匠。他们深知普通百姓木材紧缺，主动替主人家出谋划策，利用废旧木料拼拼接接，做出来的家具，不论大立柜写字台还是沙发茶几，却都是上海最时新的款式。由于他们的到来，填补了生活领域里的某些空白，为我们日常生活提供了种种方便！

若干年以后，我才认识到，那些南方各地涌来内蒙古草原外表像盲流的人，实际上代表着时代的潮流，是从南方吹来的一股挡不住的强劲的改革春风！

可当时，我和许多体制内的人在那时"宁要社会主义的草，不要资本主义的苗"的思潮影响下，对这些现象思想上排斥，行动上却认可支持，也曾暗暗扪心自问过，既然这一切是应该摒弃的资本主义，为什么会受到这么多人欢迎？而我们口口声声宣称全心全意为人民服务的有关部门，却无法也无力为广大老百姓提供这些服务？！

原来小蔡听了广播便过来联系，一看这附近有这么多草木樨，高兴得不得了。谁知来旗里办转场手续时，被打击投机倒把办公室的工作人员盯上了，怀疑他们是搞投机倒把的私人养蜂场，不仅要没收小蔡的蜂产品，还要将人扣住。好在他们有正式介绍信，经过理论才化险为夷。正在这时遇到巴雅尔，听说后把他们引到他的赛乌苏草库伦来了。

"那天我在旗里听完科协下乡举办的牧草种植科普讲座出来，在街上看到小蔡，说实在我对社会上这些现象也吃不准。"巴雅尔说，"不过因为刚听老师介绍过草木樨，知道蜜源植物与蜜蜂的关系，就向小蔡说了赛乌苏草库伦内草木樨的情况。小蔡听了一把握住我的手，大叫天无绝人之路，就跟我来赛乌苏浩特了。"

"你是不是以前学过这方面的知识？"我问巴雅尔。

"我高中都没读完就'文化大革命'了。"巴雅尔说，"我主要还是后来跟牧草繁殖场那木拉老师学的。他原来是自治区农牧学院的老师，牧草专家，反右时被划为右派，下放到我们旁边的哈卡图牧草繁殖场工作。那年我们这里搞草库伦时，旗里包斯尔书记就叫他当我们的技术顾问。我们草木樨的种子就是他们繁殖场给提供的。他还曾经建议我们养点蜂试试，说收益可观，蜜蜂是个宝。我以后还想请小蔡来咱们这里做养蜂老师呢！不知请得动请不动？"

"还用得着请吗？只要你大哥呛一声，我就马不停蹄地跑着过来了！"小蔡笑着说，"蜜蜂确实是个宝，能带来巨大的经济价值。去年我们和舅舅一家在你们西部伊金霍洛旗赶草木樨花期，遇上好天气，收取了四万多斤蜜。按眼下蜂蜜价钱，一斤蜜相当于一斤羊肉，那就是四万斤肉。如果换算成羊，每只出肉按四十斤左右计算，就顶一千多只羊。除了蜂蜜，草木樨花里还有大量花粉。花粉含有丰富的蛋白质和维生素，是一种极其珍贵的资源。它在植物繁殖过程中用作传粉受精，需要量微乎其微，大量的花粉被昆虫采食或在大自然中风吹雨淋自行散失白白浪费了，但通过蜜蜂采蜜将其采集回来，用来制作蜂王浆花粉片。把这两项加在一起，经济价值就更可观了。可惜，不少地方在高唱丰收歌时，却不知道还有大量应该收获的果实尚未被我们收获上来进仓入库！"

"啊呀，小老乡呀，你的脑袋瓜真够用的，太有才了！"我由衷地大声赞叹。想不到草木樨不仅是优质牧草，它的花还蕴藏着更大的经济价值有待开发，能为当地人民增加收入！

"我这可能是酒后狂言，在你们几位面前班门弄斧。繁殖场的那木拉老师才是这方面的专家。不过我这可是一片真心，巴雅尔大哥他们集体家大业大潜力大，这些想法请你参考！"

巴雅尔说："小蔡这些想法我请教过那木拉老师，他也劝我试试。但由于前段时期政策不明确，旗里有的领导主张牧区要以牧为主发展牧业；但有的领导却要以粮为纲搞农业，弄得我们下面的人很难办。要是牧区不以牧为主，草库伦就没必要搞了，草木樨也不用种了，还谈什么养蜂？！"

黄旗在牧区方针政策上的斗争，我前几年在旗里也曾听说过，也听包斯尔介绍过。当然，这种情况不仅黄旗存在，别的地方也或多或少存在。后来《人民日报》、新华社搞了个联合调查，在《人民日报》上发表时题目就是《以牧为主，牲畜兴旺，生产发展》。当时的国务院农林部部长也明确表过态，牧区"以牧为主"的方针是正确的。但尽管有红头文件，实际工作中仍各唱各的调各吹各的号，还把主张以牧为主的领导包斯尔给变相罢官了！

正在这时，远处的马蹄声打破了草原夜晚的沉寂。随着声音渐渐接近，浩特里一片狗吠声。过了一阵，听到蒙古包外"咚"的一声，有人从马上跳落到地上，在喊巴雅尔的名字。

"啊，是那老师来了！"巴雅尔把孩子交给妻子，"你带他先去额吉那边睡吧，我去开门！"刚走到门口，包门突然开了，一个小老头一猫腰急不可耐地进来了，还一迭声欢声喜气地高喊着：

"快拿酒来，有好消息！"发现包里我们有帮人正围坐说话，忙对大家做了个抱歉手势，巴雅尔忙上去把我介绍给了他。

"虽没见过，但巴雅尔常说起你来着！"握手时那木拉老师高兴地说，一边转过头去跟小蔡做了个招呼的手势，巴雅尔随即将他安排在我旁边坐下，并在他面前放上一满盅酒和一双筷子。

"哈，原来都是熟人！"那木拉也不推让，端起酒盅和大家碰了碰，就兴冲冲地先一口闷了。巴雅尔放下酒盅一边给大家斟酒一边对那木拉说：

"那老师，看你眉开眼笑的，快把好消息给说说，大家都等不及啦！"

"你们听说没？"那木拉激动地说，"包斯尔书记又走马来上任了！"

"真的？"巴雅尔高声叫起来，"你见他了？"

"人还没来，但文件已经来了。"

"文件你见了？"

"文件也没见，是下午老何来电话告诉的。他们旗里已经传达了。"

巴雅尔在一旁小声向我解释："老何就是旗办公室何主任，和那老师是自治区农牧学院同学。"

我点点头说："知道何主任名字！"问那木拉老师："包斯尔这次回来还是当旗里书记吗？"

"不了，任盟委副书记！"

"嗬，升格了，这真是喜讯！"我说。

巴雅尔带头举起酒盅："大家来吧，咱们为那老师带来的喜讯把这盅酒干了！"

四个人全都一仰脖，痛快地来了个一口闷。

我放下酒盅说："包书记离开黄旗有年头了吧?！"

"到年底整七年，"巴雅尔说，"包书记就是因为坚持牧区以牧为主发展牧业，把官给丢了！"

我问巴雅尔："这对你搞草库伦倒没什么影响？"

"怎么没影响？压力可大了！"巴雅尔情绪激动地说，"当时尽管《人民日报》发了以牧为主的文章，主张以牧为主的领导最后照样给稀里糊涂地弄走了；尽管旗里后来也下发了以牧为主发展牧业的红头文件，可下面有的地方就是不听不执行，不搞草库伦；搞了草库伦的里面不种牧草而是种粮食，还对我们这些积极搞草库伦的人说三道四，弄得我当时心里七上八下不知该怎么办，跑去请教那老师。他听我讲后，不慌不忙地问，你知道牲畜吃什么吗？我'呔'了声说这个谁不知道，当然是草呀！嘴上这么说可心里在想，老师今天怎么啦？我火烧眉毛跑来请教，难道是来跟你讨论这种问题的吗？可那老师依旧不慌不忙地说，牲畜要吃草，就如同我们人要吃饭。不是常说人是铁饭是钢，一天不吃饿得慌？牲畜也一样。草是牲畜的粮食。可我们内蒙古这片得天独厚的天然牧草，由于草场的退化，外地人来咱们内蒙古都说怎么看不见风吹草低见牛羊了。拿我们黄旗来说，情况有过之无不及。这里原来是清朝水草丰美的皇家牧场，境内许多地方至今仍保留着带水的地名。否则，草场要是草不好影响皇帝老子家的牲畜，那罪孽可就大了。可如今我们黄旗草场退化成了严重的缺草户，牲畜每年要去外地'走奥特尔'来解决本地饲草不足的问题。所以巴雅尔，你千万要记住，草是牲畜的粮食，这道理牧区小孩子都懂的，这是真理。要想发展牧业，必须解决缺草问题，做好草的文章！哪怕是天王老子来都得这样！听了那老师的话，我心里一下子透亮有底了，草库伦建设不能放弃，必须坚持下去！从那以后，不管别人说什么，也不管他们怎么做，我和我阿爸以及浩特里人，坚持草库伦建设不放松，甚至还悄悄扩大牧草的种植面积。没想第二年冬天，咱们这里遇上三十年不遇的白灾，不少地方牲畜吃不上草，国家只好从呼伦贝尔紧急调草过来，全旗牲畜损失不小。我们因为在草的贮备上未雨绸缪，做到母畜子畜全都安全过冬！"

"真不简单啊！"我朝巴雅尔跷起大拇指，"想不到你不但诗歌创作上有创新，在发展牧业上也有创新！"

巴雅尔不好意思忙摆摆手："这要归功于那老师。是他平时结合实际，一点一滴耐心地向我传授关于牲畜、饲草、草场、土壤以及牧草驯化等的科学知识，我才懂得一点点。他还手把手教我如何整地、育种、施肥、田间管理，还支援我们牧草繁殖所的各种牧草种子，我只是在他的指导下做点力气活而已！"

"原来那老师是个大功臣！"我起身拿起酒瓶在那老师的酒盅里斟满酒，说："那老师，我不会喝酒，但也要给你敬杯酒，你呀功不可没！"

那老师痛快地喝完酒放下酒盅，脸上放着红光，高兴地说：

"我这个人大概没接受'反右'的教训，一直是那么爱说话，总还管不住自个儿的舌头，说些没和领导保持一致的话。我对巴雅尔说的这些意思，跟不止一人说过，甚至还向领导直接建议过。因为我们牧草繁殖场就是做这方面工作的，要给领导当好参谋。可惜的是很多人听过也就听过了，有的还好心提醒我，你要再唠叨下去，小心连你们单位都要叫人给端了。我们单位牧草繁殖场，在牧区应该说是很重要的，但事实上说句难听的话，像个受气的小媳妇，动不动叫人给休了。1958 年刚建立时，国家投资了一百五十万元，任务很明确，承担全旗良种牧草的培育和驯化，还在翁贡乌拉赛乌苏水库边上修了条盘山渠，通过二级扬水，把水库里的水引到山背后灌溉牧草基地，开始从外地引进一些像黄花木樨、苏丹草、披碱草等优质牧草来试种。谁知起步不到三年便下马了，改种粮食。接下来是'文革'，内蒙古实行军管，索性把单位名字也改了，叫八一农场，进一步扩大粮食种植面积。自从贯彻牧区以牧为主的方针以来，农场下马，改回到原先的繁殖场。这两年算是开始务正业，培育牧草，向全旗各个草库伦提供牧草种子，服务牧业。我对巴雅尔说，我这个人爱认死理，既然草是牲畜的粮食，牧区要发展牧业，就离不开草。现如今内蒙古有的地方草场退化，需要通过人工种植牧草来解决草的问题。我相信事实，相信科学。不管人家怎么说，说得天花乱坠，种好草不会有错！"

"那老师，你这哪是认死理，这叫科学家有远见！"一直在认真听着巴雅尔和那木拉说话的小蔡这时也忍不住插话，"现在你们军管撤了，工作慢慢走上正轨，坚持以牧为主的书记又回来了，肯定要拨乱反正，巴雅尔大哥你们遇上风调雨顺的好光景了，开足马力大干一场，明年我们再来放蜂也好大大沾光了。我这里借巴雅尔大哥的酒，借花献佛，也敬那老师一杯！"

大家一齐嚷道："我们一起赞助！"

敬酒的人举着酒盅一拥而上，"咕嘟"一声，杯里的酒都下去了。蒙古包里顿时欢声笑语，气氛热烈欢畅。

巴雅尔站起来不停地给大家酒盅里斟酒，一边问小蔡："你出来放蜂，你们大队公社的领导究竟什么态度？"

"老实说，领导们的态度也不一样，有同情支持的，就是不敢公开。"小蔡深思熟虑地说，"我有个亲戚是公社领导，私下对我说，眼下这是没有办法的办法。在队里做了一年还养不活自己，出去放蜂除了给自己挣回口粮钱，还根据蜂蜜收入向队里缴一笔管理费，给队里增加现金收入，对集体和个人都有好处，何乐不为？反正到现在为止，上面没说不可以，当然也没说可以，你们就不声不响地干着再说。我想，要是连这也不让干，这些人真生活不下去，说不定也像我们邻居安徽人那样闹起分田到户来！"

那木拉突然直起身子嚷嚷起来："小蔡，听你这么一说，我忽然有个感觉，这次包书记东山再起，恐怕不会是个孤立的事件。"

大家异口同声地问："你说那会是什么？"

"会不会是一种信号？"

"信号，什么信号？"

"领导层从前不很认可如今开始认可包斯尔这套做法，这是不是意味着我们国家各方面在一点一点开放宽松起来，真的要开始改革了！"

"咱们小老百姓哪知道怎么改？但愿就这样改法！"

"不管往后咋改，我要为这信号先干一杯，朋友们喝吧！"

巴雅尔显得无比欣悦，带头举着酒盅站了起来，和大家挨个碰杯，然后一仰脖把盅里的酒又一下倒进嘴里，倒着举起空了的酒盅，绊着舌头唱起来：

鸿雁，

向苍天，

天空有多遥远。

酒喝干再斟满，

今夜不醉不还！

大家也都有些醉意，脸上闪着红光，豪情满怀地扯开嗓门也跟着哇哇唱起来。

带点苍凉的歌声，飞出蒙古包，在万籁俱寂的草原深秋夜久久回荡着……